Sword Art Online 刀劍神域外傳

Gun Gale Online

9

4th特攻強襲（下）

Sword Art Online Alternative
Gun Gale Online 9
4th Squad Jam

時雨沢恵一
KEIICHI SIGSAWA

插畫／黑星紅白
KOUHAKU KUROBOSHI

原案・監修／川原 礫
REKI KAWAHARA

Kadokawa
Fantastic
Novels

CONTENTS

Sword Art Online Alternative GUN GALE ONLINE 9 4th Squad Jam

Sword Art Online刀劍神域外傳

GUN GALE ONLINE

9

4th特攻強襲（下）

時雨沢恵一
KEIICHI SIGSAWA

插畫／黑星紅白
KOUHAKU KUROBOSHI

原案・監修／川原 礫
REKI KAWAHARA

Kadokawa Fantastic Novels

THE 4th SQUAD JAM FIELD MAP

第4屆Squad Jam
戰場地圖

AREA 1：機場
AREA 2：城市、商場
AREA 3：濕原地帶、河川
AREA 4：森林
AREA 5：廢墟
AREA 6：湖
AREA 7：隕石坑
AREA 8：高速公路

Sword Art Online Alternative
Gun Gale Online

Playback of SQUAD JAM

前情提要

SHINC是在機場開始SJ4。

雖然因為出現怪物的陷阱而費了一番功夫，但還是順利找到車輛。不過在迴避與強敵MMTM的戰鬥時，在那輛車上設置了定時炸彈。

雖然MMTM還是沒有上當，但SHINC趁隙順利前往南方準備與蓮等人戰鬥。

只不過，包含老大在內的三個人突然遭到狙擊，陷入了前所未有的危機當中。這時解救她們的是企圖與蓮結婚的Fire所率領的聯合部隊之一。

被招呼至Fire等人盤踞的結冰湖上後，對方向SHINC做出提案。Fire表示會給予跟蓮他們戰鬥的機會，要SHINC暫時加入聯合部隊。

由於沒有拒絕的理由，SHINC便接受了提案，不過蓮當然不知道這些事情。

從LPFM小隊脫逃的夏莉與克拉倫斯，作為不會出現在掃描上的游擊部隊，尋找著狙擊Pitohui的機會。

但是卻一直無法順利成功。在快得手時被他們搭乘交通工具逃走，兩人因此頭痛不已。

蓮等人騎乘名為「trike」的三輪越野車，在戰場東北部的廣大機場裡進行戰鬥。對手是同樣騎乘trike的ＭＭＴＭ。

雙方利用寬敞的跑道，進行了一場邊打邊跑的高速戰鬥。蓮他們雖然給予ＭＭＴＭ莫大的傷害，但Pitohui也負傷陷入重大危機當中。

這時救了他們的，是表示「要親手殺了Pitohui」而跟蹤在後面的夏莉所發動的狙擊，不過蓮他們當然無從得知。

蓮等人之後朝向戰場西北方的廢墟。在那裡等待他們的是準備決一死戰的ＳＨＩＮＣ眾成員。

滿心歡喜的蓮展開了突擊。與ＳＨＩＮＣ成員們開始了期待已久的死鬥。

但是這時Fire麾下的小隊卻插手這場勝負。

受到強大火力襲擊而陷入險境，蓮等人與ＳＨＩＮＣ的命運將會——

SECT.12 第十二章　為了防止全滅

「Pito小姐快逃啊！應該有其他敵人從南方過來了！」

蓮的發言沒有獲得回應。

蓮雖然瞪著夾在廢墟大樓之間的道路前方，但是Pitohui投擲的煙幕彈發出的黑煙流了過來，讓人完全搞不清楚狀況。

不過從視界左上角可以知道Pitohui與M的HP正以猛烈的速度減少。

從剛才就一直聽見的是像蜂鳴器般連接在一起的聲音。

之前Pitohui曾經讓自己看過影片。並且告訴自己GGO裡有名為「M134．迷你砲機槍」的超級高速連射式槍械。

然後Pitohui也做出符合個性的行為，直接去對擁有這把槍械，名字叫作「怪獸」的玩家表示「價格隨你開，把它賣給我吧！」，結果立刻遭到拒絕。

看見兩個人HP減少的速度……

咦？難道是立即死亡……？

蓮對於隊友的死亡有了完全的覺悟。

Pitohui和M絕對是被迷你砲機槍擊中，遭到一秒間數十發子彈連射的話，身體肯定會四分五裂吧。

在蓮身邊的塔妮亞應該是在跟老大交談，但是蓮聽不見內容。不對，應該說聽得見聲音，但是內容進不到腦袋裡。

兩名伙伴的ＨＰ持續減少，甚至低於剩下兩成的不可次郎……

「啊啊……Gun Gale之神啊！」

只能對莫名其妙神明祈禱的蓮……

「是裝甲悍馬車！別管我們了，快往西逃走！」

耳朵裡聽見Pitohui的聲音。

兩人的ＨＰ在低於一成左右的地方停了下來。

「老大！蓮說有敵人過來了！」

看見迷你砲機槍從悍馬車上瘋狂射擊來屠殺Pitohui與M的老大，這時聽見塔妮亞的聲音。

同一時間，悍馬車上的槍座緩緩迴轉，迷你砲機槍的槍口朝向我方。從該處延伸出來的彈道預測線就指著自己的胸口。

「嗯……我知道……」

迷你砲機槍的槍口發出炫目光芒。

老大有了必死的覺悟……

「存活下來的傢伙全力逃走！別管同伴了！」

然後為了留下這句話而大叫。

雖然不知道能不能說到最後，不過還是順利說完了。

自己沒有受到任何傷害……

「咦？」

因為眼前出現了一道牆壁。

是一道水泥牆。

小隊裡力氣最大的蘇菲發揮全身的力量，把滾落在地面的板狀大樓外牆扛在背上。

雖然只是2公尺四方形，厚度5公分左右的水泥塊，但是斜向扛著還是把子彈彈開了。

大量的子彈群發揮其威力消失在空中。數發子彈裡會包含1發尾巴拖著光線的曳光彈，所以能看見紅色光線飛向上空。看起來就跟煙火大會一樣美麗。

「老大！到大樓裡面去！」

聽見蘇菲的聲音，老大就拿著PTRD1941衝道路右邊的大樓裡。

雖是不符合其巨大身材的迅速動作，但追著她身影的迷你砲機槍也以名符其實的火線襲去。

老大真的是在千鈞一髮之際獲救。兩邊的辮子前端遭到貫穿，老大的頭髮因此變短了一點。辮子整個鬆脫，頭髮在衝進室內的老大背後流洩而下。

由於辮子完全散開，使得頭髮也披掛在臉的左右兩側，變得宛如落魄武士的老大身旁，蘇菲放開水泥牆壁衝了進來。然後——

「沒事吧老大？快帶著大家逃走！」

老大確認其他四個人的ＨＰ沒有減少。這邊吸引迷你砲機槍的火力時，她們似乎順利逃進對面的建築物裡了。

她接著對仍在回復中但ＨＰ未滿兩成的蘇菲問道：

「妳怎麼辦？」

「我來支援大家撤退！對手是悍馬車和迷你砲機槍！用平常的方式逃走的話一定會全滅！」

老大理解了。

蘇菲打算在這裡犧牲自己來保護小隊。

她也知道如果遇見同樣的狀況，自己也會這麼做。就像剛才在機場所做的那樣。

所以老大沒有多說什麼。

只需要說一句話就夠了。

「拜託妳了。」

煙幕散去的戰場道路突然變得寂靜。

悍馬車光明正大地盤踞在道路正中央。車頂上的迷你砲機槍槍口左右移動尋找著下一個獵物，但已經看不見會動的身影。

悍馬車的駕駛座上……

「怎麼樣？」

穿戴護具與太陽眼鏡的蒙面男越過防彈玻璃看著前方，同時對站在後方槍座前做同樣打扮的伙伴這麼問道。

迷你砲機槍的射手瞪著道路回答：

「不行，無法確認。絕對打中ＬＰＦＭ的兩個人了，但是被轟飛到建築物後面就看不見人影。」

「轟出那麼多子彈，怎麼樣都不可能活下來吧。」

駕駛這麼說道。

他們剛才在看不見Pitohui與M後，還是朝大樓發射了數百發子彈。

廢墟的一樓幾乎全被子彈掃過了。不論裡面有什麼，應該都已經四分五裂。

「我也這麼認為，但是沒看到『Dead』的標籤。那兩個人又是強者，我們不能大意。SHINC那群人幾乎沒有受傷——由我來監視，拜託你進行報告吧。」

絕對不鬆懈的槍座前男性只把手指靠在迷你砲機槍的發射鍵上，同時把束在一起的六根槍口左右移動。這是為了有人衝出來的話，能夠在受到防彈板防守的地方立刻開槍盡情射擊。

即使處於壓倒性的優勢，他依然完全沒有掉以輕心。

駕駛把排檔桿打到倒車檔。做好要是受到攻擊才能立刻後退的準備……

「這裡是二號車。」

然後對遠方的伙伴這麼搭話。

「由於被LPFM的槍榴彈手發現，所以與其交戰。按照預定將他們跟SHINC一起殲滅。請求援軍過來這個區域。」

「怎麼回事？」

蓮邊跑邊對跑在左邊的塔妮亞這麼詢問。

雖然只是簡短的一句問句，但塔妮亞已經了解她的意思。

「明明應該要享受只有我們的戰鬥，為什麼有人插手？說起來那些傢伙究竟是誰？應該說，從開始到現在到底發生了什麼事情？」

也就是SHINC在SJ4裡究竟發生了什麼事。

兩個人按照老大與Pitohui的吩咐，全力自顧自地逃亡。腳程快速的兩個人全力奔馳著。

我方不論再怎麼努力，都不可能贏過在大路中央的裝甲悍馬車與迷你砲機槍這種怪物。搞不好根本連靠近都辦不到。而且後方可能還有更多敵人存在。

這樣的話，總之先逃到不會被擊中的地點來確保安全就是優先事項。最糟糕的情況是其他成員全部陣亡，那麼自己就一定得活下來才行了。

塔妮亞回答蓮的問題。

「是因為之前差點被其他小隊幹掉，才會跟那些傢伙聯手！然後曾經被那群人救過一次。在冰凍湖泊的陣地上，一個穿運動衣的高大怪人約好讓我們跟蓮你們戰鬥，老大就答應了。」

是Fire那個傢伙嗎……

蓮咬緊牙根。

「那麼，悍馬車是聯合部隊的人馬對吧？」

「沒錯。因為他們像計程車一樣把我們載到這裡來。只不過完全不知道那些傢伙擁有迷你砲機槍！他們把爪子藏起來了！確實有一套！」

「那默默在旁邊看我們戰鬥到最後的話，其中一邊或者是雙方都會受到重傷，之後再攻擊不是輕鬆多了嗎？」

「就是啊～」

「那為什麼途中就開始攻擊了？」

「我不知道！但這算是違背約定！我要報告老師！」

不可次郎在不發出聲音的情況下緩緩走下大樓內的階梯。雖然透過通訊道具聽見蓮的聲音，但是她沒有主動說話。

不可次郎沒有開口。只是這麼想而已。

啊～這怎麼想都是我不好，嗯。

以槍榴彈攻擊時，偶然發現的悍馬車。

不可次郎為了打發時間而鬧著玩，從十層樓高的大樓屋頂試著攻擊那輛悍馬車。

但是在攻擊前就已經被對方發現。Fire的「部下」們可以說是相當優秀的敵人！

不可次郎的槍榴彈攻擊在擺出姿勢時彈道預測線就給了對方警告，所以很輕易就被躲開，然後就有溫馨的禮物，也就是子彈送到她的胸口。

這道穿越胸口與背部防禦板縫隙的攻擊，斜向貫穿了嬌小不可次郎的胸口。明明是從相當遙遠的距離所進行的狙擊，能夠一擊命中確實相當了不起。

或許是沒擊中心臟的緣故吧，不可次郎得以只失去一半HP。

這是因為不可次郎在ALO裡瘋狂鍛鍊才能如此耐打。如果是蓮，大概會立即死亡兩次左右吧。

但是攻擊沒有就此結束。從遠處飛來的某樣物體，在不可次郎倒地的屋頂爆炸了。

不可次郎的身體被衝擊吹飛，直接強行移動撞上了大樓屋頂上的階梯出口。

幾塊碎片刺進身體裡，讓她受到更多傷害，HP最後只剩下兩成。

如果這樣就結束就還算幸運了。

不可次郎現在沒有拿著MGL—140。

右太與左子因為爆炸的衝擊而丟下不可次郎到很遠的地方去旅行了。從大樓的屋頂被吹飛，掉到下方樓層的某個地方。

視界右下的武器圖標處依然可以看見兩把武器的形狀，所以應該是破損而非全損吧，目前應該掉落在廣大瓦礫裡的某處。不可次郎不知道接下來有沒有時間走下大樓去尋找，也不清楚能不能找得到。

她一邊走下階梯一邊想著。

如果那個時候，自己沒有隨便試著要攻擊悍馬車的話——

「ＬＰＦＭ對ＳＨＩＮＣ」就還會持續下去，不論是輸是贏，蓮應該都能盡情地戰鬥吧。

也就是說，全是自己的錯。

因此……

「搞什麼嘛，聯合部隊也喜歡背叛嗎！不會是跟ＳＪ３搞錯了吧！真是一群過分的傢伙！和那種傢伙決裂是正確選擇喲！」

不可次郎全力裝傻，對著蓮說出這樣的話。

「不可！妳沒事吧？」

蓮隔了許久才又聽見不可次郎的聲音，於是衝進大樓的瓦礫旁邊停下了腳步。塔妮亞也跟著這麼做。

從剛才戰鬥的道路往西移動了數百公尺。道路上全是巨大的水泥碎片，所以就算是悍馬車也無法開過來吧。

不過還是警戒著狙擊手，盡可能把嬌小的身體壓到最低。

「又不是殭屍遊戲，當然還活著嘍。不過正如妳所見，ＨＰ只剩下一丁點。接下來是打針的時間了。」

不可次郎的聲音回來了。應該是壓低聲音在說話吧。聲音聽起來很微弱。

蓮的視界左上角，不可次郎的HP正從兩成慢慢回復當中。打下兩根急救治療套件，應該是打算讓HP回復到八成吧。但是這樣得花上六分鐘才能完全回復。

其下方的Pitohui與M的HP條還是停在一成。

是因為某種理由而沒有打急救治療套件，或者是處於無法行動、說話的狀態當中吧。

蓮雖然祈禱兩個人能夠平安無事，但還是把精神集中在跟不可次郎的對話上。

「沒有被什麼夾住而無法動彈，或者是被敵人抓住了之類的吧？」

「啊～別擔心。雖然剛剛在屋頂上稍微被擺了一道，但是跟被小貓掠到一樣。」

「掠到」是「抓到」的意思。主要是在北海道使用的方言。

「少騙人了！——妳現在在做什麼？」

「正緩緩走下大樓的街梯。不知道敵人在什麼地方。現在隨便出去的話會被擊中吧。對手應該不是SHINC吧？」

「敵人是Fire的同伴！除了迷你砲機槍之外不知道還有什麼武器！也不清楚有多少人！」

「『迷你砲機槍』是什麼？迷你的話表示很可愛嗎？」

「是很恐怖的武器喔！發射速度快到難以置信，只要一被打中就會變成粉末喔！」

「粉末嗎……我說蓮啊，妳知道『粉塵爆炸』嗎？」

「這重要嗎？一定要現在提？」

「沒有啦，只是想變成粉末的我能不能引發爆炸！」

「嗯，不可能。」

「哎呀，差不多到一樓了。那等一下再聊了。妳剛才說話的對象是幻想的朋友還是塔妮亞？」

「後者。」

「那麼妳們兩個人就先一起逃跑吧。Pito小姐剛才也說過要我們活下去了。用英文來說就是survive。」

「但是……」

「我也不想死喔。我會盡可能躲起來，像小強一樣偷偷移動喲。接下來有好一陣子要各自採取保護自己性命的行動了。運氣好的話，在哪個地方再見吧！不想錯過敵人的聲音，我要先切斷通訊嘍。」

然後與不可次郎的通話連線就被切斷了。

「…………」

蓮說不出任何話時，旁邊的塔妮亞……

「啊！」

就發出了驚訝的聲音。

蓮瞄了聲音的主人一眼，發現銀髮底下的臉龐露出泫然欲泣的表情。

「蘇菲死掉了。」

＊　＊　＊

時間稍微回溯一些。

「拜託了。」

老大這麼對蘇菲說道，同時思考著讓小隊盡可能保持戰力存活下來的方法。

除了塔妮亞之外的五個人，目前分別躲藏在大路左右兩邊的建築物裡。

面對悍馬車右側的是自己和蘇菲，左側則是安娜、羅莎以及冬馬。

塔妮亞的聲音雖然傳到耳裡，但是知道那是在跟蓮對話。她們現在應該逃到遠方去了吧。

應該暫時不用擔心她。

老大先切斷與塔妮亞的通訊。

然後對剩下來的成員……

「不論如何，這次都要活下來！然後所有人狠狠地踹那個Fire的屁眼！」

雖然是很自然就說出的一段話，但在現實世界還是不要說比較好。

「喔！」

「了解！」

「хороший（好耶）！」

安娜等人的聲音回傳，老大也因為可靠的伙伴們而露出笑容。那種模樣看起來很恐怖。

但還是找不到能在最少犧牲之下打破這種狀況的具體方法。

五層樓的建築物另一邊沒有出口，也沒有跟隔壁的建築物相連。雖然也有用電漿手榴彈把牆壁炸掉這個辦法，但這樣的話大樓應該會直接崩塌吧。

結果無論如何都只能先逃到大路上。

但這樣會暴露在悍馬車上迷你砲機槍的攻擊之下。

就算蘇菲當成誘餌，在她死亡之前四個人一起逃走的話，真的能所有人都平安逃脫嗎？

不，應該沒辦法。

老大在內心搖了搖頭。

從老大她們躲藏的地點到能安全逃脫的十字路口大約是30公尺。幸好路上幾乎沒有障礙物，衝出去到只要有幾秒鐘就能抵達轉角了吧。

但這幾秒鐘就是難關了。

一般的槍械也就算了，根本沒辦法從迷你砲機槍底下逃走。

那把槍是確實能在一瞬間把人幹掉的武器。有五秒鐘的話，就能像用水管灑水般掃射整個路面，讓整條路上都有子彈飛過。當然，所有人都會被擊中並且死亡。

那麼，要對距離300公尺左右的悍馬車發動近身攻擊嗎？躲在大樓後面靠近，最後以手榴彈攻擊？

那就更不可能了。在靠近前就會被擊中，就算一切全都順利成功，對方也還有「後退」這個手段。

當老大死命攪動腦汁時，蘇菲就繞到老大背後幫忙把散開的頭髮再次綁成辮子，不過老大完全沒注意到這件事。

這是加奈在現實世界也經常對咲做出的舉動。

「來，綁好了。」

「哦？噢，加奈——不對，蘇菲，謝謝妳了。」

「那我們上吧！大家別跌倒嘍！」

「等等，妳有什麼點子嗎？」

老大急忙這麼問道……

「剛才蓮她們不是做過了？」

蘇菲咧嘴笑著，然後一邊對老大伸出手一邊這麼說。

「最重要的是時機！別錯過了。所有人先把武器收進倉庫欄裡。只有由我拿著捷格加廖夫！」

老大對伙伴下達了命令。

她邊說邊把愛槍ＶＳＳ消音狙擊槍與背包收進倉庫欄，然後手像是抱住一樣拿著宛如長曬衣竿般的反坦克步槍。

由於它相當重，拿著就會加上超重懲罰，所以老大可能無法發揮自己的速度。

但是沒有其他方法了。今後跟裝甲悍馬車戰鬥時，或者除此之外的戰鬥，可能都得用上這把槍械。

蘇菲她……

「大家準備好了嗎？那麼要配合好時機喔。別擔心，不用像體操大賽那麼緊張！」

這麼說完後，她就抱起拿著的細繩。

那是稱為傘繩的尼龍製強韌繩索。綁在前端的是西瓜一般的圓形物體。

蘇菲站在破碎的窗戶邊緣後……

「要上嘍！嘿呀！」

把繩索朝順時針方向旋轉，然後以丟鉛球的要領把它丟到路上。

「四！三！二！一！」

數到「零！」時老大等四個人就衝了出去。

來自老大的禮物，也就是綁在繩索上的大型電漿手榴彈也同時炸裂。

道路正中央出現直徑20公尺的藍色半球體——

「可惡！被擺了一道！」

迷你砲機槍的射手沒有開槍。

覆蓋整條道路的半球能夠破壞所有子彈，不然就是將其彈往上下左右。

那場爆炸的後面，現在ＳＨＩＮＣ應該逃出去了。

「有一套！」

駕駛稱讚著對手。

再等兩秒就可以了。

聽著遲了一會兒才傳過來的爆炸聲並且感覺著爆風，他以雙手握住迷你砲機槍的握把，拇指依然靠近中央的紅色發射拉柄等待著。

電漿手榴彈的奔流三秒鐘左右會收束。在那個時候開槍從路上橫向掃射的話，應該能貫穿ＳＨＩＮＣ的背部才對。

再一秒。

男人把手指放到發射拉柄上。準備開始用力──

「什！」

一個半球消失的同時，又出現另一個半球。

同樣是巨榴彈的爆炸。地點比剛才更加靠近我方。

再次有爆炸聲與爆風傳至，藍色風暴消失──

又再次爆炸。

這次靠得更近，在距離悍馬車200公尺左右的位置。

「好樣的！有人往我們這邊逼近！」

迷你砲機槍的射手察覺敵人的作戰。不只是使用巨榴彈當盾牌，接下來的1發將投得更遠來逼近我方。

「了解！不過對方竟然能把巨榴彈丟到這麼遠的地方！」

雖然重量會因為筋力值而有所變化，但那依然是相當重的物體。迷你砲機槍的射手實際看見讓駕駛感到疑問的答案。

完全越過高10公尺的山被丟過來的爆炸球體當然就是巨榴彈了。上面還綁著2公尺左右的細繩。

「噢，綁著繩子。使用離心力就能辦得到。」

「原來如此！」

雖然因為爆炸與土塵而看不見，但男人們可以預測到另一側在做些什麼。

在投出去的瞬間按下已經打開的視窗裡頭的「實體化」按鍵，道具就會出現在眼前。這裡的道具當然就是綁著繩子的巨榴彈了。

拿起來後按下啟動鈕，旋轉一次後投擲出來——

這麼一來即使是沉重的巨榴彈，也能夠進行連續的長距離投擲。不能丟鉛球的話，運用丟鏈球的原理即可。

不過真虧她們能想出這樣的點子。

ＳＨＩＮＣ那群人，在現實世界應該也投擲許多東西吧。只不過猜不出丟的是什麼。難道是夫妻吵架時的盤子？

第四次的爆炸在距離１６０公尺的位置。

爆風晃動沉重悍馬車的車體。駕駛呢喃了一句：

「靠著彈藥會復活就卯起來丟啊。」

「嗯，我也是這樣才能盡情開火。這條規則真是太棒了。」

「沒錯。」

迷你砲機槍的優點是超高速連射，但這同時也是它的弱點。這樣就需要大量的彈藥，而且一下子子彈就會耗盡。沒有子彈復活這條規則的話，這把槍想必沒辦法活躍到這種地步。

第五次的爆炸在距離１３０公尺的位置。新的爆炸一瞬間就把上一次爆炸揚起的土塵吹飛，但是立刻又揚起新的土塵，所以視界當然不佳。

「太近了。還會繼續過來喔。要不要先退後？」

「不，就算退後還是會逼過來。而且這時候不決一勝負對她們太失禮了。差不多該試試看了。」

「試什麼？」

「嗯，你看著吧。」

第五次爆炸快要結束，從上方又飛過來第6發巨榴彈時……

「嘿呀！」

迷你砲機槍的射手就瞄準並且加以射擊。

嗚嗡嗡！

7.62毫米彈從發出簡短吼叫的迷你砲機槍裡飛出，然後捕捉到巨榴彈。

ＧＧＯ世界的電漿手榴彈只要被擊中就能輕易地誘爆。

巨榴彈在空中爆炸，道路中央出現了完全的球體。

藍白色惑星般光芒照耀著道路。

「真是漂亮。」

駕駛這麼呢喃。

由於球體上部在相當高的位置，下部幾乎接觸到地面……

「這樣就沒辦法丟下一顆了吧。」

迷你砲機槍的射手準星往下移。等那道光芒消失就立刻掃射道路。真的就像是用掃帚掃過一樣。

光芒消失的話──

「什麼！」

在藍色光芒消失前，他看見往這裡衝過來的女人。

矮胖又強壯的矮人般女性。和老大談話時聽到的名字是蘇菲。

「多虧了你高超的技術！」

蘇菲早已看穿巨榴彈會被射穿。

她知道隨著越來越靠近，巨榴彈將會被迷你砲機槍擊中而在空中炸裂。

這樣的話，空中出現球體的瞬間就能從旁邊通過。

屆時爆風會瘋狂肆虐所以並不容易，但這是不碰到電漿奔流靠近對方最初且最後的機會了。

蘇菲在豪邁地晃動身體當中全力奔馳衝過建築物與藍色球體之間，然後就看見了裝甲悍馬車。

剛剛還很遠的車體，只剩下100公尺左右的距離。

這時候蘇菲也有逃進大樓內躲起來的選項。逃進五層樓高的大樓內的話，悍馬車也無法追過來，而且為了躲避來自上方的手榴彈攻擊也會當場逃走吧。

但這樣悍馬車可能在道路上前進，從背後襲擊逃走的眾伙伴。

必須讓它在這裡無法動彈才行。

靠近了30公尺左右的蘇菲，開始旋轉綁著最後一顆手榴彈的繩子……

「吃我這記！」

完全發揮現實世界鍛鍊出的新體操技術與虛擬世界獲得的筋力，把手榴彈丟出去。

迷你砲機槍的射手與駕駛雖然都看見蘇菲進入投擲動作……

「那應該……」

「不可能吧。」

防壁。

實在不認為能把那顆沉重的巨榴彈丟過剩下來的70公尺距離。兩人認為又會掉在前方形成防壁。

「不要動！我來解決她！」

「了解！」

所以迷你砲機槍的射手命令駕駛不要動，同時瞄準蘇菲開槍射擊。

只要在巨榴彈於雙方之間爆炸前射穿蘇菲就可以了。

而數十發子彈也正如他的預定襲擊蘇菲，把蘇菲的身體瞬時變成多邊形碎片。簡直就像被炸彈炸到一樣粉身碎骨。

SHINC的蘇菲就這樣從SJ4退場了。

「好！」

當駕駛這麼說時……

「糟糕！」

迷你砲機槍的射手同時這麼大叫。

死亡前的蘇菲投擲出來的綁繩手榴彈漂亮地飛過70公尺的距離，但沒有按照她的瞄準從悍馬車的車頂防彈板上方進入車內。

手榴彈在稍微前面的地方落地，然後正常地爆炸了。

迷你砲機槍的射手看見了。那不是巨榴彈，也不是電漿手榴彈，而是美軍所使用的「M67」。

也就是在現實世界裡也相當普通的碎片手榴彈。那種大小跟棒球差不多的手榴彈，加上離心力後的確可以丟過這樣的距離。

拔掉保險栓後到啟動有五秒鐘的時間，手榴彈就在車體往前一點的地方爆炸了。

噴灑對人用碎片的手榴彈無法破壞裝甲悍馬車。不論是車體或者玻璃都一樣，只能讓車體晃動一下。

但是輪胎就另當別論了。遭碎片刺入的兩個前輪，空氣開始迅速地洩出。

當然也有投進悍馬車內的選項，但是那會變得相當困難。所以才會確實地瞄準輪胎。

「被擺了一道……真是個棘手的女人。」

對於一切全按照蘇菲的預定進展，迷你砲機槍的射手蒙著面的嘴角露出笑容。

駕駛也開口表示：

「打從一開始就瞄準輪胎嗎！太漂亮了！」

他一邊稱讚對手，一邊看著後照鏡，緩緩讓兩個前輪都爆胎的悍馬車往後退。

悍馬車是軍用車輛，所以就算爆胎也不會立刻無法行駛。裝設的是名為失壓續跑胎的輪胎。這是左右兩邊構造相當堅固的輪胎，所以不容易直接變扁。

只不過原本作為車輛的性能將大幅降低，在最高速度受到限制的狀態下繼續往前衝實在太過魯莽。

駕駛握著不停搖晃的方向盤並笑著表示：

「啊哈哈，好棒的敵人——哎呀，Squad Jam真是有意思。」

而迷你砲機槍的射手也表示：

「嗯，很棒的敵人——這下子只有我們享受的話可會挨罵喔。」

＊　＊　＊

「蘇菲死掉了。」

才剛聽見塔妮亞這麼說的聲音。

「蓮，妳沒事吧？」

Pitohui的聲音就傳進蓮的耳朵裡。

雖然煩惱了一下該在意哪一邊，但蓮最後還是以小隊成員的聯絡為優先。

「我沒事！我才想問Pito小姐呢！現在怎麼樣了？」

「超有精神。啊～終於可以動了～」

「差點就死了喔。」

「現在打了急救治療套件。」

蓮的視界當中，Pitohui與M的ＨＰ開始回復。

兩個人目前只有一成左右。由於Pitohui手邊還有兩根，所以六分鐘後可以恢復為七成。

M還有整整三根，九分鐘後應該可以完全回復。當然在這之前不能被敵人擊中任何一發子彈。

「M先生也跟妳一起嗎？」

「是啊~妳那邊只有一個人？」

「我和塔妮亞一起！」

蓮老實地回答Pitohui的問題。

「ＯＫ。好好相處喲。看完掃描後麻煩妳報告。有什麼事情那時候再說。」

想著「已經是這種時間了嗎」的蓮急忙從胸前口袋拿出衛星掃描接收器。

旁邊的塔妮亞已經瞪著畫面。

蓮也跟著看向螢幕，發現時間已經是十三點四十分。

發現ＳＨＩＮＣ並且加以挑戰之後，只過了十分鐘的時間。幾乎一直在奔跑與戰鬥，算是相當忙碌的十分鐘。

第十次掃描已經開始了。和不可次郎對話中的蓮沒有注意到三十秒前應該震動過的手錶。

掃描從南方開始，已經來到地圖的一半左右。

湖面上顯示出六支聯合部隊的位置。

當然只是隊長待在那裡，應該有許多玩家過來這邊了。因為擁有車子，所以不能忘了他們的移動速度是人類的十倍以上。

僅剩下兩個人的ＭＭＴＭ待在機場區域。

隕石坑區則是不動的ＺＥＭＡＬ。他們是睡著了嗎？

掃描往北前進，顯示出自己的位置。雖然敵人因此而得知蓮在這裡，但是蓮也得以知道自己目前身在何處。

剛才拚命奔跑的蓮在地圖西北部的廢墟區域裡。以棋盤格來顯示的話就是「7之一」的位置。

ＳＨＩＮＣ——也就是老大在隔壁的「6之一」。蓮剛才也是在這邊附近跟ＳＨＩＮＣ戰鬥。

搜尋周圍的敵人後果然發現了。和我方相當有緣分的，全身穿戴護具的ＳＦ士兵集團Ｔ—Ｓ就在廢墟區域的西側「10之二」裡面。

把這些事情報告給Pitohui的期間，掃描就結束了。

塔妮亞似乎正在跟老大說話，於是蓮便集中精神在與Pitohui的對話上。看來她似乎正在奔跑。

「現在該怎麼辦？」

「先待在那裡。位置已經曝光了要隨時警戒周圍。只要稍微看見敵蹤——」

「嗯。就全力往西逃走。」

「沒錯。我們從北側往妳們那邊前進。唉，現在是滿身瘡痍狀態，要是跌倒死掉了就只能跟妳說聲抱歉了。」

「別說這種不吉利的話！不過，受到迷你砲機槍的掃射竟然還能存活耶……」

「哎呀，我也覺得死定了啊！不過連老天爺都站在我這邊。」

「怎麼說呢？」

「託M的福。那傢伙撲在我身上。」

「啊，用背上的防彈板……」

蓮立刻裡解是怎麼回事。

那種盾牌光是一片就能完美地擋下7.62毫米彈。M應該是用巨大的身軀保護了Pitohui。

但就算擋得了子彈，應該也無法防止衝擊——

「受到衝擊後受傷了？」

「對。不過迷你砲機槍真是恐怖。一秒內有數十發子彈命中同一個地方，把我和M壓在水泥牆上。現實世界的話，兩個人的肋骨應該全部斷了吧。」

「好恐怖……」

幸好是遊戲。

蓮已經不記得這是在GGO裡第幾次有這種想法了。

嗯，在SJ2被蓮從跨下縱向砍成兩半的人應該也是這麼想。他還繼續玩著GGO嗎？

「然後悍馬車一直在眼前所以沒辦法從大樓裡出來，多虧SHINC的矮壯女孩的努力。前輪爆胎的悍馬車撤退嘍。」

「嗯……」

蓮雖然不知道詳情，但蘇菲就是因此而死吧。

之後得跟她道謝才行。

還是應該請她吃零食呢？

當蓮在跟Pitohui談話時，塔妮亞從再次連線通訊道具的老大那裡聽見了狀況。

託蘇菲的福，四名伙伴之後沒有受傷，聚在一起後往這邊逃了過來。

「好，我們會合吧！」

老大的回答是……

「那是當然了。不對那些傢伙報一箭之仇實在無法消氣——嘎呼！」

「老大？」

塔妮亞視界當中，老大的HP一口氣減少三成。目前剩下七成。

「是狙擊！左邊！」

廢墟的十字路口，老大一邊跌倒一邊這麼大叫。

該處是開始逃亡後的第二個大十字路口。是相當有可能敵人出現的南側，而且視界開闊的地方。

但是想往西逃就一定得經過。

雖然先行的冬馬、安娜、羅莎平安通過了30公尺左右的危險地帶，但是拿著沉重又長的PTRD1941的老大奔跑速度變慢，左腿被飛過來的子彈貫穿了。

「嗚！」

老大失去了平衡。已經沒辦法用左腳支撐，絕對無法避免跌倒了。

但是當場撲倒在地的話，一定會被下一發子彈貫穿。

「嗟啊！」

老大抱著長長的ＰＴＲＤ１９４１，只用右腳的力量扭動身軀。以像長槍一樣的槍身為主軸，巨軀側倒在地上滾動，躲過了接續飛過來的第２發與第３發子彈。

那是不符合她龐大軀體的迅速行動。如果不是因為新體操而習慣體操動作，不可能如此輕易就能做到。

「南邊有狙擊手！老大中彈！」

安娜迅速從街角扔出煙幕彈，老大與應該存在於南方某處的敵人之間隨即揚起灰色煙幕。

「在哪裡？」

將ＰＫＭ機槍實體化的羅莎從安娜後面這麼問道。就算因為煙幕而看不見也沒關係，應該是打算朝大概的位置發射子彈吧。

但是……

「不知道！」

安娜只能老實地這麼回答。

老大遭到狙擊時，以及第２、第３發子彈發射時都完全沒有聽見槍聲。也沒看見發射時的槍口火焰。

也就是說對方應該裝備了消音器。

那是裡面設置了小空間的金屬筒，只要有設計圖跟加工技術，製作起來就不會太困難——

只要裝設在槍口前端，就能夠完全不被發現所在位置，算是非常恐怖的道具。

要說知道哪些情報，大概就是從發射間隔短暫得知是自動連射式槍械，還有對方是Fire的聯合部隊之一。

然後……

「那些傢伙是認真要幹掉我們！」

「我想也是！」

冬馬同意這個看法，同時拖著因為左腳麻痺而無法順利跑步，只能用爬得穿過大馬路的老大。

好不容易隱藏到轉角的老大，再也無法拿著將近16公斤重的ＰＴＲＤ１９４１。雖然因為擴散的煙幕而看不見，但現在應該掉落在十字路口的正中央才對。

老大以險峻的表情……

「這樣有好一陣子沒辦法跑。妳們先走吧！」

「但是！」

實在無法接受的冬馬這麼表示。

「不快點走的話，又會有其他狙擊手搶先瞄準下一個十字路口喔！」

「嗚！」

這就無法反駁了。

知道敵人數量較多的現在，不先想辦法重整態勢的話，明顯會單方面遭到追趕而陷入不利的狀況當中。

「我會從後面趕上去！以跟塔妮亞會合為優先吧！」

「了解！祝武運昌隆！」

接著安娜等三個人就留下老大跑走了。

看著她們的背部……

「聽到了吧，塔妮亞。妳們還能戰鬥。跟平常一樣擔任斥侯吧。一點一點逃向西邊，並且確保周圍的安全。」

「了……了解！——但是，那老大怎麼辦？」

「等我的腳能動了，會試著回收捷格加廖夫。」

「太魯莽了！」

「或許吧。」

老大一邊揉著腿來消除麻痺，一邊在依然濃厚的煙幕裡思考著。

現在衝到十字路口，對手也無法狙擊吧。應該不會犯下浪費子彈這種低級的錯誤才對。但是自己也將無法找到ＰＴＲＤ１９４１。

是否要放棄那把槍？

由於腳仍然麻痺，她便選擇等待煙幕散去。

能看見後，只要稍微有將其取回的機會，就會賭上可能性進行嘗試。看起來絕對沒機會的話就放棄。

雖然不打算逞強而死，但是也不願意放棄那把槍。

老大在心中感到苦惱不已，也就是做出答案之前，煙幕就因為被強風吹走而急遽消散。

然後老大就看見了。

「為什麼妳會在那裡？」

她忍不住這麼大叫。

十字路口的正中央，穿著迷彩服的巨大身軀——

Ｍ正舉著ＰＴＲＤ１９４１。

SECT.13

第十三章　撤退・其之一

老大看見的是揹著背包與M14．EBR，身穿綠色迷彩服的巨漢。

而那個傢伙正趴在地上舉著我方的槍械——PTRD1941。

長長槍身從左右各三片組合而成的扇狀盾牌中央伸出來。

「為什麼你會在那裡？」

M沒有看向老大就直接回答。

「借用一下。」

下一個瞬間就有子彈命中M的盾牌彈跳了起來。

看見跳彈往自己的方向飛過來……

「咿呀！」

老大的巨大身軀緊貼在地上。

同一時間……

「那裡嗎？」

M手中的PTRD1941發出吼聲。

從槍口前面以及槍口制退器左右的洞裡豪邁地噴出大量氣體，發出宛如炸彈爆裂般的巨大音量。一瞬間，周圍揚起一片土塵。

直徑14.5毫米。重量是60公克的巨大子彈，以接近3馬赫這種令人難以置信的速度飛了出去。

老大從低處……

「…………」

看見為了破壞M的盾牌而入手的槍械，被M拿在手上從M的盾牌後面開火的模樣。

「嘖！那面盾牌太作弊了！」

蒙面戴著太陽眼鏡，全身穿著鮮豔迷彩服的男人，身體從大樓窗戶縮回去。

那是距離M與老大所在的十字路口大約400公尺，某棟大樓內其中一間房間。

原本在窗邊臥射的男人抱緊附加了消音器的M110A1狙擊槍，然後迅速將身體往左邊滾動。

因為對於右撇子的他來說，這是最迅速的移動方法。

動作相當熟練且迅速。一瞬間就躲到厚厚的水泥牆壁後方。

飛到該處的子彈在水泥牆上開了一個大洞。

「嘎！」

吧。

水泥碎片直接擊中男人的頭部。

遭到強烈打擊的男人，ＨＰ一口氣減少了四成。

如果以滾動來逃走的速度再慢一些，威力足以穿透牆壁的子彈應該就會射穿他的頭部了吧。

男人的迷彩服與蒙面上沾滿塵土……

「嘖！那把槍也太作弊了！老天保佑老天保佑！」

他隨即抱著愛槍衝出房間。

跑在走廊上的男人迅速打下急救治療套件……

「完全預測到我會抱著槍往左滾了……確實很高明。下次要特別注意了。」

他的聲音聽起來很興奮。

「沒能幹掉對方。所有人先會合吧。隊長也過來一下。看來是比想像中還要棘手的敵人。也拜託聯絡悍馬車小組。要確實撒網，把他們逼進去！」

他以通訊道具對穿著同樣迷彩服的小隊成員送出訊息。

緊接著又說：

「越來越有趣了！」

在大樓之間來回好幾次的巨大聲響，以及晃動周圍的土塵逐漸止歇時……

「看來是逃走了。」

看著瞄準鏡的M如此自言自語。

由於視界前方的水泥牆上開了一個大洞，如果後面的敵人死亡的話，應該可以稍微看見「Dead」標籤的光芒才對。

「喂，菜逼巴～！」

從某處傳來了Pitohui的聲音。

老大撐起身體後，就看到相反方向的十字路口轉角——站著一名右手拿著附加彈鼓的KTR—09，左手拿著兩片合併盾牌的黑衣女。

那無疑就是剛剛還在互相開火的對手了。

老大操作倉庫欄，把VSS與背包實體化。

然後——

「把那把槍拿過來的話，就不送你子彈當禮物了。」

刻意對M他們發出挑釁的言詞。

「拿到那邊去就可以了嗎？兩個人一起扛的話就能全力奔跑吧。」

M回覆了這種溫暖的答案。

「那就這麼辦吧！」

老大咧嘴笑了起來。這可以說是求之不得的提案。

「唷，兩個人乾脆結婚好了！」

Pitohui像小學生一樣在旁邊起鬨。

老大毫不猶豫地打下最後一根急救治療套件。這樣三分鐘後體力應該就能完全恢復了。

Pitohui以盾牌擋住身體並走向十字路口，當M在中央疊起盾牌時，她就幫忙掩護破綻。

M剛才是在煙幕當中攤開盾牌，撿起PTRD1941並且舉起來射擊。而且一切幾乎都是用手摸索。

老大完全沒有注意到兩個人的靠近。就算突然被射殺也一點都不奇怪。

撿回一條命了……

老大乖乖地承認自己的失誤，同時在Pitohui與M過來之前盯著VSS的瞄準鏡警戒南側。

「呀哈！真是累死人了。」

「就是說啊！」

Pitohui和老大以及M三個人一起往西側跑去。

PTRD1941槍身由老大負責，槍托部分則由M拿著來分散重量。M也因此能夠以最快速度奔跑。

Pitohui負責殿後，左手一邊拿著盾牌，然後幾乎是以臉朝後的方式奔跑來警戒可能發動追擊的敵人。

老大用通訊道具告知伙伴。

「我和Pitohui以及M在一起。現在是吳越同舟。各位，和塔妮亞會合後就告訴我位置。」

立刻得到了解的回答，其他人都因為她平安無事而感到高興。

Pitohui邊跑邊隨口問道：

「那群聯手的玩家，領隊的是名叫『Fire』的高個子？」

「妳認識嗎？」

老大並不怎麼感到驚訝。不過只是覺得他可能是頗有名氣的玩家。何況他的外形相當有個性。

「果然。那麼，六支隊伍各有些什麼人？」

應該不可能再回到聯合部隊了吧。老大這時候老實地說出了情報。

「穿運動服的是Fire的小隊。還有未曾見過的鮮豔迷彩服小隊。胸口裝備了堅固護具的小隊。這三支小隊全都蒙面戴太陽眼鏡。另外三支小隊呢，其中之一是之前也出現過的，只有光學槍的RGB。很抱歉，其他兩支是初次參賽的不明隊伍。除了最初的三支小隊之外，從湖上的氣氛來看，應該是SJ開始之後才接受招攬。」

「唔嗯。駕駛悍馬車的是？」

「戴護具的小隊。」

「唔嗯唔嗯。迷你砲機槍也是他們嗎？真是棘手。」

Pitohui的話讓老大想起兩個人剛才的模樣。

然後老實地把想法說出來。

「在那種距離下被迷你砲機槍擊中，虧你們兩個人還能活下來……我已經有立即死亡的覺悟了。」

「我用光劍把子彈全砍掉嘍。」

「真是太厲害了。」

老大沒有吐嘈直接把事情帶過。然後……

「我們這邊的蘇菲為了讓小隊逃走而犧牲了。」

「託她的福才得救了。之後幫我跟她道謝。」

「知道了——但是，那個迷你砲機槍與悍馬車確實很棘手。而且狙擊手也相當高明。然後對方人數又多……」

三個人就在隨時可能被擊中的情況下拚命奔跑著。

「是啊。現在應該在部署對付我們的包圍網了。只要派出六支小隊的一半就夠了。」

「妳有什麼打算？」

「想不想一起逃走？」

老大考慮了兩秒鐘左右……

「也只能這樣了。打倒Fire他們，成為最後兩支隊伍後再一決勝負吧。」

「那就這麼決定了。」

最後和蓮她們會合的ＳＨＩＮＣ成員所傳出的興奮聲音就傳到老大的耳裡。

「看到妳了！這邊！」

＊　＊　＊

從蓮他們挑戰ＳＨＩＮＣ開始，到Ｍ的射擊讓槍聲止歇為止——

酒場內的觀眾們就在一下子發出歡呼聲一下子發出悲鳴或者起鬨聲的情況下觀看著。氣氛可以說相當熱絡。

目前沒有對人戰鬥，實況轉播切換成映照出全體人員的溫和空拍影響。

一邊的大畫面上顯示著坐在冰凍湖上的Fire等人。從迷彩服小隊與胸部護具小隊都不在這裡，就能知道包含隊長在內的所有成員都到廢墟去出差了。

RGB依然不斷用光學槍射擊湧出的怪物。他們確實相當活躍。

另一邊的大畫面裡映照著地圖西北部的廢墟。

由於大路上滾落著大大小小的瓦礫，所以很難看出來，不過LPFM、SHINC正聚集在這裡。小小的粉紅色在灰色世界是特別顯眼。

接著就像棒球場上喝醉的大叔們經常口無遮攔地批評賽事一樣，SJ酒場聞名的自行預測比賽結果又開始了。

「娘子軍跟小蓮他們都受到不少傷害。這下子應該贏不了吧。」

「聯合部隊這次真的很強大……什麼嘛，本來就應該這樣吧！」

「應該說，至今為止的聯合部隊都太沒用了。嗯，要是讓我來指揮的話，應該能獲得更棒的成果啦！」

「蒙面傢伙們每個人的技術都相當高明。槍械也很棒。」

「在悍馬車上加裝迷你砲機槍的話，誰都能獲勝！」

「真的是這樣嗎？兩個前輪都爆胎了喔。」

「後方準備了替換的輪胎吧？再從另一台拿一顆過來之後就能交換了。」

「原來如此，說得也是啦。」

「在市街地的『Technical』是無敵的。要賭也行。今後粉紅色小不點等人沒有勝算了。」

像這樣各自做出了自己的預測，不過似乎都不看好蓮等人。

順帶一提，Technical是把民用車加裝重武裝後的戰鬥車輛。一般是在沒有裝甲的貨卡上加裝重機關槍。

光是能用引擎的力量移動，就已經占了極大的優勢，現在還加上除了反坦克步槍的子彈外全都能反彈的悍馬車裝甲，以及迷你砲機槍這樣的重武裝。

「根本是cheat！cheater！cheatest！」

「你只是想說『cheat』這個單字而已吧！」

「嗯！這是我喜歡的詞。」

「別承認啊。什麼叫你喜歡。別擅自創作最高級好嗎？」

這時候從ＳＪ１就一直觀戰的男人無力地說道：

「悍馬車總共有三台嗎……以一台在廢墟裡追趕主要戰力，其他則由狙擊手來幹掉……也不可能從地圖西北部逃走。啊，已經死棋了。我的小蓮與她的同伴，結束了……」

當男人感到沮喪時，旁邊的光頭男就拍了一下他的肩膀。

「我同意。」

「你終於同意小蓮是我的了嗎！」

「不，不是那裡。」

＊　＊　＊

十三點四十八分。

蓮等人躲在廢墟區域的一角。

警戒著待在同一個地方五分鐘就會湧出的怪物，蓮他們換了一次地點後才開始作戰會議。

待在那裡的是除了死亡的蘇菲之外的五名ＳＨＩＮＣ成員，還有蓮、Pitohui以及Ｍ。

不可次郎自從切斷通訊道具後就沒有聯絡，雖然感到不安，但是ＨＰ正順利回復當中，所以應該還活在某個地方。

哎呀，不可的話不用太擔心。應該能活下來才對啦。

蓮完全不擔心她的安危。

夏莉與克拉倫斯也處於類似的狀態。這兩個人一直毫髮無傷，ＨＰ從來沒有減少過。到底在什麼地方做些什麼呢？

蓮他們目前是在大路的十字路口。是單邊就有雙線道的十字路口所以相當寬敞，應該有2500平方公尺吧。另外也有大樓的外牆、側倒的卡車等能夠防彈的堅固掩蔽物。

而且還有高樓大廈豪邁地臥倒在地上。

至於為什麼倒地了還能保持形狀，果然還是只能無視原因了。不過眾人也因此獲得幫助。

橫倒的大樓成為高20公尺的牆壁，擋住了南側與東側兩個方向。這個十字路口只有西側與北側的道路與視界敞開。

這樣至少不用擔心來自東邊與南邊的狙擊。算是適合短期防禦的地點。

蓮等人蹲低腰部並且警戒著周圍。

當然要是有敵人過來的話，預定是要全力往西邊撤退。安娜與冬馬小心翼翼地瞪著德拉古諾夫狙擊槍的瞄準鏡，羅莎的PKM機槍則是從旁輔助。

M把PTRD1941放在手邊，然後在冬馬旁邊架起M14・EBR。盾牌全部收進背包裡揹在背後。背包中央開了個大洞，只有從該處可以看見金屬板。

廢墟的上空完全被雲層覆蓋，時而變強時而變弱的風從大樓之間吹過。

「以上就是現狀。我們被趕出Fire率領的聯合部隊了。」

老大的聲音……

「可惡，那個臭男人！」

讓蓮忍不住這麼說道。旁邊的Pitohui……

「哎呀～！」

發出巨大的驚訝聲。

「嗯？」

蓮歪起頭，老大則對她問道：

「蓮也認識嗎？那個Fire是什麼樣的人？」

認為Pitohui和蓮都認識的話應該是頗有名氣的玩家，所以這是為了「了解敵人」而隨口提出的發言，但是……

「咦！沒有啦，那個……嗯，怎麼說呢……」

看見蓮吞吞吐吐的樣子，老大就感覺到應該另有隱情。SHINC的其他成員也是一樣。

嗚嘎～！

蓮先是為了自己的失言感到後悔，後來又發覺Pitohui誇張的驚訝反應是刻意的……

唔嗯唔……

她咬緊自己的牙根。

「嗯，先讓她們知道也沒關係吧？因為她們都認識現實世界的小蓮。」

Pitohui隨口這麼表示，這時蓮已經失去反駁的力氣。她說了一句「嗯，隨妳高興吧」。

接著Pitohui就花了二十秒左右說明蓮與Fire的事情，並且說明在ＳＪ４賭上了以結婚作為前提的交往。

操縱者是女高中生的ＳＨＩＮＣ聽見後表現得異常興奮，壓低了的尖叫聲開始此起彼落。從空拍看見這一幕的觀眾們，全都歪著頭想他們是在進行什麼樣的作戰會議。

「原來如此。想全力一決勝負嗎……好吧。」

冰凍的湖上，Fire對通訊對象這麼說道。

他的周圍可以看到同樣穿著深藍色運動服的小隊成員、灰色迷彩服小隊、沙漠迷彩服小隊以及ＲＧＢ的眾人。

跟剛才一樣，除了ＲＧＢ的成員之外，其他人的武器都沒有實體化。也就是手無寸鐵。而穿著獨特迷彩服的男人以及戴科幻護具的男人們全都不在。悍馬車也全都開出去了。

Fire以不感到高興、悲傷、快樂，純粹是事務性的口氣對在遠方的十二個人說著話。

「抱歉至今為止對你們加了各種限制，接下來你們就盡情享受戰鬥吧。讓包含粉紅色小不點在內的那群傢伙全都退場也沒關係。」

「嗯，總之事情就是這樣，這場比試可以說相當複雜。不過呢，小蓮她還是非常期待跟大家的戰鬥喲！」

Pitohui的說明以這樣的形式結尾，然後像是能聽見「啪嘰」一聲般眨了眨眼睛。

「…………」

老大有好一陣子說不出話來，而她身後的SHINC眾成員也同樣啞口無言……

「蓮——————！」

突然間老大的巨大身軀就發出吼聲朝蓮逼近，然後粗大的手用像要把骨頭捏碎般的力量握住蓮的小手。

「嗚咿？」

「我們會保護蓮的！我們絕對會保護妳！」

「哈嘿？」

看來老大的，不對，是操縱者咲的少女漫畫般女性思考已經啟動了。粗壯的猩猩女以眼睛閃閃發亮的臉孔靠近蓮……

「不能結這種違背自己心意的婚！絕對不行！」

「等等，又還沒有決——」

「我們無論如何都會保護妳！」

「那個……但是，如果有什麼萬一的話我會全力裝傻——」

「我們會以視死如歸的決心保護妳啊啊啊！請把我當成盾牌吧————————！」

不是吧，等一下。比試呢？勝負呢？

老大以險峻的表情瞪著周圍的伙伴……

「喂喂！各位小姐！聽到了吧！現在開始——我們要為了被迫接受不幸婚姻的公主而戰，然後不惜犧牲性命！」

為什麼確定會結婚了？

「嗚啦啊啊啊啊啊啊！」

搞什麼，所有成員都氣勢驚人。太會捲舌了吧。

「哎呀！」

還有Pito小姐，別在旁邊露出幸福的微笑。我看到了喔。

無法阻止老大全力幫忙的心情了。

「對了，M！用你的盾牌做一個箱子！然後把蓮裝到裡面再用牛皮膠布纏起來，由我們來扛著！要是被包圍就把箱子丟到遠方，讓蓮自己一個人逃走！」

我是寶物嗎！讓我戰鬥啦！

還有別亂丟啊！掉下去就死定了！

當蓮想著「誰都可以，來個人救救我吧」時……

「哎呀哎呀，伊娃娃、伊娃娃。乖乖啦。冷靜下來。Cool down。」

造成這種事態的元凶Pitohui出手幫蓮解圍了。

「首先得想辦法從這裡活下來才行。當我們在這裡開會時，包圍網也慢慢縮小了。」

「唔嗯，說得也是。」

突然變回原本的模樣也太恐怖。

M打斷了女性們的對話。

「抱歉在場面熱絡的時候打擾大家，不過快要掃描了。所有人警戒周圍，隊長則確認接收器。」

哎呀，已經是這種時間了嗎？

蓮又想到怎麼再次沒有注意到掃描前三十秒手錶的震動，於是隔了許久才又捲起長袖看向左手腕內側的手錶。

「咦？」

手錶已經不見了。

可能是在某場戰鬥中被吹飛了吧。難怪都沒注意到震動。

唔，自己很喜歡那支手錶的說……

雖然是便宜的道具，但是參加ＳＪ以來就一直與自己同甘共苦的手錶不見了還是讓人感到有點寂寞，同時也祈禱這不是什麼凶兆。

十三點五十分。

掃描從東邊開始了。

蓮、老大、Pitohui和M維持低姿勢並且瞪著畫面。

「MMTM還在機場外圍。我們把他們打到只剩兩個人。」

蓮看著畫面同時這麼報告，老大則是……

「了解！多謝了！」

感謝蓮提供情報。

由於MMTM只有兩個人，現在應該……

「會不會在生小孩？」

「Pito小姐，不准開黃腔！」

掃描往西前進……

「湖上！啊啊，減少成四隊了！WEEI、PORL、SATOH、RGB！」

這下蓮有所覺悟了。兩支小隊，總共十二名成員都到這裡來了。

老大開口說：

「雖然是猜測，但ＷＥＥＩ應該是Fire的隊伍。從之前的掃描所見，那傢伙所坐的地點應該靠近那邊。不過這只是我的猜測。」

「了解！多謝嘍！」

接著掃描又繼續西進。ＺＥＭＡＬ還是在隕石坑區域，不過可以無視他們了。他們可能在那邊蓋房子吧。機關槍大宅之類的。

掃描繼續進行。蓮注意著我方的地點以及敵人的位置。

「有了！ＷＮＧＬ和Ｖ２ＨＧ！」

果然在廢墟裡面。敵方移動的兩支小隊。已經記住這個名字了。

ＳＪ的省略顯示還是一樣難唸。把他們稱為「ＷＧ」跟「Ｖ２」好了。

兩支小隊幾乎在同一個地點。以地圖的方格來表示的話，就是「８之二」的東北方。

我方的位置立刻被顯示出來，這樣殘餘的所有玩家就知道ＳＨＩＮＣ與ＬＰＦＭ聯手了。

我方是在「９之一」的中央北側。和敵人的兩支小隊距離大約１公里左右。

「好近啊……」

老大發出沉吟。這次掃描結束，敵方兩支小隊就會並肩往這裡進擊了吧。

以為掃描結束的瞬間，又出現了另一個光點。

「啊！好近！」

蓮發出了聲音。話說回來，他們也還活著。全身護具的強韌傢伙們，也就是SJ2的優勝隊伍T—S。

地點是在「10之一」的右下方。

蓮他們與敵方兩支小隊以及T—S，所在位置形成了漂亮的三角形。

「比想像中還要遠，嗯，算了吧。」

Pitohui這麼說著，老大聽見後立刻注意到了。

「哈哈，妳想把他們捲進這場戰鬥裡吧。」

「對！雖然只能夠往西邊逃，但是至少還有一支隊伍存在，這對於敵人來說是不確定要素喲。」

「但他們也可能對我們開火。」

「很有可能。包含這一點在內——」

Pitohui拿著KTR—09，起身表示：

「才算是遊戲對吧？好了，大家盡情享受吧！」

老大和蓮把掃描器換成槍械……

「M，作戰計畫呢？」

Pitohui踹著巨漢的腳這麼問道。

當做著這些事情時，敵方的WNGL與V2HG是已經開始往這邊逼近，還是像我方一樣在開作戰會議呢？這實在無從得知。

M跟平常一樣流暢地說出自己的想法。

「雖然是有點消極的提案，不過暫時盤踞此地也不錯。悍馬車雖然是難纏的對手，但是這裡的話就只能從西邊過來，只要接近就一定能看見。另外，應該也會進入T—S的視界吧。由於還有瓦礫，也容易躲避狙擊。」

原來如此。確實是不錯。

蓮心裡這麼想。如果便於應對最恐怖的悍馬車、迷你砲機槍以及狙擊的話，就是很棒的作戰了。

「但是——」

M一定也會說出缺點。

「即使在這裡防守我們也無法獲得勝利。如果被更多敵人攻擊呢？T—S逃走的話呢？或者加入聯合部隊的話呢？還有就是五分鐘後的怪物出現。這就由Pito負責用光劍來幹掉牠就可以了。」

原來如此……

跟蓮一樣……

「我了解了。只要不用槍擊中最初的傢伙就可以了吧。」

老大也迅速理解一切。

在這個前提下，她也符合自己隊長的身分，提出了作戰方案。

「那麼，所有人躲在這裡，讓塔妮亞到西邊去偵查如何呢？讓她去探尋T—S的動向以及悍馬車的位置。」

「這也不錯。」

M立刻這麼回答。

這樣的話我也去吧。

原本打算這麼說的蓮打消了念頭。

這是斥侯很可能會死亡的任務。因為她很清楚老大是為了保護自己才會這麼說。

「好。那——」

M應該是要說「那就這麼決定了」才對。但是……

「榴彈！」

Pitohui的叫聲讓他沒辦法把話說完。

GGO玩家經常會叫出警告同伴的名詞。

比如遭到狙擊的話會大叫：

「狙擊手！」

或者……

「狙擊！」

等等，知道方向的話也會傳達出去。

即使是自己遭到擊中而死的時候也一樣。

「榴彈！」是槍榴彈的縮短形。表示子彈要從拋物線彈道飛過來了……

「嗚！」

現場包含蓮在內的所有人都看向天空。

然後就看見了彈道預測線。

像要跨越倒在東側的大樓上方一般，從東側畫出大大拋物線的紅色線條。紅線觸碰到我方躲藏的殘骸旁邊30公尺左右的地面，然後不斷從高處消失。

也就是說彈頭飛過來了。

稍微可以聽見「啵」的可愛發射聲。

轟！

在所有人趴下的同時，就在道路上爆炸了。

幸運的是它並非昂貴的電漿手榴彈而是普通的彈頭。碎片雖然往半徑5公尺的四方噴灑，但是沒有命中任何人。

這下就知道持有槍榴彈發射器的敵人正在倒塌的大樓另一側。然後正朝著這邊發動攻擊。是用悍馬車從掃描的位置高速移動到這裡，還是原本就預測到某種程度的位置而配置到此呢？不論是哪一種，總之是被捕捉到了。

「散開！注意下一發！」

Pitohui的指示之下，所有人盡可能地散開來。萬一是電漿手榴彈彈頭的話，一擊就會讓我方遭到全滅。

所有人分散到寬敞的十字路口各處並且注意著上空。但是又不能夠老是看上面，所以只能忙碌地上下移動臉龐。

「為什麼能夠這麼準確地射擊……？為什麼知道我們還在？」

老大說出內心的疑問。

掃描只能得知數十公尺的範圍。而且也可能在掃描後所有人就往西方移動了。

但是剛才的攻擊很明顯已經經過瞄準。

「下一發！」

是M的聲音。第2發攻擊的預測線產生相當大的誤差。大概是因為現在正吹著強風所致。現場沒有人移動，槍榴彈就在距離一行人50公尺以上的西側著彈。這次同樣是普通彈頭。

「不可小妞在的話就能反擊了啊。」

Pitohui這麼說道。她拔出插在腰間的雷明登M870，準備在無法躲過預測線時進行對空射擊。

蓮也為不可次郎不在現場而感到可惜。

如果她在的話，就能從預測線反推敵人的位置，然後用MGL－140槍榴彈發射器來反擊大樓另一邊的敵人了。

對方一定也會躲避，所以無法期待確實的戰果，但總是比現在單方面遭到攻擊要好多了。

「這麼一來，他們是知道我們這邊沒有槍榴彈發射器才會攻擊的……？那些傢伙該不會看得見這邊吧？」

老大的懷疑……

「觀測手？」

讓羅莎說出這樣的問題。

噠嗯！

以射擊來回答的是拿著德拉古諾夫狙擊槍的安娜。

她把附加四倍瞄準鏡的德拉古諾夫狙擊槍朝向南方天空，突然間就開始射擊。

連續射擊幾發子彈後，安娜就大叫：

「是無人機！南邊的天空！很高的地方！」

原來如此！

蓮以及在場的所有人都能理解是怎麼回事。

最近實裝的昂貴且稀有的道具——無人機。既然M都有了，敵人當然也能夠擁有。

「可惡！對方有偵察機嗎！太狡猾了！」

Pitohui這麼大叫。不過她應該是在搞笑吧。

安娜還有冬馬都試圖以狙擊將其擊落而開始對空射擊，但兩人發射了10發子彈都沒辦法擊中目標。

羅莎雖然也把PKM機槍的槍口朝向該處，但是沒有開槍射擊。

被雲層覆蓋的灰色天空中，在相當高的位置可以看到豆粒般大小的點像是UFO一樣不停左右移動。要用槍械將其擊落應該是不可能的事。

「榴彈！」

塔妮亞發現預測線後做出了警報，在附近的人再次逃走。榴彈幾乎在十字路口中央著彈，動作較慢的羅莎差點就被擊中了。

「嗚呀！」

再晚一點躲到瓦礫旁邊的話應該就陣亡了。如果剛才朝著天空射擊，應該連躲避的動作都擺不出來吧。

幸好對手的槍榴彈發射器是單發樣式。如果是像不可次郎那樣的連發式，最初的攻擊就連續發射六發的話，有一半的人可能已經陣亡。

但是……

「這樣不行。要往西側退嗎？」

M也只能同意Pitohui的提議。繼續待在這裡的話，將會持續受到砲擊。

「只能這樣了。東側除了持發射器的傢伙之外還有幾名敵人吧。」

「躲在倒塌的大樓內如何？至少不會受到攻擊。」

蓮只是隨口提了一下意見，但是……

「對方能看見我們的行動。最後大樓會被包圍。我們就會被甕中捉鱉了。」

M立刻這麼回答。

「唔。」

其實蓮也很清楚。往西逃是在悍馬車容易移動的道路上前進。而且還可能遇上T—S。

「不論如何，在那台無人機監視之下，到什麼地方去都一樣喵！」

或許是為了緩和現場的氣氛吧，這麼說的塔妮亞特別加了可愛的語尾。只是不清楚現場的氣氛是不是和緩一些了。

「說得也是……之所以沒有大量發射槍榴彈，是因為想讓我們留在這裡嗎？」

老大這麼說道。

唔，沒有什麼辦法嗎沒有什麼辦法嗎沒有什麼辦法嗎沒有什麼辦法嗎？

無法就此放棄的蓮……

「對了！」

心中突然出現一個點子。

「M先生的無人機呢？不能用那個把敵人的無人機打下來？」

「妳的意思是……要我直接衝撞嗎？」

由於無人機上沒有武裝，所以這是為了確認的提問。

「嗯！」

蓮充滿精神地這麼回答。

不，她絕對沒有忘記。絕對沒有忘記那是一架11萬圓的機器。

M似乎也不是會在意這點錢的小氣鬼，於是開始揮動手臂操作起倉庫欄。光粒開始形成無人機的模樣。

「榴彈！」

安娜的聲音讓最靠近榴彈的蓮與Pitohui逃走。

榴彈在兩人中間著彈，發出巨大的爆炸聲。

等黑煙散去之後，手拿無人機的M便開口說：

「但是不知道能不能撞到對手……」

M難得會如此沒自信，但這也是知道自己實力所做出的發言。

雖然能讓它飛起來執行偵察任務，但是沒有練習過衝撞對方的「空中戰」。

就在這個時候……

鈴鈴鈴。

傳出了腳踏車的鈴聲。

「啥？」

這不適合戰場的聲音，讓所有人都以為自己聽錯了。

雖然這麼想，但蓮還是往聲音的方向，也就是北側的道路看去。

鈴鈴鈴。

該處有一名坐在腳踏車上的金髮美少女。

「無人機的空中戰……那應該是我的任務吧？」

少女發出神氣十足的聲音。

蓮則是露出笑容……

「不可！」

並且呼叫那個人的名字。

不可次郎稍微抬起安全帽的帽沿，同時開口表示：

「久等了！」

SECT.14 第十四章　不可次郎跳躍，蓮奔跑的夏天

「久等了！」

彈道預測線無聲無息地從帥氣說出耍帥台詞的不可次郎頭上降下……

「快逃啊啊啊！」

「咦？嗚呀啊啊！」

不可次郎從腳踏車上跳下來後就全力衝刺。

她衝進巨大水泥塊後方之後，敵人的槍榴彈同時落地……

咚嘎鏘！

塔妮亞使用過，然後不可次郎也用過的超方便道具「腳踏車」，先是成為廢鐵然後變成多邊形碎片消失了。

從瓦礫當中露出臉的不可次郎，頭部的鋼盔不斷有揚起的水泥碎片掉落。

「啊啊，我的愛車……『漂亮美優號』被……」

不可次郎感到很可惜般呢喃著。

還幫它取了這樣的名字嗎？

蓮除了感到傻眼……

「虧妳能平安到達這裡！」

還打從內心感到佩服。

能夠在不被發現的情況下逃出那棟大樓，並且突破應該有敵人在的東側來到這裡——

咦？難道說沒有任何人在嗎？

「敵人在這棟倒塌的大樓另一邊喲！一台悍馬車和三個人！我從遠方看見了！」

不對，她果然很厲害！

蓮在內心稱讚著不可次郎。

「畏畏縮縮地從被擊中的大樓逃走，找到腳踏車後就輕鬆多了。騎著車盡可能往北邊繞，然後從掃描得知大家的位置，就趁著男人從悍馬車射擊榴彈的空檔，利用助跑一口氣穿越他們！腳踏車真是太棒了！」

不可次郎一口氣交代完事情的經過。

「太厲害了！咦？不可的槍呢？」

蓮發現沒看到右太與左子的身影，覺得奇怪後就開口這麼問。

不可次郎平常不會把武器收進倉庫欄，但騎腳踏車的話果然還是會礙事吧。

「啊啊，那兩個傢伙嗎……一個不小心脫手後，就因為爆風被它們逃走了……我稍微找了一下，但是完全找不到，所以就讓它們自由了。現在應該元氣十足地到處跑吧。嗯，我還有最後的武器手槍在身邊，大家放心啦！」

不可次郎隨口這麼回答，但是……

「妳……妳說什麼……」

蓮卻受到相當大的衝擊……

「哎呀……」

Pitohui也繃著臉仰天長嘆。

沒有那兩把槍榴彈發射器，除了表示無法從這裡反擊之外，小隊的戰力也會大幅降低。

但是也不能夠一直為此感到沮喪。

這時候蓮更在意不可次郎剛才說過的話。

「什麼叫『那應該是我的任務』？」

「問得好！」

不可次郎快步朝M靠近。

「好了，把VR眼鏡與操縱桿拿出來吧。」

「咦？不可妳要操縱嗎？」

蓮從後面這麼問道，不可次郎沒有回頭就直接豎起大拇指。

「是啊！」

「…………」

M猶豫了一陣子，結果從後面靠近的Pitohui在他耳邊說了些什麼後……

「好吧。拜託妳了。撞上去也沒關係，幫忙擊墜敵人的偵察機吧。」

「交給我吧！哎呀，這段期間，你要帶著我的身體逃走喲！」

這是什麼意思？

蓮帶著問號看著事情發展，結果不可次郎就脫下鋼盔把VR眼鏡戴了上去。M把附加操縱桿的遙控器遞過去後，她便用左手拿起來。

M則按照吩咐，把不可次郎嬌小的身體抬起來放到肩膀上。這樣子應該就能躲過來自槍榴彈發射器的攻擊。

跟蓮一樣，SHINC的眾人雖然警戒著周圍與上空，還是感到不可思議般不停瞄著這一幕。

「好啦！」

不可次郎的左手按下遙控器的按鍵。放在地上的無人機伸出機械臂，其前端的螺旋槳開始旋轉。

然後像是被彈簧彈起來般緊急上升。

螺旋槳的聲音跟不可次郎的聲音重疊在一起。

「呀哈～！要上嘍～！飛吧！『迷人美優號』！」

就不能取更好聽一點的名字嗎？

蓮心裡這麼想著，同時望著逐漸變小的無人機。期待它可以打破目前的狀況。

「拜託妳了！不可！」

「包在我身上～！」

蓮聽著她開朗的聲音，內心突然浮現一個想法。

不可次郎她　什麼時候練習過　操縱無人機？

在內心刻畫下這句俳句的蓮，完全忘記了某件事情。

一台悍馬車停在距離蓮與不可次郎等人僅僅200公尺的地方。

悍馬車裡面坐著V2HG小隊的三名成員。他們是胸口裝備著強韌護具的一群人。全部都蒙面且戴著墨鏡。

即使僅僅距離200公尺，中間還是橫躺著一棟大樓，所以完全看不見敵人。也沒辦法立刻接近。

因此從上方的攻擊最為有效。

從被防彈板包圍的車頂探出頭來的男人，手上拿著的是名為「Ｍ７９」的槍榴彈發射器。

這是美軍在越戰時使用過的折開式單發槍榴彈發射器。有著跟一般槍械角度相反的木製槍托，外表看起來像是醜陋的散彈槍。

他的Ｍ７９上面做了宛如虎紋般的黃色塗裝。只有內行人才知道，這是模仿某有名越戰電影裡的一把槍械。

他從剛才就不斷用這把武器越過橫躺在眼前的大樓來攻擊敵人。

「那些傢伙仍毫髮無傷。」

在悍馬車副駕駛座上戴著ＶＲ眼鏡的男人這麼說道。當然他就是無人機的操縱者，右手正握著操縱桿。

槍榴彈發射器的射手則是……

「果然沒辦法像電影那樣嗎？」

一邊抽出槍榴彈的彈殼並且這麼說道。

結果駕駛座上握著方向盤的男人……

「要是這樣就全滅也很困擾喲。拜託來場熱血沸騰的比試吧。」

悍馬車維持怠速狀態，在踩著煞車的情況下進行待機。

這是有什麼狀況的話能夠立刻發車的狀態。悍馬車雖然一直空轉，但是燃料還剩下一半以上。

啵！

男人調整方向與角度再度射擊了1發槍榴彈。40毫米彈頭隨著可愛的爆裂聲發射出去。

幾秒鐘後就聽見細微的爆炸聲。被詢問「如何？」的無人機操縱者回答：

「被躲開了——那些傢伙都不逃走耶。是打算一直躲在這裡嗎？」

「雖然是不錯的選擇，但還是會慢慢落入劣勢喔。」

槍榴彈發射器的射手一邊裝填下一發子彈一邊這麼說。

這個時候……

「我是隊長。」

三人的耳朵同時聽見聲音。

那不是同時通話的道具，是只有說話時才按下按鍵的一般無線電類型。

也有玩家因為比較不吵、比較真實或者可以自言自語等原因而使用這種類型的通訊道具。

「告知三號車。發現道路。二號車將前往。T—S沒有威脅。三號車停止砲擊警戒周邊。

客人們從南側徒步前往。請回答。」

這是一號車向遠方的同伴所做的報告。

也就是說，已經可以將搭載迷你砲機槍的二號車配置到西側的通道上了。

位於周圍的T—S小隊已經逃走了所以不構成威脅。

暫時聯手的WNGL這支迷彩服小隊從一號車與二號車上面下來，在廢墟當中尋找自己的狙擊位置。

這時候是由駕駛代表其他人來回應。

他用手按住在喉嚨上的無線電按鍵……

「三號車，了解。將停止攻擊開始待機——稍微留點獵物給我們啊。請說。」

「嗯，不知道辦不辦得到喔？要收回無人機時記得通知一聲。我們會啟動這邊的無人機。以上。」

通話到這裡就結束，駕駛隨即聳了聳肩。然後對旁邊的伙伴問道：

「電池還能撐多久？」

「大概四分鐘左右。」

當持槍榴砲發射器的射手……

「還滿久的嘛。在這之前說不定就很平順地完成掃蕩了。」

警戒著周圍，並且還沒有把話說完的瞬間。

「嗚喔哇！」

無人機的操縱者就發出驚訝的聲音。

蓮用跟老大借來的雙筒望遠鏡看見了。

不可次郎操縱的無人機，或者可以說是「迷人美優號」隨著振翅聲華麗地往上空飛去。

接著高速繞到不停橫向移動來停留在空中的敵方偵察無人機後方。

然後毫不猶豫地從斜側面進行衝撞。

要是以平常的方式衝撞，我方的螺旋槳也會負傷，所以用的是唯一不會受傷的方法。

也就是以平坦的軀體部分碰撞對手後部的螺旋槳。那是靠近到快要猛烈碰撞前才扭轉身軀的高明操縱。

敵人的無人機失去右後部的螺旋槳並因此而失去平衡。本來靠四個螺旋槳來維持安定的物體變成這樣的話就沒有救了。

陷入螺旋下降狀態的敵方無人機，就像斷了線的風箏一樣墜落。

過程感覺似乎是很長一段時間，實際不過是短短的五秒鐘就猛烈撞上倒塌的大樓側壁，變成多邊形碎片消失無蹤。

看見不可次郎操縱的無人機在上方做出勝利的後空翻……

「好厲害……」

蓮就這麼呢喃，SHINC眾成員則發出尖銳的歡呼聲。

倒塌大樓的另一側……

「怎麼了？」

「我也不知道！突然就掉下來！遺失了！啊啊可惡！那很貴的耶！」

V2HG的兩個人進行這樣的對話，拿著榴彈發射器的成員就把手按在喉嚨的無線電按鍵上……

「這裡是三號車。『無人機墜落』。『無人機墜落』。請說。」

「這裡是隊長。那麼立刻讓這邊的起飛。墜落的理由為何？被擊中了嗎？請說。」

「我也不知道。應該不是電池……總之『無人機墜落』了。請說。」

「你這傢伙只是想那幾個字吧？請說。」

「啊，果然聽得出來嗎？請說。」

「這個好萊塢電影迷！我讓這邊的起飛。現狀待機。以上。」

「把它擊墜嘍！」

戴著VR眼鏡的不可次郎很開心般這麼大叫。

「哎呀，發現另一悍馬車！從空中的話，可以清楚看見可愛的屁股喲……這是搭載迷你砲機槍的那一台吧！對方只有一個人！」

然後立刻發揮出作為偵察機的本領。

Pitohui詢問：

「知道在哪邊嗎？」

「這裡往南的十字路口。另一邊短短數百公尺的地——哎呀等一下，那傢伙正準備讓另一架無人機起飛！」

「臭有錢人。不可小妞，應該知道該怎麼做吧？」

「那還用說嗎！」

Pitohui叫出平板電腦般的畫面，然後讓蓮也能看見狀況。

只不過那是直接映照出搭載在無人機上的相機影像，所以不斷地左搖右晃，除了很難看清楚外也很容易頭暈。

「看招，別想逃！」

對方的無人機，這台外形完全與我方一樣，只是塗上了茶色的飛行物體從畫面中靠近。

然後下一個瞬間。

「第二台！」

無人機覆蓋了整個畫面。

當男人在由悍馬車防彈板保護下的車頂，以肉眼追逐自己升空的無人機時……

「什麼！」

就看見被另一台白色機體衝撞的瞬間。

自己的機體開始墜落。敵人的機體依然停留在空中。

雖然理解發生了什麼事，但是……

「…………」

不清楚敵人為什麼能辦到這種事。

「不可？妳什麼時候練習過操縱？」

蓮忍不住對戴著ＶＲ眼鏡的不可次郎這麼問道。

不可次郎回答：

「沒練習過喲。但我不是首次在天空飛了！」

啊！

蓮終於想起來了。

現在人雖然在GGO的不可次郎，平常是「ALfheim Online」裡頭的精靈。

還有那款遊戲最大的賣點正是「在空中飛行」。

說起來確實是這樣！

蓮清楚地想起在開始玩ALO前調查過的情報。

由於ALO的所有角色都有翅膀，可以藉由訓練來驅動人類原本沒有的筋肉。藉此來辦到「任意飛行」。

那麼說到在那之前要如何飛行，就是靠單手拿著輔助（操縱）桿。

對於平常在ALO裡盡情四處飛翔的不可次郎來說，戴上VR眼鏡進行主觀視點的無人機操縱根本是輕而易舉。

這時候不可次郎本人……

「呀哈！I am flying！」

依然坐在M的肩膀上並且露出很開心的模樣。

「就這樣飛向遙遠的天空！——沒辦法嗎？」

看來她似乎沒有忘記任務。

「Pito小姐啊，接下來要做什麼？要輕輕撞擊這傢伙的頭？」

悍馬車當中的一個男人往上看著這邊。雖然因為蒙面與太陽眼鏡而看不見容貌，但是應該露出很懊悔的表情吧。

這台悍馬車上只有他一個人。周圍也看不見其他隊伍的人影。

確認這種模樣以及周圍大樓外形等各種情報的Pitohui……

「知道地點就好了。搭載迷你砲機槍的車子應該在該處往西的地方。把那傢伙找出來。」

「了解！」

在眼前睥睨自己的無人機往西離去之後，V2HG小隊的隊長就把手貼在耳朵上敲了好幾下。

「所有人，要連接通訊道具嘍！」

接著又對五名同伴報告：

「我的無人機也墜落了。不對，是被擊落了。對方機體使出了衝撞。有技巧非常高超的雜技飛行員在。現在往西去了。」

「真是太厲害了！」

「真的假的……」

「咻～！有一套！」

隊長聽見伙伴們傳出驚訝的嘆息與起鬨的口哨聲。

這時搭載迷你砲機槍的悍馬車駕駛……

「過來這邊了吧。要把它擊落嗎？」

聽見他這麼說後，老大一瞬間猶豫了起來。

作為對空火器相當優秀的迷你砲機槍確實很有可能擊墜無人機。由於馬上就要十四點了，應該可以不用珍惜彈藥吧。

但是要這麼做的話，就必須停下現在要趕去堵住對方出口的悍馬車。也就是給與敵人逃往西方的空隙。

但是……

「好！停車把它擊墜吧！」

隊長做出這樣的決定。

現在的我方不是只有一支小隊而已。還跟名為WNGL的強者結為同盟。

「這段期間就靠他們努力了。」

無人機緊貼在還正常站立的大樓側面飛行，然後迅速彎過轉角……

「發現迷你砲機槍的傢伙了！」

不可次郎的視界裡出現悍馬車。

車子正在大路上往西前進，靈活地躲開散落的瓦礫行駛著，但是現在突然緊急煞車了。

「嗚咿！」

車頂被防彈板包圍的槍座一個迴轉後朝向這邊。

「眼力真是不錯！」

不可次郎把把操縱桿往左傾斜，視界同時也豪邁地左傾。

恐怖的光芒往右邊角落飛來，穿越到後方。

不可次郎降低了無人機的高度。

Pitohui所持的畫面當中，迷你砲機槍的光線往這邊飛過來。

不可次郎憑著卓越的操縱技術左閃右躲地避開攻擊。

跟剛才相比，畫面中的悍馬車突然變大了。如果攝影機鏡頭沒有拉近的話，就是大幅度降低了高度……

「為什麼？往上逃比較好吧？」

拿著畫面的Pitohui回答了蓮的問題。

「關於WNGL這個名字，我剛剛才注意到。那些傢伙一定是『Wrong lancers』。」

對Pitohui的發言產生反應的是……

「原來如此，是那群傢伙嗎……」

把目前激烈動著手指，脖子還忙碌地左右晃動的不可次郎扛在肩膀上的M。

「你知道他們嗎？」

蓮一這麼問，不可次郎在身體上方的M只能輕輕地點頭。

「算是有名的中隊。參加條件是『能夠單獨行動的狙擊手』，可說是相當極端的一群人。」

一般的狙擊手基本上都是跟觀測手兩人一組，單獨行動屬於脫離常軌的行為。但是因為有獨自玩GGO的玩家，所以也不是沒有獨行的狙擊手。

Pitohui又繼續說明下去。

「而且他們還有嚴格的『入隊考試』。在盤踞於GGO的槍械迷當中，他們是更加小眾的『狙擊迷』。只醉心於磨練自身狙擊技術的一群傢伙。」

蓮心裡想著「GGO裡真的什麼樣的人都有」——接著又浮現「不是悠閒地想這種事情的時候」的想法並且要自己打起精神來。

「那麼……是強敵？」

「單純以個人的狙擊技術來說，應該是GGO最強的一團吧。不只有射擊，他們也鑽研隱匿術、接近術。雖然不認為他們每個人都會無預測線射擊，但是應該擅長於『在彈道預測線不進入目標視界的角度與位置進行瞄準』。」

「嗚咿……」

視野外看不見的預測線就跟無預測線一樣。蓮就算再怎麼快速，也無法躲過指著背後的預測線。

「順帶一提，Wrong lancers的意思──」

「『長槍兵』吧？」

「可惜了。不是Long而是字首加了W的『Wrong』。所以才是WNGL。」

「『錯誤的槍兵』……」

「他們就是一群這樣的傢伙。」

聽Pitohui說到這裡的老大……

「所有成員都是單獨行動的狙擊手，這樣平衡度不是很糟糕嗎？」

警戒著周圍，特別是西側的她把內心的想法說出來。

SHINC跟其他小隊比起來狙擊手已經比較多，但也只有兩個人。另外老大因為持有裝了消音裝置而能近距離狙擊的ＶＳＳ，所以把她也算進去只有三個人。

「嗯，是很糟。所以很難在小隊混戰的比賽中獲得優勝。沒想到他們竟然會參加ＳＪ。因為那是群偏執狂，所以不認為他們會參加這種遊戲性質的大賽。但是——」

「不管優勝，只在Fire底下和其他隊伍執行共同作戰的話，就有可能吧——」

老大的發言……

「正是如此！要是被配置在前方，就不是一條能輕易通過的道路。」

讓Pitohui豎起了大拇指。明明情況對自己不利，她看起來卻很高興。

另一方面，蓮則是感到很火大。

這個臭Fire！到底花了多少錢僱用傭兵啊？

蓮心裡想著要是有機會跟他好好說話，一定要先問清楚這件事。

不可次郎ＶＳ迷你砲機槍的戰鬥……

「可惡！真會亂竄！」

暫時是在不可次郎占優勢的情況下進行著。

雖然是安裝在電動旋轉的槍座上，但是其移動速度還是比不上無人機的飛翔速度。

不可次郎不只是左右移動，有時候還會後空翻或者急遽降低高度來逃走。

「不行了！」

試了好幾次之後，迷你砲機槍的射手就停止射擊了。但為了隨時能開火還是把手指貼在扳機上，並且一直注視著無人機。

或許是知道不會被射中吧，無人機在高度10公尺左右的地方開始繞著悍馬車不停旋轉。

「雖然不甘心，但是難以擊墜——要移動嗎？」

「不，停在那裡。引誘無人機耗盡電力。」

不可次郎這一邊也只是不會被擊中，但本身依然沒有攻擊手段。

就算要模仿特攻隊直接用機體衝撞，無人機也沒有能殺掉人類的力量。至於能不能幸運地讓迷你砲機槍破損嘛，應該也不可能吧。

「現在該怎麼辦？在電力耗盡前就一直這樣嗎？」

不可次郎的視界當中以及Pitohui手中的畫面裡頭，都顯示電池殘量剩下不到三成。雖說能夠飛行的時間會因為飛行的方式而有所改變，但現在應該只剩下兩～四分鐘了吧。

「如果只是要稍微停下對方的腳步確實是可以這樣，但這個很貴吧。還是把它飛回來吧？」

M肩膀上的不可次郎這麼說道。

「唔……」

M面臨過去未曾遇見過的困難判斷。他在腦內以猛烈的速度進行思考。

目前所在的地點受到倒塌大樓與巨大瓦礫保護，而且視野相當開闊，因此暫時安全無虞。

但是也不能夠一直在這裡待著。越是陷入膠著就會對我方越不利，敵方要是發動總攻擊的話，我方走投無路只是時間的問題。

想逃的話就要趁迷你砲機槍沒有動作的現在，而且只有南方或者西側，但是在不清楚名為Wrong lancers的狙擊集團在哪裡的狀態下，大人數跑過寬敞的道路實在太過危險。很可能像剛才的老大那樣被一擊就陷入無法行動狀態，甚至根本無法反擊。

這時候已經是進退兩難了。

其實M的腦袋裡還浮現出一個解決方案。

那就是——

「所有人固守此地，然後讓腳程快的蓮前往迷你砲機槍所在地」。

這樣的攻擊。

就算是狙擊技巧高超的對手，要擊中嬌小且高速奔走的蓮也絕非易事。然後讓她接近注意力放在無人機身上的悍馬車並丟出電漿手榴彈。

這無疑是現階段最佳的手段了。

但是面對這可能事關香蓮人生的狀態，M實在沒有勇氣選擇這種蓮死亡的可能性也很高的作戰。

如果是跟之前一樣的Squad Jam，那他就會毫不猶豫地實行吧。會忍不住賭這一把。

面對在現場僵住兩秒左右的M……

「對了！」

蓮以興奮的聲音這麼說道。

「我全力奔跑到迷你砲機槍那邊去丟手榴彈吧！」

＊　＊　＊

十三點五十七分。

酒場裡的時鐘來到這個時間的瞬間，電視畫面就映照出蓮從十字路口陣地衝出去的影像。

「喔！行動了！」

觀眾們都注意著蓮的動作。

其中一個畫面一邊拉遠鏡頭，一邊映照蓮高速奔跑的模樣。

另一個畫面是從蓮斜上方的特寫，經常讓蓮出現在畫面中央。由於她正以高速奔馳在道路上，所以背景往後流動的速度也相當快。

現在蓮正揮動左手來操縱倉庫欄。

這個瞬間，奔跑的蓮身體上就罩上了灰色迷彩斗篷並開始飄動。

「喔喔，變身了。」

變身為廢墟內最不顯眼模樣的蓮，從大路上往前奔馳。

數十秒前。

「那樣子蓮會——」

「我當然知道會有危險。但這是ＳＪ。得讓小隊獲勝才行！就算我一個人活下來也沒辦法獲得優勝！」

「………」

「謝謝妳替我擔心，老大。但我可是Lucky girl！而且是ＳＪ優勝者！我會像那個時候那樣大鬧一番喔！」

「……我知道了。希望幸運降臨在妳身上！」

蓮邊跑邊回想剛才跟老大的對話。那是毫不害怕跌倒的全力奔馳。在現實世界應該會很麻煩的斗篷空阻等，在ＧＧＯ世界完全沒有關係。

斗篷底下的手拿著P90，發生什麼事的話就直接射擊。只不過，對方是狙擊手的話還是不要隨便開火，持續高速奔跑才比較安全吧。

M的聲音告訴她前進的方向。

「下一個十字路口往左。前方是較大條的道路。警戒狙擊手，每隔兩秒左右移動來跑在道路中央。」

「了解！」

藉由從占據高處的不可次郎無人機的影像，以及擴大地圖後M的判斷，蓮持續奔馳著。

「一個人過來嘍。」

穿著鮮豔迷彩服，蒙面且戴太陽眼鏡的男人，也就是WNGL小隊的其中一名成員靜靜地出聲這麼說。那是非常沉穩、樸實的口氣。

男人在最高的大樓裡比其他大樓都要高的樓層中。藏身在玻璃窗脫落的窗框旁邊，手上拿著的是大型雙筒望遠鏡。

「小個子。身穿迷彩斗篷。是LPFM的攻擊手不會錯了。」

男人往下看的前方100公尺底下，嬌小的敵人正呈鋸齒形跑動著。

男人放下雙筒望遠鏡並且看著地圖。

那不是衛星掃描接收器，而是擴大接收器畫面後，自己用原子筆在防水紙上所畫的地圖。地圖上方道路標記了號碼。而且還寫出每一個十字路口的特徵——比如有卡車翻覆、東南角的大樓有巨大看板痕跡等等的情報。

這些全是SJ4開始後一直在結凍湖上待機的他們，把掃描接收器放到最大後抄寫下來的情報。

根據這些情報，戰場地圖全都被加上了容易辨認的名字。

「目標正在『東第八路』呈鋸齒狀往南前進。再四十秒左右會到『南五號路』的十字路口。抵達的瞬間，將會為了右轉而一瞬間停下腳步吧。」

Wrong lancers的隊長向同伴說明到這裡……

「獵物是先搶先贏。」

「到目前為止都沒被擊中喔！很順利！」

蓮一邊跑一邊向M報告。

從躲藏地點出來到現在經過一分半左右。雖然前進了相當長的距離，但是沒有受到敵方狙擊手集團的攻擊。

不知道是不在附近，還是無法瞄準呈鋸齒狀奔跑的對手。

「進度不錯。在馬上能看見的寬敞十字路口右轉。然後有一條30公尺左右的小巷。從左邊進入。巷子前方１００公尺就是悍馬車所在的大路了。現在在十字路口往右30公尺左右的地方。會讓不可加以牽制，不過還是要注意。」

「了解！」

好，看我的！一定能成功！

只要進入巷弄，載著可恨迷你砲機槍傢伙的悍馬車就在前方１００公尺然後右邊30公尺處了。

以自己的腳程應該可以瞬時接近，然後輕鬆丟出兩發電漿手榴彈才對。

內心興奮不已的蓮穿越大馬路，衝進十字路口——

然後踢中該處的水泥片跌了個狗吃屎。

SECT.15 第十五章　大鬧一番的兩人

「呀、呀、呀！」

不停旋轉的蓮，因為把手放在斗篷裡而無法順利完成受身姿勢，就在猛烈的速度下滾進十字路口，最後在路面彈跳了一下才劇烈撞上失去輪胎而成為廢車的黃色校車後部。

「噗呸！」

終於停下來了。

「咚咕！」

然後跌落到路面。

蓮完全沒有注意到。

自己跌倒的瞬間，頭上有名為「.338拉普麥格農」的強力子彈通過。

如果沒有跌倒的話，頭部已經被轟飛了。

「強運是……勇者的證明吧……」

男人如此喃喃自語，同時反覆操作手動槍機。空彈殼往槍的右側飛出，下一發子彈被送進膛室內。

蓮跌倒的地點往東400公尺左右外的道路上，男人就在一輛橫躺的貨櫃車裡。門打開來的貨櫃車內呈微暗狀態，成為從周圍隱藏身形的絕佳祕密基地。

在那裡擺出臥射姿勢的男人，手中的武器是「Barrett M98B」狙擊槍。

以50口徑的反器材狙擊槍聞名的美國巴雷特公司所推出的手動槍機式對人狙擊槍。射出的子彈是據說在對人用的威力與尺寸上取得平衡的.338拉普麥格農。和50口徑的反器材狙擊槍相同，最遠可以瞄準1200～1500公尺外的敵人。

由於子彈相當大，所以槍的全長也很長，M98B的全長為1．2公尺左右。彈匣裝彈數是10發。

Pitohui看見的話一定會毫不猶豫就說：

「賣給我吧！」

架著這種槍械的男人，當然是Wrong lancers的成員之一。身上穿著鮮豔的獨創迷彩服，然後蒙面戴著墨鏡。

男人的瞄準鏡中，十字線中央已經對準跌倒的蓮頭部。

400公尺的歸零校正，也就是瞄準鏡的調整已經結束，之後只要手指觸碰扳機的同時就開火即可。

但是男人沒有射擊。

因為對方在那之前就被擊中了。

「好痛！」

蓮因為穿透肩膀的子彈帶來的疼痛而繃起臉，但還是為了存活下去而努力。

也就是滾到自己背後的校車車體底下躲藏起來。

從低位看見的道路上，連續有子彈炸裂而傳出「嗶唏！啪唏！」的聲音。沒有躲起來的話，那2發子彈已經貫穿身體了吧。

蓮爬行到巴士的中央部分。

「可惡！」

「怎麼了？」

M透過通訊道具這麼詢問。

「在十字路口跌倒後被擊中了！是狙擊！」

一開始沒有跌倒的話當場就死亡了，但是蓮不知道這件事。

由於HP減少到七成，所以蓮毫不猶豫就打下急救治療套件。目前還剩下兩根。

接著就沒有子彈再飛到巴士底下了。

「我躲在車子下方，但不清楚敵人的位置！可以衝出去嗎？」

蓮想著能不能把無人機派到這邊並且這麼問道，但是……

「不知道。無人機沒辦法過去。現在在牽制迷你砲機槍。」

「嗚嗚……」

蓮在巴士下方脫下斗篷。為了到巴士中央而匍匐前進往西側移動。然後在右手拿著P90的情況下，用左手把脫下來的斗篷丟到道路上面。

嗶唏！

瞬時有子彈飛至，在斗篷上開了個大洞。敵人的反應速度與正確的射擊都令人驚訝。這樣子當然沒辦法衝出去。

「完全被瞄準了！沒辦法從車底下出去！」

「這樣啊。這邊也有個壞消息。」

「說吧！」

「無人機的電力剩下不到一分鐘了。」

「嗚咿。」

「更重要的是，再二十秒就要掃描了。蓮的位置將會曝光。」

「咕！」

「也有好消息。」

「說吧！」

「由於知道那邊有複數的狙擊手，所以我們將在掃描後往西方衝去。」

「Bravo！」

「我會盡量幫忙，不過蓮啊，祝妳好運了。」

「了解！」

話雖如此，但該怎麼辦才好？

蓮感到手足無措。

Pitohui聽著蓮與M的對話，同時瞪著來自無人機的影像。

然後……

「不可小妞，盡量提升高度！」

對操縱者做出命令。

依然坐在M肩膀上的不可……

「好喲！最後靠近太陽讓它融化掉！飛吧！Phoenix！」

喊叫著出現各種錯誤的內容並且操作左手的操縱桿讓無人機垂直緊急上升。

Pitohui看著景色不斷擴大一邊注意著西側。接著進入她視界的是筆直延伸的鐵路與——

咧嘴一笑。

Pitohui臉頰上的刺青扭曲了起來。

時鐘的針指向十四點零分。

ＳＪ４的戰鬥終於經過兩小時了。上一屆ＳＪ的時間是一小時五十九分，所以已經創下新紀錄了。

然後紀錄似乎還會繼續延長下去。

酒場內的觀眾們大口吃肉大口喝酒地享受著這場戰鬥。

看見在巴士底下無法動彈的蓮，男人們……

「小蓮這次真的不行了！嗚呵呵。」

「你為什麼那麼開心？」

「沒有啦，只是想說可以安慰失敗而歸的小蓮。」

「好噁！」

另一個畫面裡，看完掃描的ＳＨＩＮＣ眾人與Pitohui他們正從藏身處衝出來開始奔跑。

塔妮亞打頭陣，後面是ＳＨＩＮＣ成員，M不知道為什麼還是把不可次郎扛在肩膀上。

Pitohui負責殿後。

「終於開始行動了……那兩支隊伍還有勝機嗎？」

「應該不可能了。會在西北部被一網打盡吧。」

「聯合部隊還有六支小隊喲。」

自行做出的比賽預測呈現一面倒的狀態。

在大步向前跑的M肩膀上搖晃著……

「嗚噁。暈車了。」

不可次郎說出這樣的感想。右手則緊抓住M的頭部。

然後對三十秒以上沒有報告的伙伴問道：

「蓮啊！妳還是無法從那裡移動嗎？」

「沒辦法！正遭到無聲的射擊！」

「我這邊電力已經撐不下去了。」

「好喔！收回去吧！」

「笨蛋！哪能丟下妳自己回去呢！」

「不可……」

「沒有啦，其實已經沒有回來的電力了。」

「真的假的！」

可惡……

依然在巴士底下的蓮變成了粉紅色擺飾。

逃到巴士中央後，除了避開偶爾出現的跳彈外就無事可做了。

像這樣躲避跳彈時，敵人的狙擊手可能已經慢慢逼近，改變方向的話，很擔心腳會被對方看見。

不幸中的大幸是，伙伴們從剛才就逃往西側。這全是託蓮至少跟兩名Wrong lancers對峙著的福。

這麼說來，我要負起隊長的責任在這裡為大家犧牲了嗎？

蓮仰躺在地面，一邊凝視著巴士底部筆直延伸的傳動軸一邊這麼想。

然後在腦袋裡面……

磅磅磅磅～磅磅磅磅～

孟德爾頌的《結婚進行曲》主旋律開始響起，穿著運動服的神父出現……

「我不要！」

迅速想站起來的她，頭部直接撞上傳動軸。

「啊咕！」

「M先生。無人機要『掉在什麼地方』？」

不可次郎對所有者提出無情的問題。

電力只剩下一點點。剛才十四點的復活時刻，果然沒有幫正在飛行的無人機回復電力。

不過其實也不用刻意讓它掉在什麼地方，找個地方緊急降落，在沒有電力的情況下放著，運氣好的話等ＳＪ４結束就會回到身邊。

但是不可次郎似乎完全不打算做這種「無趣」的事情。

「我再買給你吧！」

而且也獲得了Pitohui的許可……

「好，隨妳高興要墜落在哪裡吧。」

「就是得這樣才行！」

在悍馬車上架著迷你砲機槍的Ｖ２ＨＧ男成員……

「那傢伙想做什麼？」

一邊往上看著高高飛起，到剛才都還在挑釁我方的無人機一邊這麼說道。

結果沒能把它擊落，平白浪費了彈藥與電力，但是剛才已經完全回復了。

心想下次再來到眼前就再次開火的男人，視界當中……

「嗯？」

「嗯嗯？」

原本是小黑點的無人機急遽變大……

「咚哇！」

最後可以看出外形……

然後直接擊中他的顏面。

「怎麼了？被擊中了嗎？」

駕駛急忙這麼問道……

「好痛！啊啊可惡——被無人機撞到了！」

迷你砲機槍的射手按著自己的臉這麼說著。

由於直接撞到眼睛與鼻子所以ＨＰ減少了三％左右，但這麼一丁點根本在誤差之內。

不過還是相當疼痛。難得小隊成員都戴著的同款式太陽眼鏡也不知道掉到哪裡去了。

「可惡！——嗯？」

一看之下，無人機就掛在悍馬車的防彈板外側。

螺旋槳當然幾乎全都損毀了，不交換的話就無法再次飛行，但似乎不至於全損而喪失道具所有權。

我方被擊落兩架無人機，而且要是被敵人撿回去再利用也令人火大，於是男人便……

「好，把它砸壞吧。」

從防彈板後面探出上半身並且伸出手來把無人機抓起。到剛才都持續不斷「看人低」的機體下部攝影機上映照著自己的雙眼。

「沒什麼啦，不用道謝了。」

男人邊這麼說邊把無人機用力砸向道路。

無人機的軀體破碎，變成多邊形碎片四散開來。

看著這一幕的男人，頭部隨即爆裂。

「沒什麼啦，不用道謝了。」

在南方５００公尺外的道路上，夏莉正趴在車子的後面。

手上抱著的當然是Ｒ９３戰術2型狙擊步槍。

夏莉漂亮地把握終於到來的一次狙擊機會，筆直地將槍機往後拉來排出空彈殼，然後推回去裝填下一發開花彈。

車子的另一邊，瞪著雙筒望遠鏡的克拉倫斯表示：

「又是初彈命中！妳這傢伙是狙擊的天使嗎？Angel！」

「吵死了。」

兩個人透過鏡頭的視界當中，駕駛正轉過頭來。

然後就看見伙伴無頭的肉體倒在車內，接著僵在現場。

「駕駛也一起幹掉吧！」

「不，那是防彈玻璃……就算開花彈也沒用。」

「那就接近對方！我來坐上車！」

「妳認真的嗎？」

「當然是認真的！」

夏莉一抬起頭就看到克拉倫斯燦爛的笑容。

「嗯，隨便妳吧。」

「好喲～！」

兩個人站起來後，就朝著停在車子後方的「交通工具」靠近。

那是無聲把兩個人運送到這裡的「交通工具」。

「葛蘭特被幹掉了！是狙擊！敵人位置不明！」

悍馬車駕駛看著伙伴頭顱復原後完整的屍體並且向隊員們這麼報告。

然後說出最大的疑問。

「是狙擊。應該來自南方。我想應該是不可能，不過應該不是那些傢伙吧？」

「為了慎重起見還是確認一下。你把車開到這裡來。」

「了解。」

駕駛開動悍馬車後，在十字路口轉換方向朝東方前進。就這樣緩緩向隊長的一號車出發。

在夏莉狙擊成功的同時，也有人正以瞄準鏡捕捉到蓮的身影。

那是持有M98B的Wrong lancers成員之一。剛剛為了隱藏身形而躲在卡車的車廂裡，現在則是趴在上面。

他爬上車廂確保高度，藉此獲得瞄準遠方巴士車體底下的角度。

400公尺前方的景色當中，爆胎的巴士車體與地面之間真的只有一條線的縫隙。

但是男人瞄準該處之後，手指碰到扳機的瞬間就同時扣了下去。

發射出去的子彈撕裂空氣飛出，簡直就像是被吸進去一樣進入巴士車體下方。

嗶唏嘎！

突然在周圍響起的聲音……

「呀啊！」

讓蓮嚇得扭動身體，頭部差點再次撞到車體。

要被射中了！被瞄準了！

蓮理解發生了什麼事情。子彈飛入巴士的車體下方，從水泥路面彈起後又撞上巴士車體，因此而發出劇烈的聲音。

一看之下，車體的金屬部分微微冒煙了。然後旁邊就是油箱。

嗚哇嗚哇這下糟了糟了糟了。

蓮開始一路滾動到巴士前端。想說至少躲在輪框後面的她來到前輪後方。

「看到了。恢復成粉紅色了。讓我來吧。」

持M98B的男人，視界完全捕捉到蓮的身影。

蓮逃往的前輪方向，對於男人來說是更容易看見的位置。光靠爆胎的車輪無法完全遮住蓮的身體。

對方似乎在摸索些什麼，但下半身在可以狙擊的地方……

「抱歉了各位。獵物我就收下了。」

男人瞄準目標。

這個位置的話，對方應該看不見預測線才對。男人的手指靜靜地觸碰扳機，等待著彈預測圓的出現。

以他的狙擊技術與槍的性能來看，著彈預測圓應該相當小，就算因為心跳而膨脹到最大的狀態，也可以完全籠罩蓮的下半身。

也就是說，不論怎麼扣扳機，系統上都一定會命中。不可能會失手了。

在食指只要再動1毫米即可的時候……

「所有人聽著。悍馬車遭到狙擊了。迷你砲機槍的男人死亡。」

從隊長那裡傳來這樣的聲音。

男人停止射擊，暫時把手指從扳機上移開。著彈預測圓跟著消失。

「對方詢問是不是我們的誤射。雖然不認為會有這種事，但為了慎重起見還是問一下。有沒有人搞錯，或者沒有搞錯就開火射擊？隊長不會生氣，老實承認吧。」

男人笑了起來。同時也能聽見同伴們的笑聲回傳。

「這樣啊，沒有嗎？好，我會確實告訴他們。這也就是說，周圍有敵人的伏兵。千萬別大意。」

聽完隊長的聲音，男人再次把手指放到扳機上。這次射擊完後就迅速從這個地方逃走。

然後在他毫不猶豫就要射擊的瞬間，巴士就發生了爆炸。

在爆炸稍早之前。

待在這裡不妙。是負面意義的不妙。

蓮躲在黃色學校巴士的車輪後面，認識到自己依然身處困境。誰也無法保證下一發飛過來的子彈不會擊中自己。就算沒有擊中自己，也不保證不會打中巴士的油箱。

必須盡快，不對，是立刻離開這個地方才行。然後還需要逃進大樓裡面。

沒有什麼辦法嗎沒有什麼辦法嗎辦法辦法……

蓮的腦袋以猛烈的速度轉動。

「將死之人之所以會看見走馬燈，只是為了在面對意外的生命危機時，從至今為止的記憶當中拚命尋找出『免於死亡的方法』罷了。」

雖然忘記是什麼時候看過了──但是這樣的文章閃過蓮的腦袋。

而現在正是這種狀態。在ＧＧＯ與ＳＪ都有過好幾次這種經驗了。

在無法動彈的地點，面對來自外部的槍擊這種危機——話說回來，第一次的ＳＪ也遇過這種情況。就是跟ＳＨＩＮＣ的戰鬥當中。

那時候躲在岩石後面的自己受到猛烈的機關槍攻擊。一出去就會被擊中，但就算一直躲著，最後也是會被幹掉的狀況。

而之所以會得救，全是靠現在身邊也有的電漿手榴彈。以爆炸作為盾牌來往反方向遁逃。

行得通嗎？行得通嗎？

感覺走馬燈幫忙做出了解答……

啊啊，不對，行不通……

蓮否定了這個想法。

那時很清楚是從哪個地方遭到射擊，也有逃走的方向，算是能以自己的腳逃走的地點。

但現在不一樣。

巴士前端的前方雖然可以看見建築物，但十字路口幾乎坐鎮於中央，所以距離建築物最短也有30公尺左右。

在已經被狙擊手瞄準的現在，蓮沒有能夠平安衝過這段距離的自信。

不行了！走馬燈沒哏了！

蓮這麼想的瞬間，另外一個記憶就浮現出來。

那是ＳＪ３時，在船內的首次戰鬥。

當時塔妮亞就像砲彈一樣從空中朝我方飛過來。

包含手持Ｍ９８Ｂ的男人在內，隸屬於Wrong lancers，現在正在能瞄準蓮位置的狙擊手們都看見了。

巴士被電漿手榴彈炸飛起來的模樣。

巨大巴士的車體從屁股被抬起來並且浮上空中。車體下部被直徑５公分左右的藍白色奔流捲入而粉碎，但是爆風還是抬起了車體後部。車體後端移動的模樣就像是被用繩子往上吊起來一樣。

下一個瞬間，巴士的油箱就燃燒起來了。在車體後部仍然騰空的狀態下，黃色學校巴士就被包裹在紅蓮火焰當中。

「搞什麼……？那個小不點自殺了……」

手持Ｍ９８Ｂ的男人一邊從卡車的車廂下來一邊這麼說，但是……

「不，不是這樣！她逃走了！」

傳回耳朵的是大樓當中，也就是從高處進行瞄準的伙伴發出的聲音。

「哦，怎麼逃走的？」

「利用爆風！粉紅色小不點乘著自己引起的爆風被吹走了！」

全身沾滿塵土且都是擦傷而發出紅色著彈特效光的蓮，這時候人在廢墟大樓裡面。

「順……順利成功了……」

爬行逃到巴士火焰照不到的深處，暫時不會再受到狙擊了。

這是相當冒險的點子。

在巴士的後部，距離自己5公尺左右外的地點引爆電漿手榴彈。衝擊在巴士底下形成爆風並且吹出，就趁勢讓其把自己往外推。

在不知道會受到多少傷害的情況下，蓮就實施了這個計畫。

這時全身都是輕傷。剛才打下的急救治療套件目前仍發揮作用中，但等結束之後HP大概也只有八成左右吧。

也就是犧牲了兩成的HP。

比死亡好多了！我還能繼續奮戰喔！

登登嘞登～登～登嘞登～登～登登嘞登～登～登登嘞嘞～

蓮的腦內由華格納的《女武神的騎行》英勇主旋律取代了原本的《結婚進行曲》。

「怎麼樣了，蓮？妳沒事吧？」

「嗯！暫時從狙擊手的手底下逃到大樓裡面了！」

「很棒嘛，搭檔。我們現在所有人都平安無事地逃亡當中！——啊！」

「不可？」

「訂正。安娜被擊中了。看來是重傷。」

不可次郎的聲音和近處開火的低沉槍聲重疊在一起。應該是羅莎拿著ＰＫＭ瘋狂地開火吧。

這道聲音倏然停止……

「啊，塔妮亞也被擊中了。希望她不要死亡才好……」

「咕嗚……！」

「別管我們了，妳只要考慮如何活著脫離那裡！」

「嗚嗚……」

「多餘的情報會礙事吧。在安全之前先把通訊切斷嘍。」

「知道了……」

蓮把手指貼在耳朵上來切斷通訊道具，世界突然變得一片安靜。

不過可以聽見巴士燃燒的恐怖聲音。

失去迷你砲機槍射手的二號悍馬車駕駛，聽見蓮引起的爆炸後就警戒周圍而停下悍馬車。

他使用後照鏡，確認是否有來自周圍的攻擊。

東西向延伸的大路上沒有敵人，只能看見周圍的大樓，以及道路上造成阻礙的瓦礫。

「好。」

男人再次踩下油門，悍馬車開始跑動。

為了與同伴會合而往東前進。

它的後面出現一匹馬。

「那個像馬的東西是什麼啊？」

「那就是馬啊。」

酒場裡的對話聽起來有點愚蠢。

其中一個畫面映照著忙碌地左右避開障礙物前進的悍馬車，以及從後面追上來的馬。

馬從南側的巷弄衝了出來。坐在馬背上的是兩名女性玩家。

「咦？——那真的是馬？」

「你剛玩ＧＧＯ嗎？」

「嗯，是啊。其實才三個月左右。」

「那就難怪了。我是不想倚老賣老，不過還是告訴你吧。那是『Robot horse』。也就是機械馬，它不是怪物，而是能夠讓玩家騎乘的道具。」

「哦，可以騎乘嗎？」

「沒辦法。」

「啥？」

「包含我在內，一般的玩家是無法騎乘的。會被甩下來。我也是這樣。也沒有取得後立刻可以騎乘的技能。」

「但那兩個傢伙就在騎耶？」

「所以在現實世界一定也會騎馬啊。」

「夏莉真是太厲害了！有什麼是妳辦不到的嗎？」

在奔馳的馬背上抱著夏莉背部的克拉倫斯這麼大叫。

這樣必然會在夏莉耳邊發出巨大的聲音，於是她便繃起臉來說：

「大概就是讓妳安靜下來這件事吧！」

「呵……別想殺掉我喲。」

「不是這個意思。噢，還有這個方法嗎？」

「太過分了吧，我們是伙伴吧？」

「夠了，給我閉嘴！會咬到舌頭喔！」

把R93戰術2型狙擊步槍掛在胸前的夏莉，手中正握著金屬絲製成的韁繩。

讓人聯想到純種馬的優良體格，而且是機械製的馬。

這就是能夠不發出聲音就把兩個人運送到此，讓她們順利完成高速移動的功勞者。

那是在大約一小時前的事情。

在高速公路上狙擊Pitohui失敗後——

想要適合我方的交通工具，於是兩個人在附近四處尋找的結果就是這匹馬了。

在高速公路上斜向停止的大型SUV所拖著的四角形掛車。裡面就裝著一匹機械馬。

由於它靠在側壁上原本以為已經壞掉了，但是人類一靠近眼睛就亮了起來。稍微踢動雙腳站起來後，就動著脖子筆直地看向打開門的夏莉她們。

「乖乖乖。你——想不想跑一下啊？」

夏莉溫柔地這麼問完，機械馬就不停震動著脖子。

「它說不想。」

揹著炸藥背包的克拉倫斯在感到膽怯的情況下這麼表示。

夏莉則是開口說：

「好，來吧。」

把機械馬從掛車裡拉出來後……

「乖乖乖。腳也沒事吧。體格很不錯喔。」

她溫柔地撫摸馬兒發出微弱銀光的機械身體、前腳以及後腳。

體格高大的機械馬從腳到頭部輕鬆超過2公尺。

「妳……妳不怕嗎？」

克拉倫斯在整整5公尺外的地方露出害怕的模樣。手上AR—57的槍口散發出隨時會朝向這邊的氣氛。

「別站在正後方。會被踢死喔。」

夏莉以難得出現的笑容這麼威脅克拉倫斯。

「嗚咿咿！」

克拉倫斯把距離拉到8公尺遠。

夏莉調整著馬鞍、鞍鐙等裝設在上面的馬具位置並且說：

「別擔心。GGO世界的馬和現實世界的馬，只要我們真摯以對就會得到回應。」

「我們是淑女喲。」

「是真摯不是紳士。還有，我們是淑女嗎？」

「這件事之後再討論。不過，妳會騎馬嗎？我聽說很困難喔？」

「嗯，確實很難。所以我也練習了好一陣子。我所在的中隊，許多成員都喜歡馬。」

「真的假的。在來到GGO之前，你們是做什麼工作的啊？」

夏莉現在還是隸屬於「北國獵人俱樂部」。就是SJ2時以KKHC這個名稱出場的那個中隊。

從夏莉的真實身分霧島舞為首，所有人都是在北海道從事狩獵的獵人，算是相當特殊的一支中隊。也因此具備許多現實世界的技能。

除了實彈射擊與動物肢解之外，他們還是懂得山地滑雪、雪鞋、除雪車、雪地摩托車的人們，其中也有不少人會騎馬。

其中舞更是從居住於東京的少女時代就前往位在遠方的騎馬俱樂部的馬匹愛好者。大學參加戶外活動社團時也頻繁地享受騎馬之樂。

就連在北海道從事自然導覽員這份工作的現在，也經常借附近牧場的馬匹來騎乘。該牧場的騎馬體驗與騎馬出遊行程也是導覽員業務的一部分。

ＫＫＨＣ知道ＧＧＯ裡面也有機器馬之後就開始騎乘練習。

從正反兩面來看，機械馬都是高性能，或者可以說難以駕馭的馬。很容易就讓人聯想到競技用最高峰的純血馬，而且是最快速又最難以取悅的類型。

只是想讓它慢慢走的話就算了，想作為高速移動道具的時候，也就是想讓它認真奔跑的話，連夏莉也費了一番功夫才成功。

不斷體驗落馬，有時甚至從頭部跌落而死亡，享受了這在現實世界只能體驗一次的貴重機會之後，結果——

夏莉他們終於能夠隨心所欲地騎乘機械馬了。

只不過，至今為止這個技能在對人戰鬥中從來沒有過任何幫助就是了。

從找到之後到現在，在移動中還沒有發揮出太快速度的機械馬，現在正全力奔馳著。馬持續奔跑。

追的是剛才幹掉一個人的悍馬車。

「夏莉太帥了！可惡，真不甘心！我也會騎馬就好了！」

「那我下次教妳吧！」

夏莉以難得出現的開心口氣這麼說道……

「咦？不用了啦很恐怖耶。」

結果對方隨口就這麼回答，讓她轉變成感到有些悲傷的表情。

「那妳打算怎麼辦？不是要幹掉Pitohui嗎？」

「那些傢伙會妨礙我完成任務。我們先襲擊那輛車吧。」

「要怎麼做？」

「這個嘛……這個嘛……」

看來她似乎沒有思考過這件事。

「真是個令人頭痛的女孩！那這裡就交給我吧！我有個很棒的點子！」

克拉倫斯充滿自信地這麼說完，隨即揮動左手操作倉庫欄，不只是背上的巨大炸藥背包，連主武器ＡＲ—５７，甚至是彈匣包、右腿上的Five-seveN及槍套都收起來了。

「啊？妳打算做什麼？」

稍微回過頭的夏莉這麼問道……

「到車子旁邊去！我去拍場動作戲就回來！」

變成靴子與全身黑色戰鬥服這種輕快模樣的克拉倫斯這麼回答。

「掉下去我也不救妳喔！」

「太無情了吧～」

「武器怎麼辦？」

「就在我身上喲。」

「啊？」

夏莉再次轉頭後，看見克拉倫斯把手貼在自己胸前。

「啥？」

「喂～悍馬車！後面啊～！敵人在後面喔～！」

雖然不可能聽見酒場裡的男人所發出的聲音……

「咿！」

但駕駛悍馬車的V2HG成員……

「那是什麼啊……」

已經注意到異形的追蹤者。從後照鏡看見後就這麼呢喃了一句。

「是馬嗎？」

就是馬沒錯。

看見兩個人騎在上面後，一眼就看出那並不是伙伴。

「別開玩笑了。現在沒空陪馬賊玩遊戲啦。」

判斷只有自己一個人的現在不是戰鬥的時候，男人隨即踩下油門。然後立刻又踩下煞車，往左又往右避開瓦礫，接著再次踩下油門。

「啊啊可惡！」

剛剛好不容易才通過的道路，現在又要全力跑回去。

「喝！」

夏莉以沒有馬刺的靴子「刺激」機械馬令其加速，從瓦礫的正面衝了過去。

如此一來，馬就只能在兩個選項中選擇一個。

也就是迅速跳起來越過，或者是緊急煞車來將背上的兩個人往前扔。

「跳得過！你能跳得過！」

受到夏莉喜愛的機械馬回應了她的心意。

面對足有一個人那麼高的障礙物山……

「嗚呀啊！」

載著發出發出悲鳴的克拉倫斯，輕鬆就跳了過去。

夏莉在跳躍之前連同抱住自己的克拉倫斯一起稍微抬起來並且將身體往前傾，等著地之後又像什麼事都沒發生過一樣回到馬鞍上。

「就是這樣！幹得好！真有趣！」

「哪裡有趣了？我差點就要死嘍！」

「我沒跟妳說話！」

載著兩個人的機械馬，由不知名金屬製成的馬蹄在水泥道路上踩出聲響，同時只差一點就要趕上悍馬車了。

「追到了！妳打算怎麼辦？」

「到車子左邊去！」

「有什麼後果——」

夏莉以放在馬鐙上的雙腳壓下馬的側腹，然後把韁繩稍微往左拉。

「我都不管嘍！」

稍微加速的機械馬來到悍馬車左側……

「嘿呀啊啊啊啊！」

這次換克拉倫斯從馬背上跳了起來。

帥氣躍起的克拉倫斯，狼狽地從腹部跌落到防彈板上。

「咕咿咯噗！」

她受到嚴重傷害，ＨＰ減少了兩成。要是在現實世界幹出這種事，內臟可能已經破裂了。

「好痛啊！」

克拉倫斯先在防彈板外面，也就是車體後部的車頂上蹲下，然後迅速揮動左手。叫出倉庫欄的操作視窗後，只按下一個按鍵。

然後就跳進悍馬車的車內。

噠噠！

正在駕駛的男人，聽見車內響起巨大的腳步聲。

在悍馬車車體中央有一個讓站在槍座前的人站立的機械軸式「講台」。站到這塊鐵台上的話，會發出很清脆的聲音。

到剛才都還在那裡發出腳步聲的屍體不可能會復活，所以現在待在那裡的是敵人。跳進車內的敵人。

男人踩下煞車來準備停下車子。同時頭部一邊往右後轉，左手一邊朝著放在副駕駛座的ＨＫ433突擊步槍伸去。

他的動作迅速且流暢，一下子就拿起折疊槍托的ＨＫ４３３，在開保險的同時槍口也朝向後方。

「啥？」

然後他的手就停住了。

在那裡的是——

一個只穿著內衣褲的女性。

剛才能夠看見伙伴胸部以下的地點，現在蹲著一名能看見全身肌膚的女性。

頂著一頭黑色短髮，有著精悍的臉龐。

胸部不大，體型苗條。

只有少少面積的黑色內衣褲掩蓋住她炫目的白色肌膚。

上半身穿著運動用的胸罩。

下半身看起來很柔軟的雙腿之間露出誘人的三角形褲頭。而且因為角度的關係而被大腿掩蓋住，看起來簡直就像沒有穿一樣。

露出妖豔笑容的臉龐下方脖子的線條、鎖骨形成的深邃凹陷、上下起伏的白色乳溝、胸罩下方微微隆起的乳房角度、從側腹稍微能看見的肋骨、纖細的腰間曲線、從腿部一直到臀部的線條以及並排著可愛腳趾的纖細腳尖——

這些情景一瞬間衝進男人的眼裡，讓他的腦袋爆出了火花。男人體內的熱血開始全力奔馳。至於集中到什麼地方就先不用管了。

男人全身都感覺到悍馬車車內突然變得很香。

女性露出燦爛的微笑，把臉與上半身靠近駕駛座並且說：

「嗳……要不要揉胸部？」

「咦？嗯，好啊。」

男人以脊髓反射這麼回答，移下槍口並且放手，然後左手直接朝著胸前黑色布料的部分伸過去。

女性纖細的右手溫柔地擋下男人的手……

「嗚！」

「這邊喲……」

然後將其引導至自己胸口。這時她的左手則伸到駕駛座後方。

男人的手越來越靠近胸部。

吞口水。

再幾公分就能碰到。能夠確認那種感觸。

在那作夢般的瞬間，女性左手從座位後方朝著男性臉龐握住的Five-seveN就噴出火來。

子彈從距離僅僅2公分的槍口飛出，從男人額頭穿越到側頭部。

頭部被射穿的男人還是拚命扭動身體，讓左手繼續往前伸。那是直到最後都不放棄活著的模樣。

胸部啊！

享受著指尖稍微觸碰到的胸罩觸感……

「啊啊……」

HP歸零的男人就這樣死亡了。

因為蒙面與太陽眼鏡而看不出他此時的表情。

讓機械馬整個迴轉的夏莉……

「嘿咻！」

看見克拉倫斯像丟沙袋一樣，從車頭衝進瓦礫堆而停下的悍馬車車頂丟出亮著「Dead」標籤的男人屍體。

她處於「虛擬角色無法再脫衣」狀態，也就是僅穿著內衣褲。

「嘿咻！」

看著她輕鬆扔出第二具屍體的模樣，夏莉老實地透露出內心的感想。

「妳這傢伙很有力氣嘛！」

「呀啊！別看啊夏莉！這個色鬼！」

「不用玩這種老哏。我很清楚妳用的是什麼手段了。我實在無法模仿就是了。」

「咦？很簡單喲。『裝備・服裝全解除』……」

「不是方法的問題。」

「胸部明明比我大。」

「也不是這個問題。」

「能派上用場的武器就要用啊。」

「晚點我們好好聊一聊吧。」

夏莉警戒著周圍並且讓機械馬前進。

從馬背上的高位可以看見悍馬車內部。

裡面設置了被防彈板包圍的槍座，槍座上可以看見六根槍管束在一起的機械加特林式機槍

——M134迷你砲機槍。她隨即歪起頭來。

「這個零件是什麼？噴水槍嗎？」

「咦咦？連迷你砲機槍都不知道還玩GGO？妳落伍了啦！」

「抱歉喔。那它很強嗎？」

「最強的喲。」

「最強的是我的愛槍。」

「嗯，現在不用說這些——喂，馬真的很恐怖。不要把臉靠過來！」

「真是的。」

夏莉不把轡繩往後拉的話，子彈應該就打中她的腿了吧。

狙擊的子彈擊中機械馬的左前鼠蹊部，直接穿透機械身軀。

驚嚇的馬兒舉起前腳，夏莉立刻把腳從馬鐙上抽出，放開轡繩後迅速從右側跳下來。

機械馬只用後腳直立著。如果夏莉沒有跳下馬背，將會直接向後跟馬兒一起倒下吧。然後就會變成肉墊了。

機械馬將身體移回去的同時，就因為無法踏穩腳步而往左側倒下。這段期間也有子彈飛過來直接越過夏莉的頭上。

「可惡！」

夏莉準備架起R93戰術2型狙擊步槍時……

「別拖拉了，快上車！這輛車子防彈喔！妳會開車吧？」

逃進車內的克拉倫斯把駕駛座的門整個打開。利用防彈門與玻璃來保護夏莉。

「為什麼是我……可惡！」

夏莉咒罵了一句後，隨即把長步槍伸入車內由克拉倫斯拿著，然後跳進駕駛座。在上車途中，看見了無情的子彈命中機械馬的脖子奪走了它的性命。身為獵人的舞不知道對蝦夷鹿做過多少次這樣的行動……

「抱歉……！」

機械馬的脖子無力崩落時，夏莉正好把駕駛座的車門關上。

「哎呀，不用客氣啦！」

克拉倫斯在副駕駛座上這麼說，至於在駕駛座調整臀部位置的夏莉則是……

「我不是跟妳說，是跟馬。記得合掌向它表達感謝之意啊。還有快把衣服穿上！」

「好喲！」

克拉倫斯揮舞左手，從倉庫欄按下「一次裝備」鍵。

坐著的克拉倫斯身體穿上黑色戰鬥服，然後上面附加了彈匣包等物體，最後AR—57則出現在身體前方。簡直就像魔法變身一樣。

塞了強力炸藥的背包，才剛實體化就把它丟到車體後部。嗯，這點衝擊應該不會爆炸吧。結果確實沒有。

悍馬車的車體雖然大，但是車頂比較矮，讓人覺得有點壓迫感。尤其還有迷你砲機槍用的電池包、連結迷你機槍砲的供彈軌道以及積蓄數千發子彈的巨大彈藥箱占據了後部的兩個座位，使得壓迫感更加嚴重。

喀鏗！

子彈打中擋風玻璃，遭擊中的地方稍微變成暗沉的灰色。如果沒有防彈的話，這是會直接命中夏莉的角度。彈道預測線只出現極短暫的時間。

這不是像夏莉與M那樣的無預測線射擊，而是仔細瞄準之後，當預測圓出現最初的收縮就毫不猶豫地扣下扳機。由此可以得知對方的技術高超。在一般戰鬥時想要躲過這種射擊方式應該很困難吧。

「好高明的技術。」

夏莉從腰包裡取出雙筒望遠鏡並且瞪著前方。

大概是500公尺左右的前方。同型的車輛把車頭對準這邊，一個男人在防彈板裡舉著狙擊槍。他的射擊姿勢帶著殺意。

「也難怪他會生氣。抱歉打倒你的同伴。」

「就是說啊夏莉。妳殺掉Pitohui的高尚目的到哪裡去了？」

「我沒忘喔。那麼，我們逃走吧……」

夏莉尋找排檔桿並且打了倒車檔，接著踩下油門。

「可惡！不行嗎……」

由於是跟自己所坐的同型的防彈悍馬車，了解槍擊無效的V2HG小隊隊長就從車頂縮起身體。

「算那兩個傢伙好運。」

把開火的「L129A1」步槍放到旁邊後，他就坐回駕駛座。

這把槍是使用7.62毫米×51毫米北約彈的自動速射式狙擊槍。

和「Heckler & Koch HK417」以及「Knight's Armament SR—25」等同樣是「專利權消滅的『Armalite AR—10』步槍的複製品」。

因此三把槍的外表看起來極為相似。對於槍械不熟悉的人來說是高難度的找錯遊戲。

L129A1是英軍在制式採用時所取的名字。模組是名為「Lewis Machine & Tool LW308MWS」的槍械。

槍械擁有製造商所取的商品名以及採用的軍方所取的制式採用名，所以相當麻煩。

使用這把槍械的狙擊手兼小隊長的他，正是在機場南部連續狙擊老大等三名SHINC成員，讓她們陷入困境之中的幕後黑手。

之後其小隊成員跟SHINC說的「DOOM的狙擊手射擊妳們，是我們把他幹掉」當然完全是謊言。這是為了順利讓ＳＨＩＮＣ加入聯合部隊的自導自演。

但就算技術高超的狙擊手加上高性能的狙擊槍也敵不過裝甲悍馬車。那是作弊的對手。雖然自己現在也坐在這種車裡面。

「這裡是一號車。有壞消息跟壞消息要說。想先聽哪一個？」

「我知道約翰也被幹掉了！現在正過去那邊！為他報仇吧！」

從剛才發射槍榴彈的男人那裡得到這樣的回應。

伙伴明明被殺死了，他卻像是很開心。甚至比剛才更開心。玩ＧＧＯ的傢伙都是這樣。

「那我就先說壞消息。迷你砲機槍和二號車被所屬小隊不明的兩個伏兵搶走了。」

「什——」

男人這時果然說不出話來，但立刻就……

「好吧！先別追擊ＬＰＦＭ跟ＳＨＩＮＣ，把它搶回來吧！」

「不行。別管二號車了。我們從其他道路往西前進。」

「我會遵從命令，隊長。但請告訴我理由。」

「就算是迷你砲機槍，只要待在車內對方也無法輕易射穿我們。在移動中的話就更不用說了。那群狙擊手也是能夠自己想辦法存活的強者吧。按照當初的計畫，以把目標趕進西北並加以包圍為優先。只要能擊潰ＬＰＦＭ，和Fire的契約就算成立了。再來要做什麼都沒關係。」

「知道了……那接下來是我的自言自語，這麼說起來，Fire應該有一定得擊潰ＬＰＦＭ的充分理由吧？」

「那這也是我的自言自語，其實我也不知道。因為我刻意不問他。但這既然是『委託』，就要拚死來完成。」

「我繼續自言自語，這次究竟獲得多少報酬？我真的很在意喲。」

「啊哈哈！等事情結束之後，或者臨終之前，我會毫無隱瞞地告訴你。我想大家會很吃驚喲。哎呀，這也是自言自語喔。」

＊　＊　＊

喀咚！

車體豪邁地撞上水泥塊……

「嗚嘎！」

克拉倫斯的身體左右搖晃，右肩撞上了厚厚的車門。

「好痛！什麼都會的夏莉竟然開車技術這麼爛啊！說起來，這樣能叫『會開車』嗎！」

「吵死了！乖乖在旁邊看啦！」

在駕駛座握著方向盤的夏莉，以右手移動排檔桿並且讓悍馬車倒車。

轟嘰！

結果倒退的速度太快，右後方又撞上後面的廢車。

「啊啊真是的！ＧＧＯ這款遊戲不是這麼玩的喲。」

「可惡！」

霧島舞雖然擁有「一般小客車駕照」這個在廣大北海道生活時的必需品，但非常喜歡且擅長騎機車與騎馬的她，卻不喜歡也不擅長駕駛四輪車輛。

平常生活的交通手段是同僚便宜賣給她的４ＷＤ輕型車。她就連駕駛這樣的車都很緩慢。

舞在剛拿到駕照時，曾經在停車場裡撞到別人的車子。雖然沒有太大的破損，但是被車主痛罵了一頓，然後用保險賠償了損失。

從那之後，舞甚至有了盡量不開車的想法。但這樣就沒辦法在北海道生活，所以只能勉為其難地開著。夏天也就算了，冬天根本不可能不開車。

「這輛車太大了！跟卡車一樣！」

夏莉拍打眼前的方向盤。

悍馬車是相當大的車子。車子寬約２．２公尺。全長約４．８公尺。先不管全長好了，它實在太寬了。

從輕型車是1．48公尺，小型客車是1．8公尺，大型SUV也大概只有1．9公尺來看，就能知道它的尺寸確實相當大。

舞不曾開過這麼大的車子。而且還是不習慣的左駕車，悍馬車的方向盤位置是靠近車體邊緣。

由於左右的窗戶都貼著裝甲板與防彈玻璃，所以視野很狹窄。根本完全看不到後面。右側面咯吱咯吱地摩擦著，好不容易穿越瓦礫的狹窄地點，但前方卻又躺著其他障礙物。

夏莉嘆了一口氣。

「剛才那個傢伙很會開車……」

「嗯～還是別殺掉他比較好嗎？但是，要把他變成僕人的話，我想夏莉也要犧牲一下才行喲。」

回到騎機械馬追上來的道路上，然後直接往西方前進的兩個人，從剛才開始就沒有推進太多距離。

進行狙擊的另一台車似乎沒有強行追擊，關於這一點倒是可以放心。

「這條路的路況太差了。找其他的路往西前進吧。Pitohui他們在那邊。把他們趕到戰場西北後加以襲擊！」

「真的假的啊，夏莉。不是用狙擊而是用這輛車輾死她嗎？」

「啥啊？這就有點……不是很願意耶。」

雖然夏莉忍不住吐露現實世界對於駕駛的懼怕，但是……

「有什麼關係嘛，就上啊！用不著被狙擊束縛住啦！」

克拉倫斯似乎會錯意了。

夏莉開了一陣子，看見轉角就把方向盤往右打。

那裡是兩棟大樓之間的巷弄。寬度大概只有5公尺這麼狹窄，幸好是幾乎沒有障礙物的道路。只是筆直地往前延伸。

夏莉用力踩下油門來加速。終於能夠正常地行駛了。

在100公尺左右的前方看到另一個十字路口，交叉的道路看來比較寬敞。

「為我們準備好的就是那條路！前往勝利的Victory road！」

克拉倫斯用手指著該處並且嘶吼著。

「如果是這樣就好了。還有勝利和Victory重複了喔。」

「轉左邊喲！就是拿碗的那一邊！」

「幸好我是右撇子。好，等著吧Pitohui！」

因為對Pitohui的憎恨而打起精神來的夏莉，沒有什麼踩煞車就開始在十字路口左轉……

「嗚呀啊！」

隨著副駕駛座上克拉倫斯的悲鳴，沒有辦法完全過彎的車體朝著十字路口轉角的大樓衝去。

「嗚！糟糕糟糕糟糕……」

夏莉全力踩下煞車，閉起眼睛向神明祈禱。輪胎豪邁地打滑，車體整個橫向滑行，最後悍馬車的右後部……

嘎咕呸喳！

猛烈撞上大樓的側壁……

「咕哇！」

「噠！」

無情地晃動克拉倫斯與夏莉。

克拉倫斯的側頭部猛烈撞上防彈玻璃框架，然後出現些許中彈特效的光芒。ＨＰ減少了5％。夏莉則是因為抓著方向盤才沒有受傷。

以右手按住頭部的克拉倫斯，對著駕駛座抱怨：

「都說ＧＧＯ不是這種遊戲了！讓我來開車比較好吧？」

「抱歉……嗯，我會更加小心。」

「真是夠了！好啦，開車吧！」

「知道了……」

悍馬車開始跑動。

凹陷的車體右側後部邊發出咯吱咯吱的聲音邊離開大樓。

然後該處殘留著一具被車體與大樓夾扁的屍體。「Dead」標籤亮起的男人旁邊掉落著Barrett M98B。

強大的狙擊集團，Wrong lancers的首名死者——

是因為交通事故而死。

SECT.16

第十六章　撤退・其之二

引發巴士大爆炸這種繞口令般狀況來脫離困境的蓮……

啊啊，根本沒有什麼變化！

跟被釘在現場無法動彈的時候一樣。只是地點從巴士底下換成廢棄大樓裡面而已。

衝進去的地方原本應該是電器行吧？微暗當中看得出是有許多畫面破裂的大型電視默默並排在一起的恐怖房間。

蓮尋找著階梯。

心想只要能到樓上去，就能開拓其他的視界了。

不過她馬上就放棄了。店裡面沒有任何能到上面去的路線。

似乎原本是出租的店鋪空間，應該是為了防盜吧，側面也沒有能離開的出口。只有面對道路的北側是唯一的出入口。

蓮隱身於黑暗的店裡深處，瞪著明亮的窗戶那一邊。心裡做好覺悟，只要有人來的話，P90就以全自動模式瘋狂開火。

現在是十四點幾分了呢？

因為失去手錶，所以不拿出衛星掃描接收器的話就無法得知時間，但是害怕光源會引子彈飛過來，所以蓮無法這麼做。

在這裡待五分鐘以上的話，應該會湧出怪物吧？這也很令人在意。沒辦法用小刀將其一擊斃命的話該怎麼辦。

嗚嗚……好害怕……

說是孤軍奮戰的話聽起來是很帥氣，不過實際上是孤立無援。

雖然想過乾脆賭一把直接衝到道路上，但是腳因為不敵對於狙擊手無聲射擊的恐懼而無法行動。和之前的遊戲測試不同，ＳＪ是一旦死亡就結束了。然後死亡的話，將會造成人生相當大的困擾。

小Ｐ啊，我該怎麼辦才好？

雖然在心中對自己的愛槍這麼問道，但是沒有得到回答。

小刀刀啊，我該怎麼辦才好？

雖然手往後摸著小刀這麼問道，但還是沒有得到回答。

小電啊——

原本快要觸摸電漿手榴彈，不過最後還是打消了念頭。

就在這個時候……

滋啵！

從道路傳來野獸鼾聲般的聲響。

悍馬車！

在SJ2時，不論在車內或車外都不斷聽到這種聲音的蓮記得很清楚。

那是軍用四驅悍馬車所發出的引擎聲。排氣量6500cc，水冷V型八汽缸柴油引擎的咆哮。

雖然聲音在大樓之間迴盪，不過明顯變大了。

也就是從東側，或者是對蓮來說的右側，在這條大路上奔馳過來了。

從聲音聽起來，悍馬車只有一台。要是有兩台以上的話應該會更加吵雜才對。

嗚！怎麼辦？

蓮開始煩惱了起來。

說不定那是搭載了迷你砲機槍的悍馬車？原本應該是在100公尺左右的南側道路上。

如果是這樣的話，無論如何都想把電漿手榴彈丟進去。自己就是為了完成這個任務而衝出藏身處。

躲在這裡的事情沒有曝光的話，等它通過時應該可以把手榴彈丟到車體底下吧。雖說是對方自己送上門來這種天大的幸運，不過終於可以完成任務了。

但是同時也這麼想。

自己能不能跳進那台悍馬車裡呢？

被防彈板覆蓋的車頂上方開了一個大孔。曾經在ＳＪ２時坐過所以很清楚。

從這裡衝出去後筆直地靠近，然後跳進行駛的悍馬車裡。曾經在ＳＪ２時跳躍過逼近的悍馬車，所以很容易計算時機。

不對，跟跳進去比起來，還是在眼前讓電漿手榴彈炸裂，先確實讓它停下腳步比較穩當。

而且這樣說不定能夠一瞬間騙過不知道在哪裡看著自己的狙擊手。

只要能跳進車內，悍馬車的裝甲板就能幫忙擋下外面的狙擊。

雖然不清楚裡面有幾個人——但到時候只能大鬧一番了。

用小Ｐ往四面八方亂射，沒子彈後就拿小刀揮舞。不必擔心誤擊同伴，在ＳＪ２的巨蛋內叢林也曾經實行過，從某方面來看，這是自己最擅長的戰鬥方式。

沒問題……可以成功……就上吧！

蓮下定決心了。

雖然很難說這不是因為自暴自棄所做出的毀滅性思考，但是跟被狙擊手擋在這裡，什麼都沒辦法做就被伙伴們丟下來，或是只能聽著他們遭到全滅比起來要好非常非常多了。

要上了！

蓮感覺聽見腦內血管開始沸騰的聲音。

引擎聲急速變大。已經相當近了。蓮以左手拿起掛在腰部的電漿手榴彈，開始設定爆炸秒數。把原本的三秒改為四秒。

這時慎重地按下按鈕並且以下勾投丟到道路正中央就會立刻爆炸的時間。

引擎聲變得更尖銳……

來吧、來吧、來吧……

蓮跑到牆壁邊並且按下按鍵。

突然出現在眼前的藍白色爆炸……

「什麼！」

讓悍馬車駕駛直接朝著煞車板踢去。

沉重的車體好不容易才在藍色球體前方停了下來。

要是直接這麼衝過去，可以破壞任何東西的奔流將會粉碎車體前部。

爆風搖晃沉重的車體，將土塵從車頂吹入。

不對，進來的不只有土塵而已。

「噠啊——！」

粉紅色小不點隨著尖叫聲衝入，結果先是一屁股坐到了車體後部的鐵板上。

「好痛！」

小不點立刻扭身，露出犬齒並且把Ｐ９０的槍口對準這邊——

「咦？」

蓮在扣下Ｐ９０扳機的前一刻注意到某件事。

從左側駕駛座和右側副駕駛座轉過頭來的虛擬角色姑且算是自己的隊員。

但這時候已經太遲了。

Ｐ９０噴出火花，１發子彈飛出陷入了控制臺。

「嗚呀啊！」「噠啊啊啊！」

同時聽見克拉倫斯與夏莉的悲鳴……

「抱歉！」

接著又混進蓮的尖叫。

「不過為什麼！」

蓮也同樣感到驚訝。

豁出去後帶著拚死決心衝進去一看，發現在那裡的是一個多小時前分手的同伴。

「妳們在做什麼？」

依然舉著P90的蓮這麼問道。

「別對著這邊！」

夏莉這麼說。

「我願意賠償我們偷走的摩托車！」

接著克拉倫斯則這麼大叫。

蓮一邊放下P90的槍口一邊瞄了左右兩邊。看見連接迷你砲機槍的軌道……

「我不會開火喔！這就是說妳們奪下這輛悍馬車跟迷你砲機槍了嗎？好厲害！」

「還好啦！」

克拉倫斯挺起胸膛來炫耀著。嗯，最後能夠奪走這輛車確實是靠只穿內衣褲的她。

「讓我坐車吧！大家逃到西側去了，我們去支援他們吧！」

「原來如此。Pitohui也在那邊吧？」

夏莉的銳利目光……

「嗚！」

讓蓮拿著P90的手一瞬間抖動了一下。夏莉的話，說不定在看見Pitohui的瞬間就會開這輛車衝過去。

應該說，她們能算是伙伴嗎？應該可以把她們當成敵人吧？

「哦，要打嗎？」

夏莉瞪著蓮。但是她的槍正橫向放在大腿上，並不是處於立刻能開槍的狀態。

「蓮啊，妳開車的技術好嗎？」

克拉倫斯突然這麼對蓮問道。

「啥？」

蓮茫然這麼反問。

「妳願意擔任駕駛的話，可以盡情對夏莉開火沒關係喲。然後我們好好相處吧！」

「啊啊，我早就知道妳是這種人了。」

夏莉感到很傻眼。

蓮誠實地回答：

「我……不會開車……」

「我也是啊。所以要是射擊夏莉的話，這巨型車輛就只能放在這裡當裝飾品了。」

「我知道了……先不要管Pito小姐之類的事情，先開車吧！這裡有狙擊手！所以剛才我都沒辦法出來！」

蓮這麼說完，夏莉還是帶著有些不滿的表情，但是……

鏘嗯！鏘嗯！

從車頂的洞飛進來並且爆出火花的子彈幫忙夏莉做出了決定。

蓮她們差點被子彈貫穿腳尖的時候……

「嗚哇！──快一點！」

「哼，可惡！」

引擎聲再次響起，載著ＬＰＦＭ三名成員的悍馬車跨越電漿手榴彈轟出的洞開始跑動。這段期間車體也被數發子彈擊中，聲音直接傳進車內。

蓮對這克拉倫斯問道：

「現在幾點了？」

「呃……十四點八分！」

＊　＊　＊

在快要十四點前把蓮送出去後的十分鐘內。

這段期間Pitohui、Ｍ和不可次郎以及ＳＨＩＮＣ的四個人已經不記得有多少次都以為死定了。

判斷蓮有效牽制了Wrong lancers而衝出十字路口的陣地，但結果是一半正確一半錯誤。

這個時候Wrong lancers的成員當中包含隊長在內的三個人都前往蓮的所在地。剩下來的三個人則冷靜地在潛伏地點待機當中。

然後幾分鐘後，在道路上看見Pitohui等人——並沒有立刻射擊。

我方是三個人，對方有八個人。而且是全力逃走。他們從經驗上相當清楚，就算從大樓上方射擊朝我方跑來的目標，最多也只能幹掉兩三個人。

所以他們先讓Pitohui等人前往西側。以緊張面容跑過去的Pitohui等人，或許因為沒有受到攻擊也感到有些放心吧。

然後等他們從大樓裡出來後就跟在後面。

這是不讓警戒後方的殿後敵人發覺的隱身追擊。對於Wrong lancers來說，這是輕而易舉的任務。

狙擊大概是從十四點五分左右開始。

同樣穿著鮮豔迷彩服並且蒙面戴墨鏡的三個人，所持的狙擊槍卻有兩種。

其中一個人拿的是「ＲＰＲ」。意思是Ruger Precision Rifle。

美國的Sturm Ruger公司製的手動槍機式狙擊槍，口徑是.３０８溫徹斯特，也就是

7.62×51毫米北約彈。

從槍身筆直延伸的槍托、握把等簡直像突擊步槍般的線條是其特徵。

RPR沒有聽說特別被哪一國的軍隊所採用，但是對於民間的槍手來說是「性能好而且以相當便宜的價格就能購買的槍械」，所以很受歡迎。它在GGO裡的價格也十分便宜，但是卻擁有作為狙擊槍無可挑剔的性能。

男人的RPR上完美地塗裝著跟迷彩服同樣的顏色，架起槍械之後人與槍就像是一體化了一樣。

三個人卻使用兩種槍械，就表示其他兩個人所使用的槍械完全一樣。

它的名字是「SPR・Mk12」自動式狙擊槍。SPR是Special Purpose Rifle的字首。口徑是5.56×45北約彈，也就是跟M16以及89式步槍使用的子彈相同口徑。

槍械本身也是M16的改造模組，外表大致上與其相似。

但是槍身經過相當大的改動，讓它可以進行高精密度的狙擊。另外也使用特別的子彈，並且裝備了消音器。

有效射程為600公尺左右，跟更大口徑的狙擊槍相比距離是較短，但是不遜色的命中率與槍的輕量都是它的優勢。

加上原本是M16突擊步槍，所以需要時可以用全自動模式連射也是它的強處。

然後使用兩把將外表弄成完全一樣（著裝瞄準鏡、兩腳架等零件）的槍械還有另外一個好處。

也就是「分身術」。

他們並不是忍者。ＧＧＯ裡面沒有這種技能與道具。

但是偶然身材、比率相同的兩名虛擬角色，把臉遮起來之後就完全分辨不出誰是誰了。

在中隊內被揶揄是「Wrong lancers兄弟檔」的兩個人，出身與生長環境完全不同，只是偶然在ＧＧＯ裡面認識的槍械迷，但是卻莫名地意氣相投。

這樣的話，兩個人就經常做同樣的打扮。這屆的ＳＪ４是迷彩服與ＳＰＲ．Ｍｋ１２。

外表看起來一樣的兩個人組成搭檔來戰鬥。而且還故意分開。

其中一個人被迫現身攻擊時，另一個人就完全躲起來。

然後現身攻擊者受到敵人的壓力時，不會勉強攻擊立刻就會逃走。當敵人追上來的瞬間，另一個人就從背後襲擊，這就是他們的戰術。

對於被擊中的人來說，看起來就像是敵人瞬間移動或者分身了一樣。

就這樣，兩個人作為Wrong lancers內最適合對人戰鬥的成員，在中隊受到準備ＰＫ的隊伍襲擊時就一路發揮出本領。

而現在也是一樣。

ＳＨＩＮＣ繼蘇菲之後的戰死者是安娜。

她被手持ＲＰＲ的男人瞄準，同時也成為最初的目標。

在看不見彈道預測線的情況下被從後面擊中……

「咕！」

子彈貫穿了她的左腹部。

因為是強力的步槍子彈，所以ＨＰ一口氣減少了八成左右，安娜當場跪了下去。但是因為沒有立刻死亡，讓她有了警告自己同伴的時間。

「這裡由我來擋著！大家快走！」

安娜對老大他們這麼大叫。

然後自己趴到瓦礫旁邊，架起了德拉古諾夫狙擊槍。為了在死亡之前待在此地擋住後面的敵人。

老大等人知道這是最佳策略……

「嗚……所有人跑起來！」

這時為了牽制而以ＰＫＭ瘋狂射擊的羅莎……

「可惡！」

遵從老大的命令停止射擊。然後把安娜留在視界角落邁開腳步奔跑。

「沒錯，大家快走吧！」

安娜躺在瓦礫堆上舉著德拉古諾夫狙擊槍，獨自等待下一波的攻擊。

她透過四倍瞄準鏡瞪著道路……

「有了！」

發現稍微動了一下的迷彩服男，於是瞄準該處——

在射擊前頭部就被來自他處的子彈擊中……

「可惡……」

隨即回到了待機區域。

知道安娜死亡了的老大……

「接下來被擊中的話也別留下來！總之所有人快點跑！」

對剩下三個人的同伴，或者可以說還有三個人的同伴下達了命令。

「追上去吧。」

「了解。」「了解。」

Wrong lancers的三個人也開始追擊戰。

打倒一名狙擊手後，七名敵人已經不再反擊只專心逃走。由於停下腳步的話我方也比較容易射擊，所以認為這是正確的判斷，這樣的話我方也應該拿出全力。

狙擊手基本上不願意全力奔跑。理由當然是因為心跳將會加速。

但是對擅長以不斷努力來消除己身弱點的Wrong lancers來說，也進行過全力奔跑數百公尺後進行狙擊這種也成為冬季奧運賽事的兩項訓練。

結果就是鍛鍊過的他們即使心跳加速也能瞄準，同時也磨練在著彈預測圓變成最小的時機扣下扳機。

拿著RPR的男人跑過瓦礫堆之後爬上翻覆的卡車，瞄準前方400公尺左右的位置——在逃走的一群人前頭靈活跑過瓦礫之間的銀髮虛擬角色。

從RPR發射的子彈擊中塔妮亞的肩膀……

「呀呼！」

讓她嬌小的身軀轉了一圈。之所以這樣還沒跌倒，完全是因為她的平衡能力相當高明的緣故。

「可惡！我討厭狙擊！」

「真是幸運！快跑！」

老大對塔妮亞沒有立刻死亡感到高興，同時有了一個想法。

要不要丟下Pitohui他們？

這一群人裡面有M這個慢郎中，所以拖慢了整體的速度。

加上如果老大她們認真發揮身體能力來衝進附近大樓的話——

敵人狙擊手的目標將變得只有Pitohui他們。

執著於往西側奔走的Pitohui，做出就算被擊中也要穿越這條道路的判斷，但老大不知道她的理由為何。

怎麼辦呢……

當老大邊跑邊感到煩惱時，1發子彈朝她的頭飛過來。

讓老大滾倒在地的是不知何時來到她身邊的Pitohui。注意到彈道預測線後，她就用左腳絆倒老大。

老大一邊擺出受身一邊看著通過頭上的彈道預測線，接著聽見沿著預測線飛過來的子彈飛翔聲。

「來，站起來吧！就快到了！」

被Pitohui拉起來藏身於巨大瓦礫後方的老大……

「嗯！」

決定不再煩惱了。

同一時間——

話說回來，香蓮小姐認識現實世界裡的Pitohui吧。

老大，也就是咲這麼想著。

雖然有天大的毀滅性衝動，實際上是個很一板一眼的人……

她開始想知道現實世界的Pitohui究竟是什麼樣的人了。

在這場撤退戰中最為活躍的是失去兩把主武器槍榴彈發射器，槍械只剩下M&P9毫米口徑手槍的不可次郎。

不可次郎最為嬌小的體格很不容易遭到狙擊，她急忙像老鼠一樣躲到小小的瓦礫旁邊……

「看招。」

「幹得好！」

她用盡全力投擲出M交給她的巨榴彈。而且還使用了布。

構造其實很簡單。把細長布的一端確實纏在手腕再綁緊，把按下開關的巨榴彈放到布中央然後整個包起來。手握住另一端後揮舞巨榴彈就算準備完成了。

再來就只要不停轉動手臂，計算時間放開手後，離開布料的重量物就會飛到相當遠的地方去。這是蘇菲也用過的，雖然原始但是有效的投擲方法。

造成的爆發雖然無法打倒遠方的敵人，但是爆炸的藍色球體變成擋子彈的盾牌，捲起的土塵也多少有點煙幕效果。只不過還是沒辦法順利把道路左右兩邊的大樓炸倒就是了。

只能讓三名Wrong lancers成員的追擊變慢一些，但是無法阻止他們。

「嗚！」

M呈鋸齒狀奔跑的腳步被看出後，腿部就中了1彈。對方知道他的背包內裝有防彈板，所以把瞄準點放低。

即使如此，M還是用麻痺的腳繼續奔跑。

Pitohui也被擊中了。在後方看見敵人的身影，正以KTR—09往該處進行牽制射擊時，就被從道路的另一邊擊中了。

「嗚！」

由於看見預測線的同時就扭動身軀，所以被擊中的不是胸口，只有肩膀被射穿了而已。

「不對……那些傢伙……原來如此！」

Pitohui理解兩名敵人使用的分身術了。

就這樣來到十四點八分。

又中了幾發子彈，幾乎所有人身上都有地方閃爍著中彈特效，HP被減少到剩下五～七成左右的「傷患」——或者可以說「生存者」七個人……

「找到了！Pito小姐，有嘍！」

逃到了柴油機車的前面。

筆直往東南方延伸的單線鐵軌，在廢墟當中大放異彩。

而坐鎮在上方的全長足有22公尺的巨大金屬移動物體外表則是破破爛爛。

「躲在它後面！裡面設有詭雷，先不要坐上去啊！」

Pitohui對其他六個人做出指示，發現躲避狙擊手絕佳場所的男人與女人們加快奔跑速度。

Pitohui沒有忘記加一句：

「還有要對先到者有禮貌。」

「啥啊？」

塔妮亞雖然感到疑問，但還是跟平常一樣把野牛衝鋒槍架在腰間來奔跑，比任何人都快繞道柴油機車後方。

「啊！——嗨！好久不見！」

然後跟躲在那裡的全身護具的ＳＦ士兵集團，也就是Ｔ—Ｓ的眾人見面了。

「這裡是蓮！大家在哪？我這邊出現不得了的情形了！」

蓮在悍馬車的副駕駛座上連接通訊道具並且跟伙伴們搭話。

夏莉坐在駕駛座上，開著悍馬車緩緩跑在大路上。以驚險的駕駛技術避開，或者可以說碰撞著道路上的瓦礫與廢車。

克拉倫斯站在槍座裡面握著迷你砲機槍的握把，手指則放在扳機開關上。

剛才一瞬間試射了一下，確認過它可以開火了。

雖然因為震耳欲聾的聲響與發射速度而嚇了一跳，但因為是裝設在車上的槍械，所以瞄準與射擊感覺上比普通的槍械要簡單。克拉倫斯的視界裡一直可以看見迷你砲機槍穩重的著彈預測圓。

當然敵人應該會看見探照燈般的彈道預測線才對，但就算是這樣也沒關係。只要在前進的方向看見敵人，立刻用超高速連射將其消滅即可。

蓮的耳朵裡……

「妳平安無事真是太好了。哎呀，這邊也是很熱絡的派對時間喲！」

再次聽見不可次郎回傳的聲音。

不可次郎在蓮的視界所能看見的ＨＰ現在是七成。她剛剛才在大樓上面受了重傷，現在應該沒有急救治療套件了。

「怎……怎麼樣了？ＳＨＩＮＣ的大家還好嗎？」

「很遺憾的安娜已經死亡。她是寶貴的金髮同伴啊……現在應該在名為待機區域的天空中看著我們吧。」

「這樣啊……那其他人沒事對吧？」

「雖然全身是傷。不過確實還活著。」

「嗚嗚……」

「倒是妳那邊如何了？」

「這邊悍馬車的——」

當蓮開始說明的瞬間……

「嗚呀！」

不可次郎的悲鳴裡混雜著槍榴彈的著彈聲。

柴油機車在旁邊發生的是不可次郎所謂的「派對時間」——也就是一陣大騷動。

當最後的M躲藏起來後，兩台悍馬車就來到可以清楚看見柴油機車的位置。

兩輛車同時開始猛烈的射擊，讓柴油機車處於槍林彈雨之中。再慢個四秒鐘左右，M就會在軌道上變成屍體了吧。

從柴油機車前端能看見的十一點鐘方向，大約300公尺之外的位置上，兩台悍馬車連續停在一起。

一台將右側面斜向對準這邊停著，另一台則停在其後方稍微錯開一些的位置。這是為了更加強化裝甲力量的配置。

隊長開始從停在前方的一號車車頂以L129A1進行狙擊。

載著三個人的三號車有兩個人下車以車體作為盾牌。然後以HK433突擊步槍以及M79槍榴彈發射器猛力地，或者可以說啵啵啵地射擊。

當不可次郎和蓮說話時，附近的柴油機車車頂被槍榴彈擊中……

「嗚呀！」

讓她整個人縮了起來。

最後一個人則是在後方防彈板架設「H&K MG5」7.62毫米機關槍，以間隔三秒的頻率持續射擊。

「嗚呀危險！」

Pitohui很開心般這麼說著，同時以M870・Breacher短版散彈槍擊落呈拋物線的槍榴彈。槍榴彈原本是沿著直接落到柴油機車後方的直擊路線飛來。如果沒有把它擊落，SHINC應該會死掉三個人左右。

M在鐵軌前面迅速攤開盾牌。他刻意離柴油機車3公尺左右，希望能把子彈吸引到該處。但是敵人相當聰明。他們故意不射擊M，把子彈集中在柴油機車前後，持續著不讓她們從那裡逃走的攻擊。

「唔。」

如此一來M就開始以M14・EBR來攻擊，但是卻被悍馬車的防彈板擋住了。反而有彈道預側線從自己盾牌的些許縫隙照進來……

「嗚！」

M把臉傾倒的瞬間，L129A1的子彈就穿越過去。

「真有一套。」

柴油機車後方，不可次郎對著冬馬……

「要拿大傢伙出來嗎？」

詢問要不要拿出作為搬運工收在倉庫欄裡面的ＰＴＲＤ１９４１……

「好！就用它把悍馬車給——」

「住手！架起的瞬間就會遭到狙擊！」

Pitohui的話讓兩個人面面相覷。

「知道了……」

面對明顯相當沮喪的冬馬……

「嗯，那就繼續寄放在我這裡吧。我不會擅自開火或者把它賣掉。妳們放心吧。」

不可次郎拍打冬馬的背部並且這麼表示。

Pitohui他們應戰的時候，老大同時對著Ｔ—Ｓ怒吼。

「要開火就快點！不過你們之後也絕對無法活太久喔！」

老大認真的發怒聲相當恐怖，Ｔ—Ｓ的眾人完全被震攝住了。

由於除了身上加了００２號碼的艾爾賓手中的「ＸＭ８」之外，其他成員的「斯泰爾ＡＵＧ」、「ＳＡＲ２１」等槍口都一直朝向老大等人，只要他們扣下扳機，三秒左右ＳＨＩＮＣ就會全滅吧。

「你們了解狀況嗎？聯合部隊裡面的強者開始往這裡攻擊了！」

現在周圍也響著著彈聲。

柴油機車明顯是目標，不斷可以聽見金屬被刨削的咯吱咯吱聲。幾發子彈從車體底下彈跳起來，一邊發出低吼一邊擊中T—S的其中一人。不過他並沒有因此而受傷就是了。

「那妳要我們怎麼辦？」

艾爾賓無法違逆這種時候要代表成員出來說話的氣氛，於是畏畏縮縮地開口詢問。

「那還用說嗎！」

SJ3時一起戰鬥，前陣子的遊戲測試也屬於同一陣線的他們，現在則是敵人。老大知道他們一直躲起來的理由。掃描之後知道許多隊伍聯手，所以決定跟SJ2時一樣一路逃到最後，好坐收漁翁之利來獲得優勝。

老大並不打算責備這種作戰，但是……

「在這種狀況下還不跟我們聯手，你們覺得自己能夠逃走嗎？只有現在也沒關係，助我們一臂之力吧！」

咚喀！

來自M79榴彈發射器的著彈，讓他們身後的地面開始晃動。

看來這次的攻擊讓他們上緊發條了。

「好……好吧……」

V2HG的四個人看見了。

從柴油機車前頭旁邊出現全身是護具的士兵。

「T—S嗎！」

確實看過之前SJ的轉播並加以研究的他們，立刻就注意到敵人，將槍擊集中於該處。

就算無法貫穿，只要把他打倒就可以了。

但是T—S和上一屆有些不同了。

「榴彈！」

確認作為目標的男人持有M320槍榴彈發射器後就做出警報。

啵！

T—S的003發射的40毫米槍榴彈命中前方悍馬車的引擎蓋。

接著爆炸。

隊長已經躲藏到防彈板下方，避開了碎片的直擊。

擋風玻璃因為大量碎片而一口氣變暗，引擎蓋的裝甲板凹陷並且開了個洞。

從引擎室冒出白煙。看來是沒辦法再開動了。

但是V2HG的人馬沒有受傷，再次開始射擊。

隊長架著L129A1，仔細瞄準裝填下一發槍榴彈的003手腕並且開槍射擊。

子彈命中M320，把它從003的手中彈飛。

「蠢蛋！有像那樣整個人跑出去射擊的嗎！難得的武器也要懂得善加利用啊！」

在Pitohui毫不容情的責備之下，003垂頭喪氣地退了下去。

他們似乎因為鐵壁般的防禦而太有自信，以致於忘記了「槍戰時基本上要盡量隱藏身體來開槍」這件重要的事情。

雖然撿起了M320，但是……

「啊啊……」

子彈陷入粗大槍身。就算把它拿出來，應該也無法再發射槍榴彈了。

「這很貴的啊……」

「快修好！」

Pitohui如此回話的瞬間，就從M79那裡飛來反擊的1發槍榴彈。直接擊中了003，把他的身體往後轟飛3公尺左右。

護具果然名不虛傳，就算這樣他也平安無事，但是衝擊卻傳遍全身，如此一來底下的人類也承受不住。亮起「Ｄｅａｄ」標籤的００３身體無力地躺下……

「可惡！」

「那些傢伙！」

Ｔ—Ｓ成員們都感到相當憤怒。

像Ｓ２時那樣「所有人平安無事」來獲得漁翁之利並奪取優勝的作戰就此失敗。

「噢，請節哀。」

Pitohui發出這樣的聲音。

這時候不可次郎用手肘撞了一下Pitohui的側腹部。

「怎麼了，不可小妞？」

不可次郎小聲以老人，或者是老太太的演技，以不讓周圍Ｔ—Ｓ成員聽見的聲音說：

「妳這傢伙真是壞心眼……老太婆我看到嘍……剛才的槍榴彈應該可以很輕鬆地將其擊落吧……？」

「哎呀，是這樣嗎？」

「槍榴彈發射器壞掉的傢伙已經沒用了。哎呀，應該不是為了炒熱氣氛而故意讓他死亡……的吧……」

「哎呀，討厭啦，我哪會做這種事。」

「話說回來，妳應該沒忘記吧……？」

「忘記什麼？」

「雖然失去了右太和左子，但是老太婆我背上還殘留著5發電漿手榴彈喲。」

咧嘴一笑。

看見Pitohui的惡魔微笑……

「唔嗯。哎，有需要的話啦。」

不可次郎就悄悄離開現場。

爬上柴油機車駕駛座的塔妮亞，這時打開車門露出臉來。

「詭雷全部解除嘍！數量真的超多！然後設置的方法很陰險！」

她出聲的同時。

Pitohui就以很滿足的表情往上看……

「很好，辛苦妳了！那麼各位，就用這輛柴油機車逃走吧！坐上去！快上車吧！快點坐上去！M也過來！只有你會開車吧！」

「知道了，現在就過去！」

M揹起槍械抓起盾牌，一邊擋住自己的身體一邊移動。

「你們也快一點！待在右側就不會被擊中！」

老大命令自己的小隊成員，以及現在是同伴的T—S眾人坐到巨大柴油機車上。後部的梯子前面出現了一列隊伍。

柴油機車的兩邊側面，有一條可以從後部走到駕駛座旁邊的狹窄通道，也就是所謂的「Catwalk」。只要並排待在那條長通道上，這麼多人一起搭車應該也沒問題才對。

T—S的眾人也在護具不停碰撞的情況下登上車。對他們來說，通道實在太狹窄了。

老大在一群人當中最後把手放到梯子上，同時想起剛才逃走時Pitohui說過的話。

「別擔心，伊娃。我一定會讓在那裡的柴油機車移動。所以就算被趕到西北部也能一口氣逃走。那就是我的目標喔。」

「能夠如此肯定的理由是？」

「很簡單！首先包含那個蠢作家在內的戰場設計者呢，這次配置了許多交通工具。放在明顯位置的完好交通工具應該全部都能動吧。然後這個地方是MMTM的起始地點。他們調查

聽見蓮驚訝的聲音，切斷通訊道具的夏莉與克拉倫斯……

「怎麼了？」「怎麼了嗎？」

就同時這麼問道。

悍馬車在有時避開廢車有時撞上去的情況下，在大馬路上慢慢往西前進。

剛才的掃描當中，蓮和克拉倫斯得知我方目前在距離SHINC1公里左右的地方。現在已經更加靠近，應該不久後就能看見了。

不過夏莉的駕駛真是龜速——不對，真的很安全耶。

蓮雖然有自己全力奔跑的話說不定已經抵達的想法，但是卻無法對盡力開著車的夏莉說出口。

蓮這麼回答兩個人。

「Pito小姐與SHINC以及在那裡的T—S！現在就要搭柴油機車逃往南方了！」

「什麼！別開玩笑了！」

這時候發飆的是夏莉。

也難怪她會這樣。

至今為止以騎機車、騎馬等手段拚命從地圖右端追到左上方，這幾分鐘裡神經又因為駕駛不熟悉的汽車而疲憊不堪，事到如今絕對不允許獵物Pitohui就這樣迅速逃走。夏莉感覺腦袋的血管快要爆裂了。

「Pito小姐！稍等一下！」

蓮對著通訊道具大叫。

「我們這邊也有不得了的狀況喔！其實我現在正坐在悍馬車上！」

「哎呀，怎麼辦到的？」

「是夏莉和克拉倫斯！兩個人奪下了搭載迷你砲機槍的悍馬車，我就坐在車上！現在正往你們那邊去！」

Pitohui則是……

「咦？開車嗎？那為什麼沒有趕過我們？」

提出了相當尖銳的問題。

「這個嘛……以車子來說是慢了點，不過是為了注意安全啊！」

蓮的發言……

「嗚咕！」

把夏莉的心挖開一個大洞。

「反正我開車的技術就是這麼爛……是個開車一定會撞到的女人……」

現實世界過去的心靈創傷重新被掀開，讓夏莉搖晃著綠髮低下頭去……

「嗚哇看前面啊！」

克拉倫斯發出了悲鳴。

嘎哩喀哩！

悍馬車車體一邊摩擦著廢車一邊前進。

「Pito小姐！我們無論如何都會追上去，請再等一下！」

「抱歉已經來不及了。反而是蓮搭那輛車自行逃亡比較好吧？掃描雖然顯示出妳的位置，但是在燃料用完前都占優勢喔。」

或許是這樣沒錯……她們兩個人是很可靠……然後燃料……也還有三成左右……

蓮一瞬間就要同意Pitohui的看法，但是立刻又高速搖著頭說：

「不行啦！這樣就不是小隊了！ＳＪ就是要以小隊來戰鬥！是生是死都要盡量待在一起呀！」

夏莉就在旁邊聽著……

「…………」

蓮的叫聲……

「我想也是。」

雖然打從心底對於特地蹲下來輕輕拍打自己肩膀的克拉倫斯感到火大，但是……

「那麼——就交給我吧！」

還是決定實行腦袋裡浮現的點子。

夏莉踩下悍馬車的油門來猛然加速，悍馬車隨即撞上躺在道路上的一輛只剩下燒焦框架的車子。

「在ＳＪ結束之前，絕對要幹掉Pitohui！」

像猛牛一樣開始加速的悍馬車，以比剛才快三倍的速度往前奔馳。輕巧地避開橫倒在地的大巴士後……

「搞什麼，你這傢伙去死吧！」

就從背後撞上在巴士後面手拿電漿手榴彈準備伏擊，卻因為突然的突進而急忙想逃走的迷彩服男人。

往上看著飛舞在空中的期間就亮起「Ｄｅａｄ」標籤的男人，克拉倫斯開口大叫：

「呀呼！就是這樣啦，夏莉！ＧＧＯ就是這樣的遊戲！」

Wrong lancers還剩下四個人。

「Ｍ，開動機車吧。」

「知道了……」

M用左手把控制桿往後拉。一口氣就拉到刻痕「8」的位置。

「噗哞哦哦哦哦哦」的巨大聲音響起，晚了一拍，不對，是晚了兩拍左右，180噸的巨軀，全長22公尺的柴油機車就動了起來。

並排在右側通道上的SHINC與T－S成員發出了歡呼聲。

「喂喂！那個能開動嗎！」

感到慌張的是V2HG的眾人。

由於機車後方的反擊消失，他們就先停止浪費子彈，為了等待伙伴Wrong lancers到達而悠閒地待在原地，結果就出現意料之外的發展。

以M79榴彈發射器為主武器的男人……

「唉……連那麼破爛的機車都能動嗎？他們有人會開吧。難得看到這種光景。可以的話我也想開開看或者坐坐看。」

「怎麼還這麼悠閒……」

「哎呀，就交給我吧！」

M79發射出去的榴彈擊中車體側面後爆炸……

「怎麼樣？——咦？」

柴油機車緩慢但確實地持續加速。重達180噸的金屬塊，似乎不會因為對人榴彈而受到任何傷害。用槍的當然更不可能把它停下來。

「看來這需要反坦克砲了。」

男性機槍手這麼說……

「為什麼你沒有買電漿手榴彈來？」

旁邊的男人這麼問，他便開口回答：

「我至今為止看過的電影裡面沒有那種東西。」

「我不是告訴過你好幾次也要看科幻片了嗎？」

柴油機車緩慢但確實地加速。

在車體右側的通道最前端抓住扶手的不可次郎……

「呀呼火車之旅！鐵路將延伸到哪裡呢？」

在風兒吹拂下的臉頰露出極為高興的表情。

目送伙伴屍體遠去的T—S五名成員……

「…………」

始終保持著沉默。雖然因為頭盔而看不見表情，但應該是十分氣憤吧。

老大在最後面跟羅莎一起警戒著可能會追上來的敵人……

「是悍馬車！」

果然來了。

可恨的迷你砲機槍悍馬車迅速從自己逃過來的道路上衝出。以狂暴的駕駛在猛烈速度下把方向盤往左打，然後往這邊跑過來。

「羅莎！」

「好喔！」

老大把位置讓給羅莎。就算知道無法貫穿裝甲，也必須加以牽制才行。

羅莎的ＰＫＭ機槍被放到扶手上方。

「喔啦啊啊啊啊！」

咚咚咚咚咚咚。

接著響起羅莎與槍械的重低音。

發射出去的子彈朝悍馬車飛去，在車體的各處爆出火花……

「住手啊啊啊啊！不要開槍啊啊啊啊啊啊！」

誘使坐在車上的蓮發出尖叫。

結果不可次郎經由擁擠通道把訊息傳達過去的數十秒內，蓮她們就被大量的子彈打成了蜂窩。

為了追逐柴油機車而坐上悍馬車的V2HG眾成員，確認到另一台悍馬車朝著柴油機車追去……

「是那些傢伙！果然跑來了！」

「迷你砲機槍強盜！」

「好，要追上去嘍！」

他們全坐上後方那台沒有損毀的悍馬車。三個座位上都坐了人，中央的槍座則站著MG5的機槍手。

這時通訊道具有聲音傳了過來。

「這裡是Wrong lancers。終於追上來了。可以的話讓我們上車吧。」

V2HG的隊長停止踩油門。

以右側的後照鏡一看之下，發現穿著迷彩服的四個男人各自拿著步槍，全力從路上跑過

「可惡！」

站在槍座前的男人以ＭＧ５機槍連射。

子彈雖然準確地命中從柴油機車後面追上去的悍馬車，但是當然全被彈開了。

射擊的男人眼裡，看見了宛如極光般波動的紅色光芒。

那是迷你砲機槍的彈道預測線。男人知道那把能夠超高速連射的槍械一邊移動一邊射擊時，預測線就會像這樣連結起來變得像布料一樣。

紅色布匹罩到自己身上……

「嘖！」

男人的手乾脆地放開愛槍，腳也跟著離開平台，讓身體掉進車內。

迷你砲機槍再次怒吼，子彈襲擊悍馬車，車體和防彈板雖然滿是傷痕卻還是硬撐了下來。

由於隊長打檔倒車了，所以被擊中的時間極為短暫。

但是男人的機關槍被幾發子彈擊中，從只是放在上面的槍座掉落到車內。

男人以雙手接住愛槍並且進行確認。雖然不至於全損，不過槍身上有許多彈痕，怎麼看都無法繼續安全使用下去了。

「啊啊！怎麼會這樣！」

愛槍陷入需要修理狀態的男人嘆了口氣，然後很乾脆地把它收進倉庫欄。

坐在後部座位上，使用M79的男人以有點開心的口氣表示：

「迷你砲機槍果然威力十足！」

同時把他的HK433遞過去。

男人很感謝般接過去並且回答：

「真的是這樣！葛蘭特那個臭傢伙一定感到很滿足吧！」

迷你砲機槍的主人現在應該在待機區域或者酒場裡，男人就叫出了他的名字。同時想起他在入手時的燦爛笑容與超級開心的模樣等等現在不需要的細節。

然後看著從前方300公尺處往左邊橫切過去的悍馬車並咧嘴笑著說：

「但是呢，那把槍也不是萬能的喔。」

SECT.17　第十七章　Fire on ice

十四點十五分。

柴油機車跑在廢墟中筆直的鐵軌上。它一邊噴出黑煙，一邊晃動著大地。

跟在後面的是一台悍馬車。它的引擎聲也相當吵雜，但是怎麼樣也比不過柴油機車。

悍馬車車內……

「Pito小姐！我們幹掉四個人嘍！」

蓮很開心般這麼說著。

除了克拉倫斯的技術之外，大部分是託著彈預測圓與迷你機槍砲連射力的福，一擊就屠殺了比之前打倒的數量更多的敵人。

「我看見了！很有一套嘛！」

「嘿嘿嘿。那接下來怎麼辦？就這樣跟在柴油機車後面一起走就可以了嗎？」

現在柴油機車以時速70公里的速度奔跑當中。

鐵軌的左右兩側雖然沒有道路，但是景色符合作為範例的美國，是一片鋪著灰色細砂石的平坦地面。寬度也有大約10公尺。然後沒有柵欄等物體。

平坦的地面上，夏莉以變得熟練許多，或者是已經豁出去的開車技術，讓悍馬車在揚起些許沙塵的情況下以80公里左右的時速跟在後面。剩下200公尺左右就能追到了。

雖然不清楚Pitohui打算逃到什麼地方，但是蓮認為就跟在逃走的柴油機車後面，等停下來後我方再提供支援就可以了。

但Pitohui的回答卻是……

「我想應該沒辦法喲。」

「咦？為什麼？」

「妳忘記地圖了？前方只有一條渡過湖面的橋喔。大概只有鐵路的寬度。以悍馬車的輪胎寬度來說可能很勉強。妳們要這樣子渡過湖面？我是不會阻止妳們啦！」

「嗚，對喔……啊，但是！車子可以開在湖上喔！因為結凍了嘛！剛才老大她們就——」

「是啊。但是湖前方有高速公路橫越。鐵軌是從上面經過，所以還沒關係。」

「啊啊……」

知道反正悍馬車無法一直與柴油機車同行後……

「那只能夠換乘了嗎？」

「嗯，是啊。所以我不是說分別行動比較好嗎？乾脆直接對Fire的所在處發動突擊如何呢？」

「我們是一支小隊！而且——」

雖然蓮對於以車輛突擊Fire感到有些魅力，也很想在那傢伙若無其事的表情上印下輪胎的痕跡，但是……

「他的周圍一定有強大的隊伍在保護他吧？我沒有絕對能獲勝的自信。還是遵從Pito小姐的作戰吧。應該是有什麼想法，才會搭柴油機車逃走的吧？」

「All right，我知道了。那就思考怎麼追上來並且換乘吧。」

「知道了。那把機車停下來。」

「沒辦法。」

「為什麼？」

「可以看得見後面嗎？」

後面？

蓮窺看右側的後照鏡。

該處映照出一台小小的悍馬車。

「嗚！追上來了！」

應該是在蓮她們300公尺左右的後方吧。剛才射擊過的悍馬車緊緊從後面跟上來了。

和蓮她們相反，對方是開在鐵軌左側。

哎呀，現在改變方向跨越鐵路來到右側了。才剛這麼認為就又跑到左側。這時候距離就稍微有點拉開，但立刻就加速靠近。看來他們是刻意以蛇行的方式跟在後面。

「聰明的傢伙。從剛才就保持500公尺左右若即若離的距離。這不但是榴彈攻擊的射程之外，也能警戒對方丟下巨榴彈來當禮物。應該打算一直就這樣偵查下去，然後逐一將情報傳給Fire吧。應該說，早就鉅細靡遺地傳達給他了吧。」

「嗚咕咕……」

蓮討厭這些執拗又相當優秀的傢伙。

「所以我們一定得趕路才行。湖上的Fire等人要是搶先繞到橋前面，就能夠在橋墩設置電漿手榴彈，到時候我們就全滅了。Game over。」

「知道了……不用停車也沒關係！我去把那隻約會之狼幹掉！然後再換乘柴油機車！」

「OK加油吧。不過，妳沒多少時間嘍。」

「克拉倫斯！後面有跟蹤狂追上來了！拜託再來一擊吧！」

以放鬆的心情坐在車內中央平台上的克拉倫斯……

「哦？好喲！」

在蓮的呼叫下急忙站了起來。

「在哪裡呢？」

克拉倫斯往後一看之下，發現確實有一台悍馬車。她把臉縮回車內，以不輸給引擎噪音與破風聲的嗓子大叫：

「但沒辦法射穿那個喲。」

「那就射輪胎！盡量瞄準低一點的位置！」

「啊，輪胎的話應該沒問題吧！」

克拉倫斯抓住朝向前方的迷你砲機槍握把，用腳踩下槍座的旋轉開關開始往左旋轉。然後幾乎快接近直角時……

「咦？」

旋轉就停止了。沒辦法繼續再轉下去了。

「怎麼了？」

蓮從下方這麼問道，克拉倫斯老實地回答：

「啊，這是那種無法轉正後方的類型。」

「什麼！」

蓮轉頭看向車內……

「啊啊……原來如此……」

所謂百聞不如一見。她了解是怎麼回事了。

迷你砲機槍的子彈是從本體右下側的金屬軌道送進去。軌道連結著的巨大彈藥箱是在右側的後部座位上。

所以就算是柔軟性再高的金屬軌道，到了某種程度之後就再也無法彎曲。迷你砲機槍的界限大約是左右兩邊九十度。

「無論如何都無法朝正後方射擊……對方知道這一點……所以才光明正大地跟上來……」

克拉倫斯聽見蓮的呢喃……

「那是當然啦。不然不會像那樣大剌剌地追過來。啊～放棄吧。」

手放開迷你砲機槍後，克拉倫斯再次坐下。

「那麼這樣就能解決了吧！」

夏莉突然大吼並且踩下煞車。

「噗呸！」

蓮的身體撞上副駕駛座的汽車儀板……

「啊嗚！」

克拉倫斯則是翻倒在駕駛座與副駕駛座之間。

「看招！」

在速度尚未完全慢下來的狀態下，夏莉把方向盤往左打。

「嗚呀啊。」

克拉倫斯因為離心力而往蓮的方向飛去……

「噗咿！」

直接把待在那裡的蓮壓扁了。

悍馬車一邊越過鐵軌一邊來到另一側，最後方向轉了一百八十度。車體整個傾斜，可以說是極度危險的迴車。

「司機先生！在轉彎前先說一下好嗎！」

翻倒在蓮上方的克拉倫是如此抱怨著……

「快～讓～開～！」

底下的蓮則不停掙扎。

夏莉無視兩個人後，踩下煞車緊急停下悍馬車。想要站起來的克拉倫斯……

「噗哇！」

再次翻倒把蓮壓扁。

「唔咿！」

夏莉抓起膝蓋上的R93戰術2型狙擊步槍並從駕駛座上站起來，來到空無一人的槍座平台上。

在裝甲板上安置好R93戰術2型狙擊步槍後，就透過瞄準鏡窺看外界。對手是位於正面的悍馬車。距離大約250公尺左右。

看見我方粗暴的迴轉後急忙停車，然後開始往後退。

「別想逃。」

夏莉開槍射擊。

飛出的開花彈沿著鐵路飛翔，命中了悍馬車的左前輪。然後在裡面爆炸。

雖然是堅固又厚實的輪胎，但還是無法抵抗從內側的爆炸。輪胎從側面變成碎片，因為旋轉的離心力而飛上空中，瞬間只剩下輪框而已。

即使如此，悍馬車還是以輪框挖開沙礫並且往後倒退……

「下一發！」

夏莉迅速再度裝填子彈並且射擊。

雖然在移動，但距離在300公尺以內，輪胎又是這麼大的目標，夏莉根本無從失手。

悍馬車的右前輪同樣飛散，最後只剩下輪框。沒有輪胎撐起的高度後，車體就稍微往前傾。

就算這樣還是只靠殘存的後輪持續慢慢後退的悍馬車，簡直就像是負傷的野獸。

夏莉以流暢的動作回到駕駛座後，就對終於撐起身體——但是依然踩著蓮的克拉倫斯說：

「好了，我幫忙停下他們的腳步了。不用客氣盡量上吧！」

即使是被裝甲板包圍的車輛，在近距離下遭到迷你砲機槍連射的話，裝甲最後還是會被刨開並且射穿。

駕車的隊長放棄繼續讓車子倒退了。他有了已經無法逃走的覺悟。

「輪胎被轟飛了！那些傢伙要衝過來嘍！」

這樣的話……

「所有人下車！往左右兩邊散開逃走吧！」

絕對不能重複剛才Wrong lancers的錯誤，被迷你砲機槍一次掃射就全軍覆沒。

接連打開沉重的門，三名成員各自衝出悍馬車，但是……

「隊長？」

駕駛座的車門沒有打開。

「別管我了快逃吧！然後躲在廢墟裡面全力回到湖上！這是命令！」

隊長一邊做出命令，一邊拿起L129A1狙擊槍，然後站到車體中央的槍座平台上。

看見這一幕的男人們，隨即不再回頭只是持續奔跑。他們全速朝著20多公尺前方的廢墟大樓跑去。

「那些傢伙要逃走了！」

「開火開火！」

克拉倫斯在夏莉的催促下發射迷你砲機槍。

曳光彈形成的光線追著逃往右側的男人，但距離實在太遠，而且目標又小又快，加上行駛中車子的搖晃，以致於沒能擊中目標。

「抱歉讓他逃走──呀噗！」

克拉倫斯話說到一半就發出悲鳴。

「嗚！」

蓮一回過頭就看到攤在平台上面的克拉倫斯。她的左臉頰有一道鮮紅色的著彈特效光芒。

「啊啊！」

子彈應該是從防彈板與迷你砲機槍之間極其細微的縫隙飛進來的吧。

克拉倫斯的ＨＰ不斷減少。

由於她出乎意料地強壯，所以可能不會立刻死亡，但確實是受了重傷。而且這就跟狠狠被賞了一巴掌一樣，應該產生相當猛烈的疼痛感與麻痺感才對。

由於就算詢問「不要緊吧？」也於事無補，所以蓮並沒有開口。克拉倫斯以帶著哭腔的聲音表示：

「嗚嗚好痛喔……太過分了竟然射擊女性的臉……！果然是因為沒給他看胸部的緣故嗎……？」

「咦？胸部？」

就在蓮不停眨眼的同時，夏莉發出了尖銳的聲音。

「忘了這件事吧！對方的槍座有狙擊手存在！蓮！總之先向那個大傢伙開火！沒射中也沒關係！」

「咦？嗯，知道了！」

蓮雖然沒有使用過迷你砲機槍，但這時也只能倚靠她了。她站到倒在車輛中央的克拉倫斯雙腿之間。

然後……

「我的臉看不到上面……」

身高完全不夠。

以蓮的身高來說，不論她怎麼墊腳尖都只能看見防彈板與迷你砲機槍的槍身，外部無法進入她的視界。

「噠啊啊！這個小矮子！」

夏莉的嘴巴總是這麼尖酸。

「哎呀，別這樣稱讚我啦。」

「為什麼覺得開心！」

「說明起來會相當長，但現在仍不是能夠悠閒聊天的時候……」

「已經很長了！對方已經近在眼前了！」

與對方的距離剩下100公尺左右。現在敵人依然不斷以狙擊槍從車頂開火，前擋風玻璃的彈痕持續增加。

這時夏莉表示：

「啊啊真是的，直接撞上去吧！」

「別這樣！GGO不是這種遊戲！」

蓮拚命這麼叫的瞬間，她就突然長高了。

其實是克拉倫斯從後面把她抱上來……

「來，好高好高！射擊吧蓮！」

「謝謝！」

蓮用雙手握住眼前的握把，然後按下覺得應該是這個的按鍵。

嗡————————————！

還以為眼前發生火災了。從槍口噴出的火焰熱浪形成虛擬感覺朝顏面襲來。明明不用連這種地方都重現的啊。

一開始雖然射擊完全不對的地方，但曳光彈的紅光、著彈的土塵以及著彈預測圓朝著悍馬車靠近，最後終於捕捉到目標。

猛烈的火花爆開。

悍馬車宛如老鼠炮一樣灑下黃色光芒。迷你砲機槍的紅色曳光彈往其周圍的四面八方散開。著彈並且彈開的聲音混雜在野獸咆哮般的槍聲裡。沉重的車體一邊晃動一邊被往後推。

蓮越過火焰的視界當中，看見對方悍馬車越來越近。80公尺、70公尺、60公尺。

不知道該射擊什麼地方的蓮，只能持續按著按鍵。

在像噴水一般的槍擊之下，悍馬車裝甲的壽命終於來到終點。

持續受到數十發子彈襲擊的裝甲終於被挖開，開始出現破洞。子彈通過破洞往車內飛去……

「咕！」

然後貫穿裡面那名男人的雙腿。

男人的上半身掉落到車內。看著現在也不停遭到射擊，子彈在車內四處飛舞的模樣，男人對著伙伴們這麼大叫：

「我已經不行了！不用管優勝了，無論如何都要幹掉那些傢伙！這就是我們的任務！拜託了！對了，順帶一提這次的報酬是——」

他沒能把話說完。

傷害波及悍馬車的油箱，按照GGO的慣例起火爆炸。

車內的男人就隨著誇張的大爆炸一起從戰場上消失。

「Fire先生。V2HG好像剩下三個人。」

在極度寬闊且雪白的湖面上，把腳往前伸來坐在地上，茫然望著天空的男人，這時耳裡聽見這樣的聲音。

周圍只有五個穿著同樣顏色運動服的人圍住他，其他就看不到任何人了。

有十二個小屑屑般的點正朝著能看見雪白地平線的西側遠方，以及更遠方的一座橋全力奔馳。

「這樣啊。這場遊戲大會比想像中還花時間呢。」

Fire的眼睛映照出灰色天空同時這麼說道。

「但是我相信大家。我會期待大家的努力並且繼續等待。」

「隊長啊，真的還不用移動也沒關係嗎……？」

在機場跑道東側邊緣，ＭＭＴＭ的健太這麼說道。坐著的他正把背靠在trike的車體上。trike旁邊，身為隊長的大衛則是完全仰躺在地上。愛槍ＳＴＭ—５５６放在身邊，把手放在腦袋後面當成枕頭並且閉著眼睛。看起來就像在午睡。

「還不用。現在幾分了？還有幾分鐘？」

大衛沒有看自己的手錶就直接這麼問：

「十四點十八分。還有三分鐘呢。」

健太看了手錶，然後報告現在時刻與這個地點湧出怪物的時間限制。

「接下來應該可以移動到高速公路上了吧。就在那個地方觀看二十分的掃描吧。」

「隊長。」

「嗯？」

「我知道隊長仍未放棄比賽，但這樣子還能如此悠閒實在讓人覺得有點恐怖耶。」

「因為現在什麼都不能做啊。在前往最終決戰的地點之前都是休息時間。真沒想到在ＳＪ

裡還能如此悠閒。」

「原來如此——難道說，你現在已經預測到那是在戰場地圖的哪一個地方了？」

依然坐著的健太把臉朝向大衛……

「嗯。只是有點概念啦。」

大衛在依然閉著眼睛的情況下這麼回答。

「真的假的啊隊長。簡稱『真隊』——那麼，是在哪裡呢？」

「哎呀，等等再說吧。要是沒猜中就丟臉了。」

「嘖……」

大衛緩緩張開眼睛，灰色的天空立刻充滿他整個視界。

緊接著……

「在那之前千萬別死啊，Pitohui。我一定要親手幹掉妳。」

＊　＊　＊

柴油機車持續往前邁進。

速度表的數字指著「62」。由於這應該是英哩，所以時速大約是１００公里。看來無論再怎麼努力，這輛柴油機車都無法超越這個遊戲設定的速度了。

但是這對於待在通道上的人們來說已經是相當刺激的體驗。感覺不怎麼可靠的扶手外面，地面以及廢墟的街道都以猛烈的速度往後流動。

柴油機車的前端也設有讓人站立的平台，這時候待在那裡的是……

「哇哈哈！我在飛呢，傑克！」

正在演出喜歡的電影橋段的老大以及……

「差不多可以了吧？」

以及被迫陪她的羅莎。

M確實地坐在駕駛座上，左手則放在煞車拉桿上。

Pitohui待在駕駛室左側，以雙筒望遠鏡眺望窗外警戒著周圍。

因為速度確實不慢，一分鐘大約可以前進1．5公里。Pitohui預測目前應該是在「9之三」附近。

在平坦的廢墟當中視野雖然不佳，但是左側應該馬上就能看見結凍的湖泊了。然後鐵路將開始通過架在湖上的橋梁。

Fire待在湖中央的小隊應該已經接到我方搭乘柴油機車逃走的報告。

對於正朝著橋梁而去的我方而言，重點是敵人究竟是否已經繞到前方去了。

「應該來得及吧。」

「Pito小姐啊，我想他們應該趕不上才對吧？如果所有人都是跟蓮一樣的飛毛腿就另當別論了。」

不可次郎聽見Pitohui的呢喃後就如此表示。

由於通道相當狹窄，又有許多客人併排站在裡面，所以不可次郎目前正悠閒地待在駕駛室內。

她的腦袋裡迅速計算了一下。機車開始行駛到現在大約是兩分多鐘。從湖面中央到橋梁有1．5公里左右。如果是蓮的話就算了，一般虛擬角色的話絕對得花三分鐘以上。

「追不上的。我們能順利過橋。蓮她們就不知道了。」

「如果是這樣就好了，如果敵人那邊還殘留著什麼交通工具呢……？」

「嗯？按照老大所說的，已經沒有悍馬車了吧？」

「那我訂正一下。如果暗地裡還隱藏了什麼『移動工具』的話呢……？」

「啥？」

沒有回應不可次郎疑惑的表情與聲音，Pitohui打開運轉室中央的門，對在前頭平台的「傑克」與「蘿絲」搭話道：

「妳們兩個！恩愛時間結束。差不多要接近湖泊了，快回去吧。注意來自左側的攻擊！」

到剛才都還發出尖銳歡呼聲的老大……

「嗯，知道了——所有人打起精神！仔細注意湖面上！」

以低沉渾厚的聲音這麼說並且走了回去。緊接著又說道：

「話說回來，蓮她現在在做什麼？」

「別丟下我啊～！」

蓮現在正露出快要哭出來的表情。

三個人同心協力將敵人悍馬車打成廢鐵固然是件好事，但也因此而拖慢了腳步。現在正拚命追趕著火車。

不論夏莉如何把油門踩到底，最高時速還是120公里。這似乎是GGO裡，或者是SJ裡面悍馬車所設定的最快速度。

就算再怎麼奔馳，筆直往前延伸的鐵路前方都完全看不見柴油機車的影子。

「沒有人要出來嗎？我來把他撞死～」

夏莉說出相當危險的發言，並且只用單手握著方向盤的模樣固然相當恐怖，但現在也只能忍耐。

蓮只希望能夠盡快追上柴油機車。

啊啊，誰都可以，請幫忙實現我的願望吧。

幫忙實現蓮願望的人就在湖面上。

一片平坦的白色冰上有六個男人。

如果開始掃描的話，就能知道他們是「ＰＯＲＬ」吧。是一直待在湖上的聯合部隊之一。服裝是灰色迷彩服。在都市區能產生效果的這套迷彩服，在冰面上也能夠讓人藏身在景色當中。

他們沒有蒙面也沒有戴太陽眼鏡。各自顯示出各人偶然抽中的虛擬角色的容貌。這時臉上都露出開心的表情。

他們正待在距離橋梁６００公尺左右的地點。

可以清楚看見橋梁。暗灰色的水泥製細長橋梁，清晰地展現幾根橋柱插入湖面，橫向排列往前水平延伸的模樣。視界中的橋梁這時不斷迫近。

男人們以猛烈的速度前進著。比全力奔馳的蓮更加快速地跑過湖上。

他們的腳上——

裝備ＳＨＩＮＣ待在近處時隱藏在倉庫欄裡的某種「移動工具」。

是跟Fire同隊的男人在湖泊的湖畔小屋內發現的，名為「溜冰鞋」的道具。

距離橋梁500公尺。

男人們以完全發揮虛擬角色筋力值的強力滑行前進，其速度在現實世界足以更新世界紀錄。而且在VR世界裡肌肉不會疲勞。可以持續以全力來滑行。

400公尺。

他們的視界右端，出現一輛穿越廢墟的小小火車。

「可以了吧！要上嘍！」

像是隊長的男人一邊做出命令，一邊揮舞左手來開始操縱倉庫欄。

「喔！」

所有成員如此回應，停止踢向冰面，在滑行的同時開始將武器實體化。

「左側出現敵人！冰上有六個人！」

在駕駛室看著雙筒望遠鏡的不可次郎發現敵人並且如此報告。

鐵軌的左右兩邊已經沒有高大的樓房，只並排著樹木以及些許平房。鐵路接下來將緩緩上升，連接越過道路與湖面的細長橋梁。眼睛往前就能看到一條蜘蛛絲般的細長線條。

「嘖！」

Pitohui咂了一下舌頭。不可次郎則是以不解的口氣說著：

「那些傢伙沒有交通工具，到底是如何追上我們的？」

「妳看他們的腳邊。」

「啥？」

不可次郎調近雙筒望遠鏡來看他們的腳邊。

「啊啊啊！竟然穿著溜冰鞋！這太誇張了吧，大哥！」

「湖泊旁邊果然存在這種東西啊。」

Pitohui因為預測命中以及狀況變糟，而以一半開心一半苦澀的口氣這麼說道。

不可次郎則是……

「其實我最討厭溜冰了。體育課每次都上這個。那真的很累人。」

說出符合出身於北海道的感想。

因為那是個冷到令人受不了的土地，只要在操場灑水就能完成溜冰場。對於美優與香蓮來說，在那裡一直持續溜到疲憊不堪的行為就是溜冰了。

約會時女孩抓住男孩，然後「哇好恐怖。啊！好靠近……」的情況不會出現在北海道。

「怎麼辦？」

M將手放到柴油機車的煞車桿上這麼問道。

Pitohui從不可次郎那裡把雙筒望遠鏡搶過來，貼在眼睛上……

「那些傢伙為什麼不到橋這裡來？是沒有巨榴彈嗎……？」

如果沒有大型電漿手榴彈，就不可能把橋梁轟掉。或者純粹是因為來不及呢？

那些傢伙……

「這就是答案啦。」

像要這麼說一樣開始把武器實體化。

看見在停下腳步的他們身體面前逐漸成形的物體……

「可惡！——RPG要來了！所有人注意衝擊！」

Pitohui從駕駛室探出頭來朝後方放聲大叫。

敵人的武器是「RPG—7」。

那是蘇聯製的反坦克火箭推進榴彈。

前陣子的遊戲測試裡敵方AI們所使用的，也就是尚未實際上線的強力武器。以可以射擊的武器而言，可說是GGO裡被譽為最強火力的道具之一。

尖銳的玉蜀黍狀彈頭裡塞了觸碰前端就會爆炸的火藥。

後方則堆積了推進用的火箭燃料，燃料噴火後將加速到比音速稍慢一些，也就是秒速300公尺左右的速度。

男人們豎起溜冰鞋的冰刀來緊急煞車。將出現在眼前的長筒放在右肩，迅速把彈頭的部分放入後用肩膀扛起來。

其中一人的背後噴出煙來，彈頭隨即往前方飛去。

以大砲的要領射出的彈頭，火箭點燃後就開始加速。目標是前方的柴油機車。

大約二．五秒後，最初的彈頭就橫越奔馳的機車前方數公尺的空間。

「來不及了！衝到底吧！」

Pitohui如此命令著M。

柴油機車既然是車子就無法簡單地停下來。就算現在煞車，完全停止時應該會在湖泊的橋梁上面。

如此一來就會完全變成攻擊的目標。而且大家也會失去逃走的地點。

下一個瞬間，第2發火箭已經朝著即將進入橋梁入口的機車左側面飛來。

最後命中車體後部的引擎室，讓柴油機車的巨大身軀像是發抖般晃動了起來。

坐在上面的ＳＨＩＮＣ眾女性與T—S的男性們……

「嗚呀！」「呀哈！」「呀！」「噗哇！」

在通道上翻倒或者被壓扁，並且發出悲鳴。沒有任何人摔下車已經算是奇蹟了。

或許是失去引擎的發電力而停電了吧，柴油機車的速度大幅降低。

第3發火箭立刻飛過來，命中駕駛座前方的連結器並且爆炸。在該處的粗大金屬連結器就這樣被扯掉了。

第4發命中駕駛座上方的屋頂，但很幸運地只是擦過，沒有引爆彈頭就消失在空中。駕駛室可以聽見「喀滋」的清脆聲音。

「不可小妞逃到外面去。M，你就算是死也要讓機車繼續跑下去！」

「知道了。」

只留下用力點頭的M，不可次郎跟Pitohui前往柴油機車右側的通道上。

跟剛才一樣，現在右側依然安全。就算遭到直擊，應該也無法貫穿塞了厚厚引擎的柴油機車才對。

兩個人走出門的瞬間，第5發火箭彈就直接擊中駕駛室左側。

能貫穿戰車裝甲的爆炸噴氣流，把駕駛室的鐵板等像紙張一樣穿透，爆炸的能量在狹窄駕駛室裡頭肆虐。窗戶玻璃全被從內側吹飛，一半的屋頂掀了起來。

「咕嗚……」

M之所以平安無事，是因為在運轉室右側壓低頭部的關係。要是命中另一側的話，應該立刻就死亡了吧。

但是爆炸的聲音與衝擊還是無情地襲來，劇烈地搖晃他的頭部。M的視界紊亂，同時失去平衡感。但就算是這樣，M還是一直按著主控桿，這是為了不讓主控桿因為衝擊而彈回。

引擎雖然仍在低吼，但柴油機車的速度不斷變慢。

第6發火箭飛過來了。同時有強風從東北方吹來。由於彈翼位於噴射口後方的構造，造成火箭跟子彈相反，也就是會朝迎風面前進。

火箭前進的方向改變成柴油機車後部……

「嗚呀！」

然後從待在最後部的塔妮亞伸手可及的超近距離飛過。猛烈撞上鐵路右側一整片廢屋的其中一棟，房子隨即開始燃燒。

在湖面上各自發射一發火箭的PORL六名成員……

「咕唔！真好玩！」

他們從倉庫欄將下一發火箭實體化，然後送進RPG—7發射器內。這種反坦克武器並非一次性用品，只要有預備彈頭就能不斷射擊。

已經停下腳步的他們，所在位置是距離橋梁入口約400公尺處。

如果想讓RPG—7絕對命中目標的話，還是靠近一點比較好，但是考慮到敵人的槍榴彈發射器攻擊，現在就是最佳距離。

怎麼說目標都是達22公尺的巨大軀體。而且機車在快要抵達橋梁時就開始停下腳步。只要停下來，它就只是箭靶了。

六個人為了不讓往後噴出的氣體波及同伴而橫排成一列，依照準備好的順序，這次換成沉下腰部單膝跪地的姿勢。

以瞄準鏡對準目標，將從中見到的著彈預測圓疊在柴油機車上——

然後開始第二波攻擊。

「不可！怎麼了！不可！」

蓮數次對不可次郎這麼問道，但是她可能很忙吧，沒有對蓮的呼喚做出回應。

「可以看到了！」

站在槍座上的克拉倫斯看著雙筒望遠鏡……

「啊啊，好像受到猛烈的攻擊喲！」

然後對另外兩個人說明擴大的視界中發生的事情。

「有東西從左邊飛過去——啊啊，那是火箭！不停地命中橋上的柴油火車！」

「什……」

蓮因為克拉倫斯的發言而說不出話來。

「好厲害～！又射中了！那輛柴油機車竟然還能動。左側冒煙嘍！好像蒸汽火車！」

喂，別一副開心的樣子。

蓮差點就要對克拉倫斯這麼抱怨。

蓮也知道柴油機車速度變慢了。透過前擋風玻璃看見的黑點開始變大。同時也能看出正在冒黑煙。爆炸的聲音混雜在破風聲中傳了過來。

「從……從哪裡受到攻擊？」

「嗯～左邊的——雖然還看不見，不過應該是湖面上！」

「夏莉，下到湖岸上吧。」

「為什麼？Pitohui就在眼前了喔。」

「那個Pitohui要是死掉的話，妳的參賽就算白忙一場了吧！而且，妳不想撞人嗎？」

「那就沒辦法了。」

夏莉露出猙獰的笑容，然後把方向盤往左打。

廢墟地帶結束，有一條沿著湖畔延伸的道路。悍馬車衝向該處後直接橫越，接著下到湖岸上。

來到砂石與沙子混雜在一起的湖岸後，景色一口氣變得開闊。

完全凍結的湖面簡直就像白色沙漠。寬敞、雪白而且平坦。湖岸約有30公尺左右的寬度，其前方就是冰塊。悍馬車就在這裡停下來。

緊急踩下煞車的夏莉……

「車子跑在上面真的沒問題嗎？」

戰戰兢兢地這麼說道。

蓮雖然不清楚，不過現實世界的夏莉住在北海道。雖說在冰凍湖面上的活動經驗相當豐富，但同時也很清楚有多恐怖。

如果是雪鞋或者滑雪板也就算了，以又大又重的車輛在冰凍的湖面行駛是相當危險的行為。北海道雖然有些地點可以這麼做，但那是已經確實調查過冰層的厚度。

「別擔心！老大她們說過是開車到聯合部隊的根據地！」

「那裡跟這裡不一樣吧？如果湖面碎裂然後掉進去怎麼辦？絕對會死亡喔。」

雖然夏莉的擔心相當有道理，但是現在沒有空管這種事了。

湖面的冰上數百公尺前方，現在也揚起發射RPG—7的黑煙。雖然因為距離遙遠而看不見人，但是其Back blast——後方噴射煙相當顯眼。

不打倒他們，就不可能在SJ得到優勝。

所以蓮就試著以自認為最容易了解的說明來說服在左側握著方向盤的夏莉。

也就是把P90的槍口對準她，然後手指放到扳機上來產生彈道預測線……

「那妳下車！由我來開吧！」

也就是劫車。搶奪。

「呵……」

夏莉笑了出來。然後用力踩下油門……

「噗哇！」

蓮整個翻倒同時瞄準遭到錯開。接著夏莉就直接衝進湖泊上方，悍馬車的輪胎開始在冰上轉動。

「有骨氣！就順妳的意吧，不過只有今天喔！」

「謝謝！夏莉！這樣才是伙伴啊！」

「這可不一定喔！」

「克拉倫斯！一靠過去就轟他們吧！」

「好喲！不過我不知道還剩下多少子彈喔。」

「沒關係！拜託妳了！不用客氣盡量開槍吧！今天是屬於克拉倫斯的日子！」

「那我就不客氣了！」

當露出笑容的克拉倫斯來到迷你砲機槍槍座的同時，飛過來的火箭也命中該處。

爆炸的噴射氣流貫穿甲板，把迷你砲機槍從台座上奪走，連同克拉倫斯的左臂一起轟飛到10公尺之外。

「噗呀啊！」

蓮看見克拉倫斯再次隨著悲鳴跌回車內。

同時也看見被轟飛的迷你砲機槍落到湖上，以及克拉倫斯左肩以下的部分都消失了。

「啊啊……」

剛剛打下急救治療套件，目前正在回復當中的克拉倫斯，這時HP再次大量減少，最後接近於零。

第2發火箭通過車體右側。由於錯開了2公尺左右，所以沒有造成傷害。

「嗚！」

夏莉立刻把方向盤往左打，變更了原本朝向敵人的路線。

如果不這麼做，第3發火箭就會直接擊中悍馬車了。只見火箭快速通過車子的正後方。

悍馬車持續往東邊逃走。蓮的眼睛透過防彈玻璃所見到的是宛如棍棒狀粗大的鮮紅彈道預測線。

原來如此，火箭的預測線看起來是這樣嗎？

從右側發動追擊的第4發火箭朝著感動的蓮飛來……

「啊啊，Gun Gale之神啊。」

本日第二次的求神保佑炸裂了。

靠著夏莉超級粗魯的方向盤操縱，當預測線從悍馬車上錯開的瞬間，彈頭就沿著預測線飛過來。

然後從距離駕駛座僅僅數十公分的旁邊通過。

沒有第5發火箭朝背對手持火箭發射器的敵人們全力逃走的悍馬車飛去。

「嗚……太過分了。」

克拉倫斯的HP只剩下一點點。

「把我的迷你砲機槍還來……」

等等，那原本就不是妳的了。

蓮只在心中這麼吐嘈，接著就對夏莉問道：

「怎……怎麼辦？」

「還能怎麼辦。哪能靠近那種傢伙！我的車子會壞掉！」

等等，這原本就不是妳的了。

蓮浮現同樣的想法，同時覺得難道就這樣束手無策了嗎？

不過夏莉沒有放棄。

「再離遠一點，大概是７００公尺左右的話，我就停車狙擊他們。那些傢伙是很好的槍靶！」

「喔喔！就這麼辦！夏莉真是可靠！」

下一個瞬間，子彈就飛進車內。

嚴格來說不是子彈，而是光線粒子。

「咿！」

穿越蓮眼前的防彈玻璃，在額頭前方啪嚓一聲爆開的橘光以及……

「咕！」

同樣在夏莉頭部前方爆開的綠光。

「被光學槍攻擊了！」

蓮這麼大叫。這絕對是來自光學槍的攻擊。

蓮首次得知光學槍的子彈可以貫穿防彈玻璃。應該是ＳＪ裡光學槍所占的優勢吧。因為是光線所以能穿透玻璃，大概就是這種似是而非的理論。

如果沒有經常帶在身上的反光彈防護罩的話，自己跟夏莉就死定了。

光線持續從前進方向飛過來。簡直就像在洗金碧輝煌的光線浴一樣。

而待在光線產生處的是……

「是RGB小隊！對方靠過來了！」

比眾溜冰男慢了一分鐘以上。以徒步來到此地的RGB。

「可惡！被夾擊了！沒辦法狙擊了！先逃走吧！」

夏莉中止計畫的判斷應該是正確的吧。

這裡沒辦法悠閒地探出身子來進行狙擊。後面有發射RPG—7的敵人，前面則是能穿越悍馬車玻璃的光學槍。

現在只能逃走了。

但是這樣的話，就沒有給予任何敵人造成傷害。受到RPG—7瘋狂攻擊的Pitohui等人將持續陷於危機中。

「但是！」

蓮想要反駁夏莉……

「但是什麼？妳還有其他好點子嗎？」

「…………沒有。」

「想死的話就讓妳自己下車如何？」

「…………」

代替沉默的蓮……

「這個提議不錯。」

克拉倫斯這麼回答。

柴油機車的速度越來越慢。

由於時速表被轟飛了所以不清楚實際的速度，不過時速大概是30公里左右。

剛才攻擊雖然暫時停止，但十幾秒後就復活了。

已經數不清有多少發RPG—7命中在橋上持續前進，不對，應該說「也只能持續前進」的柴油機車。

「嗚哇啊啊！」

終於承受不住加重的扶手整個扭曲，T—S其中一人，也就是編號005的成員從柴油機車上跌落。

水泥橋相當窄，上面只鋪著鐵路，兩側根本沒有欄杆。

「不～要～啊～！」

他隨著叫聲從頭跌落到數公尺下方的冰面。

從頭部掉落到冰面的話，不論什麼樣的護具都沒辦法救他一命。被認定為立即死亡的他亮起「Dead」標籤。

「…………」

艾爾賓等其他小隊成員以及除此之外的人只能眼睜睜送他離開。

坐在柴油機車上的LPFM三名成員、SHINC的四個人以及T—S的四個人，合計共十一個人就像是被關在一艘沉船裡的乘客。

時間是十四點二十分。

雖然掃描已經開始，但是車輛外的人當中，沒有人有多餘的心思觀看掃描。因為不用雙手緊緊抓住的話，下一個跌落的就會是自己。

速度變得更慢了。時速大概是20公里左右。一般來說這是跳下去也不至於死亡的速度，但是在橋上的話應該會步入跟剛才的005同樣的命運吧。

「老天爺也捨棄我們了嗎？」

不可次郎開口這麼說。她從剛才就一直活用嬌小身軀整個貼坐在通道上，一邊搖晃著雙腳一邊享受著湖泊雄壯的景色。

「我們還沒放棄！停下來的話，就在橋上散開並且反擊！」

老大代表SHINC發表充滿氣概的發言。

算。

當然她也知道就算這麼做也馬上會受到RPG—7的攻擊或者槍擊，根本就沒有任何勝算。

「終於要結束了嗎……那些傢伙很努力了。」

酒場裡頭，許多觀眾都為了觀看柴油機車最後的下場而默默瞪著畫面。

只不過在這之前，每當火箭命中時都會像煙火大會一樣爆出「好啊好啊」的盛大喝采。

「小蓮沒有坐在那個上面吧？」

「剛剛看到她在悍馬車上。」

「那輛車的迷你砲機槍也被轟飛，現在正在逃跑。被那樣的人數夾擊的話沒有勝算啦。」

副畫面出現剛才掃描的結果。

隕石坑區域的ZEMAL與機場的MMTM就先不用管了——

LPFM的隊長位置顯示的是蓮，所以在湖面上往東北逃走中。SHINC與T—S則是在橋上。V2HG似乎努力以自己的腳來奔跑，目前仍在廢墟當中。

而在橋梁東側前方的是不停射擊RPG—7的PORL。數百公尺的東側是靠自己腳程追上來的RGB。

最後在湖中央幾乎沒有移動，也因此而被認為聯合部隊隊長應該在裡面的是WEEI小隊與ＳＡＴＯＨ小隊。

這個瞬間，各個地方傳出了各式各樣的發言。

酒場裡面……

「就算是強隊，被逼入絕境也只能認輸。這次的ＳＪ告訴了我們這個理所當然的道理。」

「別擅自做出結論！節目是要結束了嗎！」

結凍的湖上……

「好，把所有庫存都轟出去！反正再十分鐘就能回復了，不用有所保留！」

活用ＳＪ４的規則，毫不容情地發射ＲＰＧ—７的ＰＯＲＬ……

「想不到這麼輕鬆就獲勝了。」

「嗯嗯。我們充分發揮砲兵的力量了。」

「要我們加入聯合部隊時真的很煩惱，不過能在戰鬥中獲勝還是很爽快。」

「我有同感。幹掉他們之後，就回過頭來去殺掉Fire等人吧。」

往東數百公尺後，同樣是湖上的地點……

「怎麼樣，把悍馬車趕回去嘍！光學槍萬歲！」

RGB的眾人正陷入狂喜狀態。

他們的注意力完全放在悍馬車上，沒有發現數秒鐘前從車體滾出來的白色塊狀物。

在PORL與RGB等人的中點地帶。

一個女人趴在剛才悍馬車開始逃走的地點。

包裹全身的白色斗篷形成冰上的保護色，讓她得以趴在冰面。沒有左臂的女性揮動右手來操作倉庫欄。

光粒聚集起來，在她旁邊實體化的是綠色的大背包。

「那就轟轟烈烈地幹一場吧！」

克拉倫斯一邊笑著這麼說，一邊拉下從背包延伸出來的繩子。

SECT.18

第十八章　ZEMAL

蓮從悍馬車的後照鏡裡看見了之前曾經嘗過的大爆炸。

因為夏莉東撞西撞而破爛不堪且出現裂痕的後照鏡當中，巨大衝擊波的白色球體誕生然後消失，該處還混雜著橘色光芒與紅蓮之火，接著膨脹為巨大能量。

衝擊波捕捉到悍馬車後晃動著車體，把幾乎快陣亡的後照鏡吹飛。

蓮轉向前方後，呢喃著視界左上方打上×號的伙伴名字。

「克拉倫斯……」

稍早之前。

「想死的話就讓妳自己下車如何？」

「…………」

代替沉默的蓮……

「這個提議不錯。」

克拉倫斯這麼回答，然後因為沒有左臂而改用右手操作倉庫欄。她將雪中迷彩用的全白斗篷罩到身上。

「妳……妳做什麼？」

「下車的準備啊。」

這麼回答著的克拉倫斯，繼續按下出現在空中的按鍵，將滾落在悍馬車內深處的那個從DOOM身上奪走的炸藥背包收進倉庫欄。

「準備好了。啊，不會吧。還有一個。」

克拉倫斯最後將大量實體化的彈匣各自掉落在悍馬車內。這些是AR—57用，另外P90也能使用的彈匣。

「蓮，全部用掉沒關係喲！我的彈匣是幸運道具！拿著它們再次獲得優勝吧！——夏莉！復仇加油嘍！我會從另一個世界聲援妳！不過事到如今，和Pitohui合作到最後關頭來尋找機會也是一個方法吧？」

蓮理解克拉倫斯想做什麼……

「…………」

但是沒有多說些什麼。借用彈匣的SJ2其實沒有獲得優勝，但是她也放棄加以訂正了。

「妳想死嗎？準備自殺了對吧？」

夏莉這麼問完，克拉倫斯就回答：

「是啊。」

「可惡！我可不允許妳擅自死亡喔，搭檔。」

「但我不死在這裡的話大家就會死耶。」

「…………可惡！幹掉Pitohui的時候，想要讓妳確認戰果的啊。」

「這種事情之後隨時都可以陪妳做。好了停車吧！」

夏莉她……

「…………」

也就不再多說什麼直接踩下煞車。

「夏莉，別煩惱那麼多！要更輕鬆地度過人生，不對，是遊戲人生啊！」

最後對搭檔留下這句話，克拉倫斯在悍馬車一停下來時就打開後部左側車門，讓白色身體在冰上滑行並且趴了下去。

然後十幾秒鐘後就自爆了。

爆炸的衝擊波形成空氣壓力穿越整座湖面，準備射擊RPG─7的男人失去準頭，發射出去的1發在湖面上彈跳了好幾次後就這麼浪費掉了。

衝擊波也襲擊了RGB的眾人，讓他們暫時停止射擊，看見膨脹的紅蓮球體與往空中生長的香菇雲，他們簡直是嚇破了膽。

雖然是極為巨大的爆炸，但是他們完全搞不懂為什麼會出現，至少他們在遠處的十二個人沒有受到任何傷害……

「剛才那是怎麼回事？」

「誰知道。」

到處可以聽見這樣的對話。

聲音傳達到柴油機車處，Pitohui因此得知發生了爆炸。

為了確認，她對著蓮問道：

「是誰自爆了？克拉小妞嗎？還是夏莉？又或者是兩個人一起？」

蓮沒有時間回答她……

「糟糕糟糕快點快點快點！」

「那個笨蛋！其實是打算連我們都殺掉嗎？」

悍馬車車內的兩個人陷入恐慌狀態。

蓮努力爬上槍座上方並且瞪著後面……

「啊啊啊啊啊啊啊要被追上了！」

只是對朝自己迫近的裂痕感到恐懼不已。

酒場內的觀眾們則是看見場面非常壯觀的影像。

模擬從上空高處所拍攝的影像——可以看見爆炸的地點變成一個巨大的黑色窪地。

這是冰層因為爆炸的熱量而一口氣融化並且燒焦的痕跡。

接著這時候突然從該處產生無數黑色閃電般的線條。

「裂開了！」

「嗯，這也難怪啦……以那樣的力道搖晃的話……」

雖然車子可以在上面行駛，但冰塊還是沒有厚實水泥橋那樣的強度。往周圍擴散的衝擊波也廣範圍敲打了冰塊。

一旦產生裂痕，就讓鋪於湖面的一整片冰塊產生不可違逆的變化。

就像被石頭擊中的玻璃破碎一般，裂痕一口氣往周圍擴散。

「剛才那場爆炸的威力是怎麼回事……」

「是什麼樣的道具？在哪裡能買到？」

「幸好是在很遠的地方……」

「悍馬車逃走嘍，要幹掉她們嗎？」

說著這種話的RGB諸成員以及……

「可惡！白白浪費了1發火箭！」

「好強大的威力……」

「到底是什麼樣的炸彈。」

「哎呀，大家都平安無事就好。以攻擊來說，距離也太遙遠了吧。」

「那些傢伙到底想做什麼？」

說著這種話的PORL眾人的腳邊，可以看到裂痕以超越車子的速度迫近。

當開始聽見腳下傳來「嗶嘰嗶嘰、啪嘰啪嘰」的恐怖聲音時，一切都已經太遲了。不過就算爆炸的同時就全力逃走，其實也絕對無法幸免於難吧。

像生物般擴散開來的裂痕幾乎是同時從十二個人的腳下把他們絆倒……

「嗚呀。」「咦？」「不會吧？」「喔哇！」「噗！」「啊呀！」「為什麼？」「唔？」

各自隨著悲鳴而跌倒，直接被擊落到黑暗的水中。

有的人在吊著沉重槍械的情況下瞬時沉入水底，有的人拚命掙扎到最後身體被巨大冰塊夾住，有的人把槍當成竹竿來撐住三秒鐘左右還是落水，又有的人拚命溜冰想從現場逃走，但是左右腳因為裂痕擴散而遭強制劈腿……

「溜冰之後是潛水嗎！這應該不是這樣的遊戲吧？」

留下這最後的發言後，就從ＳＪ４的戰場上消失了。

「不要啊啊！糟了糟了！快點快點！踩油門踩油門！」

在奔跑的悍馬車後方，到剛才都還是堅固「道路」的冰層正不停地裂開。

蓮回頭看向前進的方向，發現距離湖岸僅僅剩下１００公尺左右。

來得及！

但是蓮的想法立刻落空，宛如怪物觸手一般的裂痕抓住了悍馬車的後輪。

悍馬車的左後輪被裂痕逮住，突然就緊急停止……

「嗚哇！」

從槍座探出身子的蓮，在運動定律的守護下被吹飛到前方。

如果那裡還有迷你砲機槍的話應該會撞上去吧，但是它目前已經消失。蓮的嬌小身軀順利通過槍座的裝甲板間縫隙，直接被拋到悍馬車前方。

「嗚哇啊啊啊——好痛！」

蓮在空中往前翻了一個觔斗後從臀部落到冰塊上的身體直接往前滑行……

「嗚嘎嘎！」

然後彈跳了好幾次才停下來。

屁股雖然很痛但很幸運地沒有受傷，蓮立刻爬了起來……

「咦？」

得知自己已經在安全地點。

腳下踩的是砂石。飛出來的速度實在太猛烈，蓮就像冰壺運動的石壺一樣一路滑到湖岸。

蓮因為自身的安全而感到安心，同時把眼睛看向湖面……

「啊啊……」

就看見被裂痕逮住的悍馬車。

50公尺左右的前方，兩個後輪全都跌落冰面，但還是只靠前輪的力量拚命想要前進。但是只能在冰上無謂地空轉。

透過滿是彈痕的防彈玻璃，可以看見駕駛座上的夏莉正在喘氣的模樣。

「棄車逃亡吧！」

蓮這麼大叫，不過通訊道具沒有連線的夏莉聽不見。

從夏莉的表情來看，她應該稍微陷入恐慌狀態了。沒有注意到後輪跌落冰面，前輪正在空轉這件事，只是為了逃離而拚命踩著油門。

雖然不清楚碎裂是因為靠近岸邊而趨緩了，或者只是碎裂速度變慢了而已，不過悍馬車目前仍在冰層上。

得……得救她才行！

蓮跑過冰面靠近悍馬車，想著要告訴她事實或者把她拉出來……

啊，但是……

蓮的內心浮現出惡魔。

穿著黑色服裝長著尖銳翅膀與尾巴的蓮，砰一聲出現在頭上。

有什麼關係嘛，別管她了。讓夏莉就這樣死亡比較好吧？

惡魔以呢喃唆使著蓮。

但是！

哎呀，那傢伙還是以Pitohui為攻擊目標，不知道會做出什麼事來喲。每次都要提心吊膽的話，妳自己會先撐不住吧？

但是！

而且呢，隨便跑去救她的話，連妳自己都被水吞沒怎麼辦？會死喔？絕對會死喔？

嗚……

不然我再播一次《結婚進行曲》吧？這次換華格納。開始！噹～嗯噹～噹噹～嗯，噹～嗯噹～噹噹～嗯！

嗚嗚……

我確實有不能死的理由……現在要為了救她而背負風險……而且夏莉還沒放棄暗殺Pito小姐……

嗚嗚嗚嗚嗚嗚嗚嗚嗚嗚嗚嗚！

這個瞬間，蓮的心差點就要落入暗黑面。

「小蓮，救人不需要理由喔！」

小P！

感覺掛在肩上的P90以溫柔的語氣對自己這麼搭話。

「夏莉雖然有許多問題，但她現在是重要的伙伴！我們是一支小隊啊！」

沒錯！得救出自己的伙伴才行！

「對啊！而且——」

而且？

「今後還是有能夠擊殺夏莉的機會喔。那個時候就不用客氣，交給我吧！」

等等。

「為什麼無法前進！」

開車技術不怎麼高明的人常會犯的錯誤是——

「可惡！前進！前進！」

當車子無法前進時，會更加用力踩油門。

實際上鬆開油門才能讓輪胎的抓地力回復，而在北海道開車的夏莉雖然具備這樣的知識，但因為焦急而根本想不起來。

裂痕繼續前進，悍馬車喀咚一聲往後傾倒。後輪已經浸在水裡，前輪則是浮在空中，但是從駕駛座根本看不見。能看見的就只有天空。

下一個瞬間，駕駛座的門被從外面打開……

「沒辦法前進了快逃啊！」

粉紅色小不點這麼大叫。

「嗚！」

夏莉回過神來之後，就抓住橫躺在與副駕駛座之間的R93戰術2型狙擊步槍並且衝到外面。

夏莉的戰鬥靴靴底咬著冰塊並且一直拚命跑著、跑著、跑著，跌倒一次後再度爬起來奔跑……

「喝啊！」

抵達湖岸上的砂石後腳步一個踉蹌，就直接一屁股坐了下去。

「呼……可惡……啊啊……可惡……呼……」

喘氣了一陣子的夏莉開始尋找蓮的身影。

往右一看，人不在那裡。

往左一看，人也不在那裡。

兩邊都只有看見寬廣的湖泊與湖岸。

「嗚！」

即使回過頭去，該處也只有幾乎沉到水裡，剩下前散熱器護柵還能看見的悍馬車，車輛前方也能發現粗大裂痕的冰面與黑暗湖水。

「不會吧——」

「好重喔。快讓開……」

從屁股底下傳來蓮的聲音。

*　　*　　*

「哈囉哈囉，小蓮好久不見。來，辛苦妳了！」

十四點二十五分。

蓮與夏莉抵達停在橋上的柴油機車。

她們是一路跑到這裡來。橋的寬度大概跟柴油機車差不多，所以為了不從左右兩邊掉下去而慎重地走在鐵路中央。

好不容易抵達後，Pitohui……

「蓮！妳這傢伙還活著嗎！」

以及不可次郎都歡迎蓮的歸來。

她後面的ＳＨＩＮＣ眾殘存者也露出了笑容。Ｔ—Ｓ的眾人則是待在車頂。

蓮稍微把抱住自己的不可次郎推開，然後來到老大身邊。

「太好了……太好了……」

「這次的ＳＪ真是嚴苛。不過戰鬥仍未結束！」

「嗯！」

「一起打倒Fire，然後再來一決勝負吧！」

「那是當然了！我接受妳的挑戰！」

蓮與老大展現熱血沸騰的女性間友情時，兩人後面……

「嗨～嗨～辛苦了！虧妳能活下來耶！」

Pitohui以開朗的語氣對夏莉搭話。不過她吊在身前的KTR—09已經打開保險，處於只要願意隨時可以擊殺夏莉的狀態。

「妳也是啊。雖然結果又要跟妳同行，不過我隨時可能會偷襲妳。妳最好有心裡準備。」

夏莉露出出鞘鋒利寶劍般的表情，Pitohui則是咧嘴笑著回答她：

「知道了。還有，在機場陷入重大危機時，謝謝妳出手相救！」

「啊？——妳為什麼會知道？」

夏莉露出外殼瞬間被剝掉的蟹肉一般的表情，Pitohui則是咧嘴笑著回答她：

「事後回想起來，也沒有其他可能了。是從管制塔進行狙擊吧？在那種距離下能夠命中，只能說確實有一套。」

「下一次會擊中妳。」

「好好好。那麼坐到機車上來吧！不用車票沒關係喲！」

「這個……還能動嗎？」

跟在不可次郎後面的蓮這麼問道。剛才看見它被大量火箭擊中，而且現在已經停下來了。

「誰知道呢？」

「什麼叫『誰知道呢』……」

兩個人從機車左側爬上通道。左側面雖然被火箭擊中而到處凹陷且充滿燒焦的痕跡，不過通道部分似乎平安無事。

但是也只有一條細細的扶手。從這裡滑下去的話，下面就是漂浮著冰塊的湖面，所以蓮小心翼翼地走著。

M與T—S其中一名成員待在車體中央附近。他們打開巨大的蓋子並且朝裡面窺看。

T—S還剩下四名成員。分別是001、002艾爾賓、004與006。

三個人在柴油機車車頂監視著周圍。正在和M說話的是006。

蓮深深這麼認為。

他們之所以會加上編號，絕對是因為不這麼做的話連伙伴間都會分辨不出來。

靠近之後就能聽見006的聲音。

「1發都沒有擊中台車——車輪跟車軸真是太好了。引擎平安無事卻無法提升速度的話，應該是電力系統故障了吧。切換成預備管線就能復原的可能性相當高。」

M的臉上浮現驚訝的表情。

「你會修嗎？」

006把看不見表情的臉龐朝向M。

「在和此處不同的世界裡，我是一名渺小的鐵路工程師。」

「全靠你了。」

＊　＊　＊

過了十四點二十六分。

酒場裡的觀眾看見了。

冰層粉碎後，白色部分與湖水的黑色部分形成馬賽克狀的湖泊——一台柴油機車奔馳在從上方筆直延伸的橋梁上。

即使極度破爛的外裝上還有許多凹洞與燒焦的痕跡，搭載了十三個人的柴油機車還是往前疾馳。

現在終於渡過湖泊。橋梁直接越過東西向的高速公路上方。

這附近應該就是橋梁最高的部分吧。

看起來是視野良好的地點——

但這也就表示從遠方也能清楚地發現柴油機車。

「找到了！女神大人！」

「篠原。不是要你別這樣叫我了。已經說過我的名字了吧？」

「是！真的很抱歉，女王大人。」

「真是的……那麼，情況如何？」

「是柴油機車。上面坐了很多人。我們這邊能看見的有六個人左右。娘子軍、粉紅色小不點還有宇宙士兵等。」

「很不錯的報告。光是這樣就能確實得知上面有三支小隊。隊長應該是Pitohui吧。」

「您早就知道了嗎？」

「嗯，這就是所謂玩家的心理吧？他們想去的只有一個地方。要布網了，按照剛才的指示行動。」

「Yes！My　goddess！」

在柴油機車上感受著風吹……

「妳也很辛苦呢。虧妳能夠存活下來。」

「是啊。」

不可次郎與蓮並排坐在一起談話。

由於兩側的通道都能使用了，所以電車內剛才的沙丁魚狀態就得以解除。兩個人目前待在右側。

柴油機車在006盡力維修後恢復速度，雖然無法到達最快速度，但是以時速70公里左右順利地前進著。

跨過高速公路後，鐵路開始進入下坡。右側的景象是宛若月球表面一般的整片隕石坑，左側則是許多平房、如同菱餅一樣聳立著的巨蛋球場，其對面則可以看見巨大的購物商場。

Pitohui從駕駛室探出頭來……

「所有人差不多該移動到左側了！」

然後這麼大叫。

同一時間，柴油機車的速度迅速慢了下來。

蓮與不可次郎先按照Pitohui所說的緩緩移動到後部，同時以通訊道具詢問：

「要停車嗎？不是要到森林裡去？」

話說回來，蓮沒有問過這輛柴油機車的目的地是什麼地方。只是因為趕上機車與同伴再會而感到高興。

本來以為一定是要到橋梁保護之下的森林裡，然後背對著森林堅守據點。雖然是消極的作戰，但是對滿身瘡痍的現在來說，這是比較安全的策略。

「不是喔。」

聽見Pitohui這樣的聲音，蓮與不可次郎來也到柴油機車後部時。

槍林彈雨就朝著柴油機車落下，開始傳出清脆的聲響。

這是突然發生的事態。

上空明明相當晴朗，卻降下了「狐狸娶親」一般的太陽雨。

喀喀喀喀喀喀喀喀喀喀喀喀喀喀嗯喀喀嗯喀嗯喀嗯！

從柴油機車右側上空降下的子彈，發出彷彿連續擊打小太鼓般的金屬聲——

只能說運氣真的非常非常差……

「嘎！」

走在通道上的冬馬，喉嚨就這樣被其中1發貫穿，失去平衡的她腳步一個不穩就從狹窄的金屬板上滑落……

「嗚！」

Ｔ—Ｓ的其中一個人，編號００１的男人抓住了她的手。

子彈雖然也朝他飛來，但是全被彈開，他用雙手直接把冬馬拉上來後，就拖到連廊後部。

「冬馬！」

在右側的老大衝了過去，穿越蓮她們旁邊朝著冬馬靠近，但是……

「老大……抱歉！德拉槍……拿去用……Ｍ的槍還給他……」

最後只留下這些話，她的頭就無力地下垂。然後亮起「Ｄｅａｄ」標籤。

老大拿下冬馬背上的德拉古諾夫狙擊槍，接著……

「謝謝你。把她扔下吧。」

對００１這麼說道。

「………知道了。」

００１理解一切，為了不讓冬馬的屍體在狹窄通道上阻礙到仍存活的玩家，緩緩將冬馬的屍體拋出去。

雖然已經減速，但依然是在奔跑中的柴油機車。冬馬的屍體先在鐵軌上彈跳了一下，然後就朝著後方滾去。

「啊啊，又有同伴被……」

紅色彈道預測線不斷降到包含蓮在內只剩下十二個人的柴油機車上，接著子彈就沿著線飛至。

由於一秒內降下將近30發子彈，可以知道應該不只一把槍械。最少也有三把同時開火。

「嘖！沒想到那些傢伙竟然採取這種手段！」

在駕駛座上的Pitohui一邊聽著頭上不停傳來的子彈聲，一邊以雙筒望遠鏡瞪著西南方。

已經知道在那裡的是哪支隊伍了。

所有人都裝備機關槍，SJ內最強大的火力狂集團，全日本機關槍愛好者。顯示名為ZEMAL。

但是附近卻看不見他們的身影。

鐵路右側數百公尺是完全沒有掩蔽物的茶色荒野。在那種地方以機槍連射的話，絕對會看見發射的火焰才對。

「近距離的機槍曲射壓制射擊嗎……這是最佳的方法。」

駕駛座上的M壓低身子這麼說道。

壓制射擊是為了封鎖對方行動的射擊。

傑克在機場所做的也近似於壓制射擊，但現在的更加明顯。因為是從看不見對手的距離所進行的曲射——也就是拋物線彈道的射擊。

做的事情近似槍榴彈發射器的攻擊，但是距離不一樣。

那大概是從距離1公里以上，或者更加遙遠的地方所進行的射擊。而且不是用手拿，是在隕石坑底部以三腳架固定住機關槍。

以三腳架固定住的機槍可以用堅固的腳架來抑制所有反作用力，其命中準度將獲得飛躍性的提升。

因為是對看不見的地點所進行的超級遠距離射擊，當然問題就是該如何瞄準目標，以及瞄準之後要如何計算時機。

解決這些問題的辦法是觀測手。首先讓一個人到著彈點去，透過通訊道具做出指示，讓同伴以手指觸碰扳機。

如此一來就會產生彈道預測線，就以預測線為依據來修正著彈點，然後微調整槍械的角度與方向即可。GGO的話，並不用實際開槍射擊。

ZEMAL完全壓制隕石坑區域後擁有一個小時以上的時間。應該有充足的時間來嘗試這些戰法吧。或許應該說就是為了準備這種戰鬥方式，他們才沒有離開這個區域。

ZEMAL對於靠近的敵人布下了從遠方降下彈雨的網，或者可以說是陷阱。而網子的位置當然也包括了作為「最寬敞道路」的鐵路。而直接衝進這面網子的就是這台柴油機車了。

對於擁有三挺7.62毫米機槍的ZEMAL而言，這是能夠完全發揮己方性能的最佳戰術。

「那些傢伙怎麼變得這麼優秀？是吃到什麼壞東西了嗎？」

原本是突擊連射笨蛋的他們，為什麼會下了「如此傑出的一手」呢，M真的是想破了頭也不知道理由。

「太大意了。應該是有個聰明的人加入他們了。真的太大意了。」

Pitohui露出苦澀的表情，但是卻以開心的口氣這麼說道。

Pitohui瞄了一下剛才的掃描，不過ZEMAL的位置就像生根一樣一直待在隕石坑區域的中央。應該來不及跑到這這裡來才對。

這當然是只有隊長標誌待在遠方的陷阱，但真的沒想到ZEMAL能夠用上這種手段。

Pitohui在SJ4裡採取的作戰可以說是不斷造成反效果。

「看來今天不是我的日子。」

Pitohui輕輕聳肩這麼說。然後又像事不關己般繼續表示：

「嗯，也會有這種時候啦。」

「為了慎重起見還是問一下——」

M粗獷的臉龐靠近並且一臉認真地問道：

「不是為了讓蓮跟Fire結婚而故意這麼做的吧？」

對於信賴，或許可以說信奉Pitohui的M來說，這已經是相當嚴厲的發言，Pitohui則是搖著脖子跟手表示：

「不是不是。絕對不是。因為——」

「因為?」

「要跟小蓮結婚的是我啊!」

「…………」

M當場安靜了下來。

柴油機車馬上要停止了。

已經渡過橋梁的機車,周圍是一片平坦,鐵路兩邊都是道路。右側是布滿隕石坑的一大片荒野,左側則是廣大的低層住宅區。

Pitohui來到左側的通道,揚聲對眾人說道:

「一停下來就馬上下車全力往東側奔跑!在躲進最近的房子之前不要錯漏了預測線!另外還要注意周圍的伏兵!」

以極限速度筆直地奔跑,同時還要注意從後面降下的預測線與子彈,以及可能躲在房子裡伏擊的敵人,可以說是相當高難度的指示。

「Pito小姐,為什麼要在這裡下車?不是要去森林嗎?」

蓮如此反問。

「到森林去也只是慢慢消耗戰力而已！所以要逃到唯一有獲勝機會的那個地方喔！」

「是什麼地方？」

「當然是購——」

Pitohui的回答只能聽見第一個字而已。

周圍響起猛烈的槍聲，彈道預測線不停閃爍，子彈跟著飛了過來。

而且不是從頭上，而是從東側僅僅80公尺外一棟最為靠近的房子裡面。

如果說到剛才為止都是從上方降下的零散雨滴，那這次就是來自側面的灑水。

子彈的密度相當高，待在那裡的人至少會被1發子彈擊中。而這幾乎是同時發生的事情。

蓮的左腿外側中了1發，在準備奔跑的姿勢下猛烈地跌倒。不過也因此而趴到了地上，得以避開了除此之外的子彈，只能說她的運氣真是太好了。

不可次郎的側腹部與頭盔各中了1發。她很平常地面朝下方撲倒後，不死心地像×螂般在地面爬著，即使腳底又中了1發也還是躲到柴油機車的車輪後方。

Pitohui為了盡快反擊而舉起KTR—09時就被擊中，右手遭到子彈貫穿。即使槍械掉落還是迅速趴下，藉由隆起背部縮成一團來將被彈率減到最低。1發子彈朝她的背部飛來，但是被防彈板擋住了。

M從駕駛室裡出來時，被貫穿扁平車門的子彈命中腰部與腿部而當場倒下。由於他順勢倒在全是碎片的駕駛室裡，就被飛出來的金屬片割傷了臉，但下一發子彈則是飛過他的頭上。

夏莉的左側腹被1發子彈擦過，第2發命中她的右腳踝。倒下的她還是用R93戰術2型狙擊步槍對Pitohui開了一槍，但拚死的子彈只是無情地炸裂地面而已。還想再開槍時，子彈就命中塑膠製的槍身，把它從夏莉的手中奪走了。

最倒楣的是塔妮亞。跟平常一樣率先衝出去時，從最近處遭到最多子彈擊中，成了名符其實的蜂窩。在第6發時就亮起了「Dead」的標籤，但還是持續被擊中。但也因為死亡的她仍承受子彈攻擊，身後的人才撿回一命。

羅莎為了反擊而舉起PKM機槍時就被擊中。雖然只被擊中1發，而且只是擦過肩膀，但是——數發子彈陷入機關槍的彈藥箱，零件受到超越系統設定的傷害後就變成多邊形碎片消失了。接著應該送進槍械裡的彈鏈就斷裂並且從槍上落下。

老大的右膝被漂亮地貫穿，當場往前撲倒，然後龐大的臀部又中了1發子彈。

「呀嗯！」

由於是敏感的部位，她忍不住發出了可愛的聲音。

結果在三挺機槍怒濤般攻擊之下還平安無事的就只有T—S的四個人。他們雖然全身中了好幾發子彈，但是鐵壁般的防禦力拯救了他們。

即使如此還是不能光是挨打……

「嗚呀！」

艾爾賓等四個人就在身體爆出火花的情況下，繞到柴油機車後面試圖逃走。

其實這是正確的判斷，如果停留在當場來反擊，也只是會讓手上的槍械被打爛而已。

結束之後才發現槍擊時間只有短短五秒鐘，但柴油機車旁邊已經沒有人還站著了。

變成像刑場一般的空間裡……

糟糕，這下糟了……

蓮看著自己剩下四成的ＨＰ，以及同伴們陷入同樣狀況的ＨＰ，同時以猛烈的速度思考著該如何打破這種狀況。

從倒下的地點到柴油機車還有5公尺左右。

爬起來用跑的來逃走，只要躲到車輪底下——但爬起來的瞬間被擊中的話立刻就會死亡了。

就算闖入敵陣，如果敵人只有一個，不對，是兩個人的話或許還能想辦法躲過射線，但三挺機槍的話實在沒有辦法。

現在之所以停止射擊，並不是因為在交換彈鏈。因為ＺＥＭＡＬ具備能持續射擊所有子彈的背包型供彈系統。因此只是刻意停止射擊罷了。

在一秒鐘左右的寂靜之間，蓮幾乎要放棄掙扎了。雖然曾在ＳＪ裡陷入各式各樣的困境，但還是首次遭遇這種「連思考時間都沒有」的絕境。

倒地的蓮視界裡面可以看見機車的車輪。從縫隙間可以看見不可次郎不知道什麼時候已經躲起來，還有Ｔ－Ｓ的眾人逃走的模樣。

在高速思考當中，這一切看起來都像是慢動作。

被擊中還是平安無事的Ｔ－Ｓ，毫不考慮反擊或者支援同伴，只是拚了老命往鐵路的右側逃亡。

嗯，這樣也沒關係啦。

蓮並不怨恨他們。

就算他們反擊，下一次的掃射時我方依然會被打成蜂窩。所以至少希望他們能夠逃出這個殺戮現場，然後對ＺＥＭＡＬ報一箭之仇。

雖然他們在ＳＪ２時從後面射擊自己，但本屆是一路合作到這裡的伙伴。和即將死亡的我方不同，他們似乎可以活得久一點。

這麼想的下一個瞬間，強韌的科幻士兵就因為被藍色奔流吞沒而不斷死亡。

是陷阱……

鐵路的右側已經設下了詭雷。

埋設好的電漿手榴彈像地雷一樣炸裂，堅固的護具也像是紙張一樣變成碎片。幾乎失去所有下半身的四個人不斷亮起「Dead」標籤，整支小隊就從SJ4裡消失了。

即使槍擊結束後已經五秒鐘，也沒有受到下一波攻擊。

反而可以聽見靠近的腳步聲。

蓮把臉龐一百八十度往反方向轉後，50公尺左右的前方，一名女性玩家站在該處。

那是至今為止從未見過的人。

不論是直接或者是在轉播當中。

看起來像是二十歲左右的女性虛擬角色。

有著端正的容貌與雪白的肌膚。灰色眼睛的她，留著一頭酒紅色短髮，另外還帶著深藍色針織帽。

雖然沒有自己這麼矮，但對方的體格屬於嬌小纖細型。服裝是成套的戰鬥服，顏色是綠色虎紋，也就是所謂的虎紋迷彩。

身體前方吊著裝有餅乾罐般彈鼓，自己不是很清楚的短機關槍。

那個，妳是誰啊？

對方是ZEMAL小隊不會錯，但那支小隊裡有這樣的女性嗎？應該沒有才對。也不是哪個成員男扮女裝。

然後也不清楚在這種狀況下光明正大地現身走過來的理由。

雖然身後還有舉槍瞄準的同伴在，但她沒想過可能會被從疼痛中恢復過來的人擊中嗎？

蓮產生各種混亂時，已經是射擊結束過了十秒鐘之後。

「我說你們啊，可不可以自己投降？」

該名女性這麼說道。

所有人都因為驚呆了而忘記反擊。

只不過LPFM與SHINC裡面都沒有任何人可以即刻反擊就是了。

就算是有，只要舉起槍械，在對準女性前就會被她後面的兩個人擊中。因此一定得聽女性把話說下去。

「當然我也可以狠心把你們全幹掉，哪一種比較好？對我來說，能選擇自己投降的話我會覺得輕鬆多了。以將棋來說就是『投了』。還是你們認為要一路下到把王將吃掉才算帥氣？」

蓮說不出話來。

瞠目結舌應該就是為了這種時候而創造出來的成語吧。想不到在這場虛擬對戰當中，還有人會要求敵人自己投降。

蓮一邊這麼想，一邊感覺到腳的麻痺感已經減輕了。

可以動的話，至少要幹掉那個女的。靠近並且抱住她的話，後面的兩個人也不會射擊吧。用刀子使勁將其斬殺之後，自己應該也會死亡了吧。

這麼想的瞬間，就從後面傳來聲音。

「知道了！身為隊長的我同意這麼做！」

那是不可次郎的聲音……

什麼？

蓮一回過頭去，就看到不可次郎從巨大車輪旁邊冒出來。由於她的手上沒有武器，所以直接大步走向那個女人。

妳什麼時候變成隊長了？

蓮壓抑下想這麼質問的心情並保持著沉默，不可次郎朝著蓮這邊走過來時……

「快逃吧。」

由於是用只有通訊道具才能聽見的聲音，所以蓮就理解是怎麼回事了。

不可次郎繼續往前走，準備直接走入蓮與ZEMAL之間。

不可次郎一來到前面的瞬間就猛烈衝刺的話，當她被打成蜂窩的期間，就會出現能逃進車輛底下的可能性。

雖然不知道之後會怎麼樣，但是察覺不可次郎至少讓不能死在這裡的蓮逃走這樣的親切心意後……

「不可……」

蓮忍不住這麼呢喃。

「不可？」

或許是不小心被對方聽見了吧，ZEMAL的女性如此反問，而不可次郎則這麼回答。

「是啊。我就是LPFM小隊的隊長，率領這群人的超強魅力型玩家，名字就叫作不可次郎大人！順帶一提，小隊名稱是『Lovely pretty 不可次郎——真的很猛』的簡稱！」（註：此為日文發音）

至少全部都用英文好嗎？像是marvelous或者magnificent之類的。

蓮雖然這麼想，但同時也做好衝刺的準備。再過一會兒不可次郎就要經過蓮的身邊。腳的麻痺感好不容易來到可以加以無視的程度了。

這是最初也是最後的機會。

這個瞬間，機槍女就開口詢問：

「咦，是『Zweihänder Sylph』的不可次郎？」

不可次郎的腳瞬間停下來。人就在蓮的2公尺前方。

在那裡的話我就不能逃走了啊！

蓮雖然這麼想，但同時也被女人所說的話引起了興趣。她似乎認識不可次郎。

「哦哦……哦哦哦哦……這位小姐……也是從精靈世界來的……間諜嗎……？看來我是不小心透露了不能說的綽號啊……」

不可次郎以非常邪惡的表情這麼說道。

她將右手靠近就算拔出射擊也射不中目標的M&P手槍槍套，看起來就像西部劇的槍手。雖然拔槍射擊也無法命中就是了。

「果然是嗎！聽說妳的名字比較少出現在ALO裡了，原來是在GGO嗎！精靈的時候是美女，這邊是可愛型的嗎！」

另一方面，女性不知道為什麼看起來很高興。緩緩拿起手上的機關槍後，不是要射擊而是為了張開雙臂。這是為了讓對方更加看清楚自己。

「近來可好！是我啦！話雖如此但外表完全變了妳應該認不出來吧！」

女性像是遇見久違了的朋友一樣看起來很開心。不對，事實上真的很開心吧。

「哦？哦哦！等一下！我會猜中的！You是Me曾經在ALO裡見過的傢伙吧！」

連不可次郎都完全失去戰鬥中的態度。

「是『梅貝爾』嗎？那個時候從碉堡上把妳打下去的真很不好意思。哎呀，真的沒想到妳不擅長飛行！」

「噗噗！答錯了。」

「是『艾克斯雷』吧！那個時候把妳的頭剖成兩半真的很抱歉。哎呀，因為妳剛好逃到拿著劍的我面前。」

「可惜，猜錯了。」

「是『維亞雷絲』嗎！那個時候把妳踢到火裡真的很抱歉。哎呀，我以為體寒的妳覺得很冷。」

「嗯……我不是喔。」

「那是『伊蕾努』吧！那個時候把妳引到怪物的腳邊真的很抱歉。哎呀，我以為妳喜歡動物。還有，那是唯一一種最輕鬆的死法了。」

「雖然很想說『好可惜！』，但完全猜錯了。」

不可啊，妳這傢伙究竟殺了幾個人。

蓮心裡雖然這麼想，但還是先不打斷兩個人的對話。

「嗯，可能有點困難吧？答案是『碧碧』喔。」

「啊啊！是碧碧嗎！」

笑著這麼回答的不可次郎，下一個瞬間就爆發了。

「妳這傢伙！竟然用巨大石臼把我磨碎！還在我飛行時用劍砍斷我的翅膀！然後在火山口把我烤成全熟！還用箭射穿我的腦門啊啊啊啊！甚至把我沉進無底沼澤裡頭啊啊啊啊啊！」

不可啊，妳是被殺掉幾次呢。

蓮心裡雖然這麼想，但還是先不打斷兩個人的對話。

「不可小妞，妳們認識嗎？」

這時傳出Pitohui的聲音。蓮把頭轉過去後，發現右手閃爍著中彈特效的她正坐在鐵路旁邊。她的手上沒有槍械。

「是啊！這傢伙叫碧碧。是在ＡＬＯ裡殺掉我許多次，隸屬風精靈的宿敵Salamander——火精靈族的女人！不過當時是穿著華麗的無袖和服外套，然後一副健身者的外表！」

「原來如此。那就請妳靠老交情來說服碧碧小姐吧。」

「好喲。讓我說服她來當我們的手下吧！」

「可以告訴她『這次饒了我們嗎』？」

啥？

除了蓮感到驚訝之外，從空氣中也能感覺到其他的眾人——夏莉、M、SHINC殘活的兩個人都同樣感到啞然。

真的沒想到Pitohui會說出這種話。

似乎連不可次郎都大吃一驚……

「好喲！——咦？Pito小姐，妳認真的嗎？」

「認真的喔。就這樣繼續待在這裡也只會遭到射殺，所以應該要賭上些微的可能性吧？」

「哎呀，嗯，是沒錯啦……」

「那就對了，妳就問問看吧。」

輸給Pitohui沉靜的魄力……

「好……好喲……」

不可次郎重新轉向靜靜聽著兩人對話的碧碧。

「那個……」

不可次郎想著該如何開口的瞬間……

「嗯，好喔。」

碧碧立刻這麼回答。

SECT.19

第十九章　Handgun only

「咦?真的可以?沒搞錯?」

不可次郎的驚訝是所有人此刻的心情。

蓮雖然也對Pitohui的發言打從心底感到驚愕,但是自稱碧碧的機槍女做出的反應也令人難以置信。

「好喔。我就放你們所有人一馬。不過有一個條件。」

聽見碧碧的聲音……

什麼嘛,果然是這樣嗎?

蓮這麼想。

名為碧碧的女性一定立刻會說:

「你們都給我死在這裡吧!」

或者……

「不過我要從屁股射爆你們喲!」

口氣雖然有點誇張,不過這是為了配合ZEMAL給人的印象。

雖然是今天初次見面的人,不過既然是不可次郎的老朋友,一定是這樣的玩家不會錯的。

這是經過證明的事情。

「喂，妳在想什麼啊，蓮？」

不可次郎看著這邊這麼說道。

這個臭超能力者。

蓮在內心咂了一下舌頭。

「妳知道是什麼條件嗎？」

Pitohui立刻回答了碧碧的問題。

「放棄主武器對吧？」

「真是聰明。」

「那就這麼說定了。」

啥？咦？到底是怎麼回事？

蓮完全跟不上事情的發展。稍微瞄了一下旁邊，發現ＳＨＩＮＣ的兩個人，也就是老大跟

羅莎也露出茫然的表情。

「原來如此，是這樣嗎？」

似乎只有不可次郎理解是怎麼回事。

「總而言之究竟是怎麼回事？」

實際上她並不了解。

「之後再說給妳聽。好了各位，把主要武裝放下站起來吧。身體的麻痺已經消失了吧？」

Pitohui的說明讓老大也忍不住追問下去。

「這……這是怎麼回事？請求說明！」

「在移動中會說給大家聽，快一點！已經過了二十九分了。」

Pitohui的發言讓人知道跟掃描有關係，只知道這一點的老大沒有拿起VSS就站起來。

「好了，小蓮也一樣。要暫時跟小P告別了。別擔心，結束後它會回到妳身邊。夏莉也把那把狙擊槍放下吧。」

「雖然不是很懂……不過放在倉庫欄裡的手槍可以直接帶走吧？」

「那是當然。然後要用跑的喲！」

「女神大人……讓那些傢伙逃走沒關係嗎……？」

柴油機車旁邊，彼得一邊看著跑走的蓮等人一邊這麼問道。

ZEMAL當中個子最矮，鼻子上總是貼著的膠帶就是他的註冊商標。背上揹著彈藥箱，從該處延伸出的金屬軌道連接著他手上的內蓋夫機槍。

待在他身邊的是擁有光頭黑人虛擬角色的麥克斯。他也同樣舉著MINIMI機槍，以銳利目光警戒著周圍。

在兩人的守護下，碧碧正看著衛星掃描接收器。

然後瞄了一眼蓮等人放在柴油機車旁邊的武器並且回答：

「沒關係。他們不會回到這裡了。因為幾乎所有人都會死在那棟購物商場裡面。」

＊　＊　＊

在酒場裡看著轉播的觀眾當中……

「咦？這到底是怎麼回事？」

沒有任何人能夠了解狀況。

從遠距離的機槍攻擊、漂亮的陷阱與槍擊，以及踏到詭雷而全滅的T—S。

他們全都認為LPFM與SHINC這次完蛋了。

但是跟謎樣的女人對話之後，兩支隊伍的殘存者竟然就跑走了。而且還留下至今為止一直使用的主要槍械。

躺著塔妮亞屍體的現場，留有粉紅色的P90、Pitohui的KTR—09、M的M14·E

ＢＲ、夏莉的Ｒ９３戰術2型狙擊步槍、老大的ＶＳＳ以及從冬馬那裡借來的德拉古諾夫狙擊槍，還有羅莎的ＰＫＭ機槍。

「咦？這到底是怎麼回事……？」

觀眾裡沒有任何人能理解目前的狀況。

畫面當中的時間來到十四點三十分，衛星掃描開始了。

「這到底是怎麼回事？啊啊，小Ｐ……」

然後蓮也處於依然完全不了解狀況的情形下奔跑著。

由於Pitohui表示她可以先走，所以她便跑在所有人前面。

鐵路的東側是一大片低層住宅區，道路適合奔跑視野也很不錯，但是手上沒有平時持有的物品就讓人無法冷靜下來。

不過自己也因此得以存活。

小Ｐ代替我成為人質了。

蓮在內心這麼告訴自己。

ＺＥＭＡＬ的碧碧這麼說了……

「不會使用留下來的槍，也絕不會弄壞它們，放心吧。」

也只能相信這樣的約定了。

現在更重要的是先聽Pitohui的說明。

「那我就稍微說明一下，只要M看掃描就好。嗯，大概跟我預測的差不多吧。」

「知道了。」

蓮的眼睛注意著是否有詭雷與伏兵，耳朵則透過通訊道具集中在Pitohui的聲音上。

蓮的後方相當遙遠處跟著老大與羅莎，還有夏莉與不可次郎，這時所有人的心情應該都一樣吧。ＳＨＩＮＣ的兩個人待在能聽見Pitohui說話聲的地方。

「首先可以清楚地知道那個女性是重度的強力玩家。甚至可以在ＡＬＯ裡幹掉不可小妞好幾次。」

「我只是大意了一點而已！」

大意好幾次嗎？

蓮雖然想這麼吐嘈，但最後還是保持安靜。

「所以迅速就察覺到柴油機車的移動，預測機車停下來的地點後就在該處設下三重的陷阱然後展開伏擊。」

「這我就不懂了！為什麼連停車的地點都猜得出來呢？」

Pitohui的話才說到一半，老大就以再也無法忍耐的模樣這麼詢問。

這確實是個謎。就算知道柴油機車會過來，應該也無法連停車地點都預測得出來才對。

Pitohui回答了老大與蓮的疑問。

「因為那個地點是『地圖上到達商場的最短距離』喔。」

「哦？商場？」

可以聽見老大完全狀況外的聲音。

「沒錯，就是我們現在要前往的地點。巨大的購物商場。我因為想到那裡去，所以會停在能夠筆直穿越大路的正西方。碧碧就是看出了這一點。」

「噢，原來如此……是這樣啊……」

老大似乎完全理解了，但是蓮還沒有。所以便開口詢問：

「妳說商場……是要買東西嗎？」

「才沒有哩！是要在那裡戰鬥！」

「為什麼？」

「小蓮，妳沒忘記特別規則吧？」

「怪物？啊，是彈藥回復嗎？」

蓮的眼睛看見剛才十四點三十分的彈藥完全回復顯示所以才這麼回答，結果……

「是另一條。」

「……？」

「Pitoh小姐啊，這傢伙完全忘記嘍。」

連不可次郎都開口這麼說，蓮雖然對於只有自己尚未理解感到相當懊悔，但還是老實地詢問：

「是什麼規則？」

「原來如此，購物商場嗎……」

ＭＭＴＭ的健太駕駛著trike並且這麼說道。

隊長大衛則坐在後座座位上。他們正奔馳在機場南側的高速公路——不是，是其東方一條像是隱藏在影子裡一樣的平行一般道路。

目標是位於東南方的巨大購物商場。也就是十四點十五分悠閒地聊天時，成為「答案」的地點。

「是『手槍規則』。」

大衛表示：

「那個狗屁作家甚至準備了無視重量的特別規則，特別設定只能使用手槍的區域。戰場內不可能沒有這種地方。然後這個地圖裡最適合手槍戰鬥的地點，也就是玩家可以『接受』的地點就是商場了。」

「隊長為什麼會看出Pitohui將會專心朝那個目標前進呢？」

「理由呢——像是那傢伙或粉紅小不點容易戰鬥，或者受到一定程度的傷害後突擊步槍的一擊太過沉重等等，但最重要的理由應該是女人的心理吧。」

「哦哦，是什麼樣的心理？」

「那個女人是這麼想的——『難得有只限手槍的區域，不用一下就沒意思了吧』？」

「難得有只限手槍的區域，不用一下的話就沒意思了吧？」

做出說明的Pitohui最後又加了這麼一句……

「就為了這種理由？」

蓮感到很傻眼。

她現在依然跑在左側能看到巨蛋球場的城鎮裡。眼前已經能見到購物商場。高速公路的對面，聳立在陰天底下的米色建築物極為巨大。看起來簡直就跟要塞一樣。

「不過，確實可以接受。」

Pitohui旁邊晃動著兩條辮子的老大這麼說。

「建築物內的話，將會變成相當近距離的戰鬥，逃走和躲藏都比較容易。手槍的話，一擊的傷害也比較小，突然被擊中時立即死亡的機率會降低。蓮被Fire他們幹掉的可能性會減少許多。這是個不錯的點子。」

「不愧是伊娃。妳要不要參加我的小隊？」

「不用了。」

「雖然知道理由……但重要的是Fire他們會來淌這場混水嗎？丟下我們到最後一刻，他們能毫髮無傷獲勝的機率也比較高吧？既然知道這一點，他們還會特地跑到不利的商場來戰鬥嗎？」

看著掃描器的M回答了蓮的問題。

「嗯。已經過來了。」

酒場裡的觀眾看見了。

十四點三十分的掃描顯示出存活小隊的位置。

除了隕石坑區域的ZEMAL，以及終於穿越廢墟區的V2HG之外——

剩下來的五支小隊全都朝購物商場前進。由於現在沒有戰鬥，所以轉播移動中的模樣。MMTM的兩個人正以高速移動從東側逼近。乘坐trike的兩人速度極快。但是距離最遙遠。

LPFM與SHINC的殘存者從近處拚命地以自己的雙腿奔跑著由西側靠近。

至於名為WEEI與SATOH的小隊則乘坐一輛卡車從北側前往商場。駕駛的是穿著沙漠迷彩服的男人。一定是遊戲一開始就找到卡車，然後把它隱藏在某個地方了吧。

從他們移動的樣子來看就能很清楚地知道。

這五支小隊在接下來的幾分鐘內將依序抵達購物商場。

然後從各方面闖入其中。

「也就是說碧碧判斷我們會死在那座商場裡，所以不必親自下手。讓我們在那裡跟其他敵人戰鬥，只要能打倒一些敵人就反而對他們有利。」

蓮做出結論之外……

「我了解了。嗯。」

也理解為什麼碧碧與Pitohui會做出這樣的判斷。

雖然對不斷痛宰不可次郎，而且與Pitohui互相理解的碧碧這名女性產生興趣，但現在沒有多餘的心思管其他事情了。

最重要的是敵人。

在商場裡可能會遇見的是MMTM與SATOH還有WEEI——也就是Fire他們。如果他們也準備以手槍應戰，那麼蓮也沒有任何不滿。

只不過，還是會感到不安。

「我只有在遊戲教學時曾經用手槍射擊過！」

由於她根本沒有準備，所以手槍是從Pitohui那裡得來，但是甚至還沒有讓她好好地看過。自己到底能不能駕馭呢？當然在狹窄的室內的話，也有只用背上的戰鬥小刀來作戰的手段。

「哎呀，關於這件事就等抵達商場再說吧。倒是各位，趁現在把藥打下去吧！」

Pitohui命令眾人把HP回復到最大值。

剛剛被碧碧他們擊中，蓮等人受到不小的傷害。

蓮的HP大幅減少到一半以下，所以毫不猶豫地決定把剩下來的兩根急救治療套件打完。

這樣HP應該能夠回復到全滿狀態，不過是在六分鐘之後。

三分鐘後預定立刻打下另一根。

防禦力弱的自己，到底能不能活到那個時候呢？但是怎麼樣都不能比Fire先死去。只要比那個傢伙多活一瞬間就算自己獲勝了。蓮心裡想著要以同歸於盡的覺悟來咬住他不放。

不可次郎的ＨＰ剩下六成，但是已經沒有急救治療套件，所以也沒辦法治療了。

Pitohui和Ｍ也因為在廢墟受到重傷的影響，已經把急救治療套件用光了。ＨＰ的消耗也相當嚴重，Pitohui剩下一半左右。Ｍ稍微好一點，剩下六成。

他們三個人必須在這種狀態下戰鬥，不過他們的基本體力本來就相當高。要說到接下來能夠承受多少子彈的話──大概就跟完全回復的蓮差不多吧。如果要算至今為止的ＳＪ４裡三個人所受的傷害，蓮可能已經死掉好幾次了。

幾乎沒有受傷的夏莉，急救治療套件還剩下三根。ＨＰ則剩下六成。

她只打了一根急救治療套件。三分鐘後ＨＰ回復到九成時要不要繼續施打，就得看她的想法而定了。

雖然蓮並不清楚，不過減少到僅剩下兩個人的ＳＨＩＮＣ，老大的ＨＰ剩下七成。回復藥物已經用罄。

羅莎剩下八成。目前沒有施打還剩下兩根的急救治療套件。

至於敵人方面，Fire所率領的十二個人，不論是體力或是急救治療套件絕對都處於萬全狀態。ＭＭＴＭ的兩個人雖然多少受到我方的攻擊，但是剩餘的ＨＰ還是比我方還要多吧。

要計算情況對我方有利還是不利的話，當然是不利。

加上自己也才七個人的集團vs十二個人的聯合集團。以及應該不會成為伙伴的，燃燒著復仇之火的MMTM兩名成員。

但是——

不能在這裡放棄或者感到失望。

在死亡之前就是還沒有輸。

至今為止遭遇過許多次的危機，但我還是活著。

所以不論如何——

如果虛擬角色有體溫的話，現在應該猛烈地上升當中吧。

看著左手邊的巨蛋運動場並且通過，迅速越過南北向的高速公路……

「打倒Fire！」

蓮持續奔跑著。

最後巨大到令人難以置信的建築物就朝著蓮迫近。

實際上建築物完全沒有移動，而是蓮以超高速在前方一大片平面停車場上奔馳。陰天底下的米色建築物，像牆壁一樣由下往上逐漸上升。

現在蓮所見到的僅是巨大商場的一部分。以方位來說是西側的平面。

購物商場的主建物是橫（東西）向800公尺左右，直（南北）向300公尺左右的長方形。算是光靠主建物似乎就能容納一個住宅區的巨大區域。

跟SJ3的豪華客船相比，長度超過兩倍左右，寬度則是三倍以上。

雖然不清楚有多少樓層，但沒有窗戶的巨大建築物，看起來就像水槽一樣聳立著。而它的四角還連接著四個直徑150公尺左右的八角形建築物。

開賽時檢視地圖的M，曾經預測位於角落的應該是附屬的百貨公司，結果的確是如此。靠近後就能清楚地看見。缺了幾個字的看板上，刻畫著蓮都聽過的海外知名百貨公司名稱。也就是存在於現實世界的名字，遊戲就這樣拿來用真的沒關係嗎？

蓮看著右邊的「J.C.PEN○Y」，左邊的「Se×rs」並且獨自跑過極為寬敞的停車場，來到玻璃大量破碎的商場入口前面。

入口上方以藝術字體寫著商場的名字。

「Mall of the World」，實在是很誇大的名字。但是從大小來看，自誇是全世界最大或許並非謊言。

蓮沒有立刻入內，而是在入口旁邊一邊警戒一邊待機。在有些玻璃破碎有些玻璃還殘留著的門前面，似乎有內部平面圖般的物體，但現在還是先不去看它。

「大家聽我說。一旦進入商場，應該就沒時間好好訂立作戰計畫了，所以趁現在把該說的事情一口氣交代完。」

再次從遠方的Pitohui那裡傳來指示。

「進去之後，當然在一定範圍內是整支小隊一起行動，但依照戰況還是會有所變化。也可能出現分散開來戰鬥的時候。」

可以的話真不想分散。

蓮心裡這麼想，但戰鬥時確實經常出現不允許這麼做的情形。

「在裡面必定要兩人一組，也就是以『Buddy system』來活動。一個人看某個方向時，另一個人就看相反方向。也只保留Buddy之間的通訊道具。根據狀況以無線網路來通訊。至於Buddy則是我和M一組。伊娃和羅莎。不可小妞跟夏莉。」

夏莉立刻開口抱怨。

「我自己一個人就可以了！」

「不行。一定要兩個人一起行動。狙擊手也需要觀測手吧？」

被Pitohui糾正之後，夏莉就安靜了下來。

「哎呀哎呀，我會保護妳可愛的屁屁啦。」

不可次郎開口這麼說，雖然是性騷擾的發言，不過這並非重點。

她手槍的射擊技術是出了名的爛，蓮雖然稍微有點同情起夏莉，但還是注意到重要的事情而開口詢問：

「Pito小姐，那我呢？」

原本以為對方一定會要自己跟哪一組人一起行動，結果……

「小蓮？那還用說嗎，當然是單獨嘍。」

「跟剛才所說的內容不～一～樣！為什麼～？」

蓮獨自在商場的入口胡亂揮舞手腳。

「理由很簡單。因為剩下來的人都無法跟上小蓮發揮全力時的速度。塔妮亞還在的話，就會讓妳跟她一組了。」

「嗚——」

蓮沒辦法再說第二句話。

啊啊塔妮亞，妳為什麼死掉了呢……

蓮認真地悼念起一個小時前還全力互相殘殺的對手。

「不過呢，要說這樣會對小蓮不利的話，我完全不認為喔。」

Pitohui接著這麼說道。用的是倒置法。聽起來不像是應酬話，而是真心這麼認為。

「這是對小蓮有利的戰場！活用狹窄的地點與自己的速度盡情地戰鬥吧！」

「知……知道了……」

「乖孩子乖孩子——那麼，可以開禮物嘍。」

「禮物？」

嗚，雖然不甘心——但好可愛！

將Pitohui的禮物實體化後的蓮，心裡出現這樣的想法。

由於說出口的話Pitohui又會咧嘴奸笑，所以只放在心裡。

光粒聚合成形狀後出現在蓮眼前的是一個背包。

顏色是常見的黑色，不過跟蓮的帽子一樣加了粉紅與白色的直向線條。

尺寸大概是長40公分，寬30公分左右。厚度稍微減少，大概是25公分左右吧。

雖然是經常可見的，名為daypack的後背包，但嬌小的蓮揹起來後，比例應該會跟M揹起大型背包時一樣吧。

裡面裝了什麼？哎呀，雖然知道應該是手槍啦。

蓮把腳邊背包的上部拉鍊打開。然後找到裝在裡面的東西並將其拉出。

接著忍不住覺得很可愛。

那是粉紅色的自動式手槍。

拿出來時完全裝在黑色尼龍製槍套裡，蓮拔出來後才出現全貌。

槍體與滑套是較深的粉紅色。握把以及前方追加的零件則是淡粉紅色。

整體來說完全是粉紅色，但也有黑色的部分。也就是槍身部分、扳機以及擊錘。還有鎖緊零件的螺絲部分。以及為了容易瞄準而穿過準星中間的點。

蓮沒有調查過這把手槍，所以不清楚它的型號，不過整體的氣氛跟遊戲教學時女教官要自己開的手槍類似。

那應該是叫作「柯爾特 M1911A1」。通稱「Government」的大型軍用手槍，應該是世界上最有名的手槍之一。

這把粉紅色手槍的形狀雖然跟它很像，但感覺上比較小一點。以分類來說是屬於「中型手槍」吧。

首先是握柄變短了，或許是為了彌補這個部分，彈匣底部有像角一樣突出，可以用小指勾住的零件。用蓮的手握住後，雖然還有空間，但算是完全吻合蓮的手。

全長比Government還要短，槍口部分除了滑套之外還加裝了其他零件。至於那是什麼則仍不明朗。

另外槍體的前方左右還有從下方夾住滑套的其他零件向外突出，當然也同樣不清楚用途。

「這裡好可愛……」

蓮之所以會忍不住這麼呢喃，是因為那個零件擴張開來的部分加了跟蓮的帽子一模一樣的白色線條。

只有槍械左側畫了線條，另一側則無，這一點也令人聯想到帽子。

「看來是獲得妳的青睞了。」

感想透過通訊道具洩漏了出去後，Pitohui的聲音再次出現。

抬起臉來就看到他們正來到停車場的遠方，人影看起來還很小。距離抵達應該還得花上一分鐘以上。

「雖然不甘心，但我承認……真的很可愛……這把槍叫什麼？」

放棄掙扎的蓮這麼詢問。

「問得好！那是──我製作的自製型號喔！」

「妳製作的？」

「沒錯。妳知道GGO裡有槍匠的技能與模式對吧？」

「嗯，我曾經換過顏色之類的。」

「我想這次會需要手槍，所以思考了什麼才是最適合小蓮的手槍。」

「這個就是答案嗎……」

「Yes。作為基底的槍械名稱是『AM.45』。雖然是只有GGO才存在的虛構槍械，不過是在實際存在的『Detonics CombatMaster』這把槍械上，加裝一些零件後所製成。在GGO內，作為小巧且力量強大的後備手槍還算有一定的人氣，妳不知道嗎？」

「嗯，不知道。」

「哎，算了。然後把原本是黑色的它塗成粉紅色，再加上白色線條，試著製作成小蓮專屬樣式！而且不像小P那樣全都是同色的粉紅，稍微改變了一下顏色塗成雙色粉紅！花了好幾天才固定下來我作為目標的模樣喲。」

「那真是謝謝妳了……」

在如此繁忙的日子裡還花了好幾天的時間，感覺熱情好像用錯地方了，但蓮決定不多加批評。

「然後完成的成果就是它！取名為『AM.45 小蓮版本』！綽號是『Vorpal Bunny』！」

聽完名字的蓮，覺得不論哪一個都相當長。到底該怎麼稱呼它才好呢？

而且也不知道「Vorpal」的意思。她當然知道Bunny是「小兔子」的意思。

槍械的滑套左側刻著大大的「AM.45」。其前方模擬蓮帽子上耳朵的零件上部則刻了字體較小的「Vorpal Bunny」。

蓮的英文雖然不差，但拚了命還是完全想不出Vorpal的意思……

「Pito小姐，Vorpal的意思是？」

於是就放棄掙扎直接詢問。

蓮原本以為對方會興高采烈地告訴自己，但是……

「嗯……說起來話就長了。現在沒有時間，之後再說吧。」

聽對方這麼說就不好意思再追問下去，於是決定之後再用網路搜尋意思。至於名稱就決定先叫她「小Vor」吧。

這時Pitohui對著蓮問道：

「原本是Government的縮短版本，所以使用方法一樣。妳還記得吧？」

「嗯……」

蓮確認已經裝了彈匣後就拉下滑套。

第1發子彈隨著數道金屬摩擦聲完成上膛，視界右下方顯示作為裝備品的槍械標誌，其右側出現「6」這個殘彈數值。一個彈匣裡面有6發子彈。

跟Government相同的話，子彈的種類就是「.45ACP」。也就是所謂「45口徑手槍」這種極為一般的子彈。從口徑的大小可以知道具有強烈的攻擊力。

Government系列的槍械，手動保險都是在握槍時拇指的位置。平常P90都不上保險的蓮，因為手槍的槍身很短，害怕走火時射到自己，而且手動保險位在輕鬆能扳開的位置，所以就上了保險。

「好了，接下來就是說明，仔細聽好嘍！手槍前方的追加零件是近身戰用的。前端的零件是為了槍口貼在敵人身上也能射擊。左右的零件是槍械被什麼壓住並且固定時，也不會阻礙到滑套的移動。」

「原來如此……」

蓮以左手碰了一下零件。由於是穩穩固定在槍體上的部分，就算這裡被什麼觸碰也能毫無顧忌地開槍。

自動式手槍有當滑套被按住時，就會變成非完全密閉而無法擊發的情況，滑套的移動遭到阻礙的話就算射擊也會引起Ｊａｍ（卡彈）等弱點，Pitohui是為了克服這些弱點才自行改造。

「所以不用客氣盡量挑戰近身戰吧。好好活用小蓮嬌小的身材、爆發力與速度。按在對方喉頭，像要咬下去般開槍射擊會很美麗喲！回想起使用『Ｖｚ６１ 蠍式衝鋒槍』來ＰＫ時的日子吧！」

蓮回想起確實有這麼一段日子。

對於那個時候，沒有露臉就毫不容情地襲擊並且加以殺害的眾人，產生了有點想向他們道歉的心情。

「跟那時一樣，雙手持槍逼近，然後專心地Hit and away！加油吧！」

雙手？

覺得奇怪的蓮，帶著「不會吧」的心情摸索背包深處。

哎呀。竟然沒注意到……

裡面還有另一把完全一樣的槍。也就是所謂的雙槍。

可以兩把都叫作小Vor嗎？此時蓮的心中產生了新的糾葛。由於現在在此煩惱這種事情也沒有用，所以就做出小Vor是雙槍一體的解釋。

「把P90的彈匣包收到倉庫欄，然後將槍套掛在那裡。有分左右——嗯，應該不會搞錯啦。」

蓮按照她所說的操作視窗。腰間像裙子一樣裝飾著的P90用彈匣包消失，其下方的雙腿上確實地著裝上槍套。

把右手用手槍收進槍套，然後拉動左手用的手槍滑套來裝填子彈，結果視界當中的圖標就增加了。

「那麼試著開槍練習一下吧。兩邊都先用一個彈匣。在那之前，先把背包揹起來喔。」

蓮按照指示，將兩把手槍收進槍套，然後揹起背包。用帶扣固定胸前的背帶，讓它緊貼在自己身上。

託手槍的裝備不計算重量這條特殊規則的福，背包完全感覺不到重量。感覺大概就只比空的包包還重一點。

這樣的話，在高速到處移動時就不會成為阻礙了吧。只有在鑽過狹窄地點時，可能得注意一下。

蓮將手朝雙腿上的槍套伸去。

順帶一提，準備拔槍時手扠在腰部的姿勢被稱為akimbo，而這也是挑釁對手的模樣。從這裡又衍生出遊戲內的「雙槍」也被稱為akimbo。

Pitohui他們已經相當接近，不過應該還得花上數十秒的時間。

蓮按照吩咐，迅速拔出兩把手槍並俐落地開保險，像蠍式衝鋒槍時輕輕伸出雙手，擺出像要以雙臂抱住空中某種東西般的姿勢。

之所以不完全伸直雙臂，是為了用手肘分散後座力，以及為了防止過度靠近敵人而被奪走或者撥開。

自動式手槍的滑套會反覆移動，太靠近臉龐開火會很危險。因此隔了大概10公分以上。

左右手拿著的手槍各自稍微往內側傾斜，在眼前呈「八」字的角度。之所以不筆直地架著手槍，也是因為這樣手的位置比較自然，也比較容易射擊。

因為有兩把手槍，所以不使用瞄準器。手指觸碰扳機，然後將出現的兩條彈道預測線重疊到滾落在入口旁，大約15公尺之外的垃圾桶上。

咚啪啪啪啪啪啪啪啪啪啪啪嗯。

蓮連續開槍射擊。因為在遊戲教學時曾經開過槍，所以習慣了45口徑手槍強烈的後座力，而且之後筋力值也稍微上升了一點，手槍沒有亂晃，而子彈也陷入垃圾桶當中。

「喔喔……」

左右各6發，總共被12發子彈擊中的垃圾桶變成多邊形碎片後……

「很趁手呢。」

蓮就老實地說出感想。

Vorpal Bunny的扳機相當輕，只要稍微施加壓力就會迅速有所反應。因此能夠流暢地完成連射，滑套也敏銳地移動著。

但是同時也湧出疑問。

蓮手中手槍的滑套退到最底端就停住了，告訴她已經沒有子彈。

P90的話就要從彈匣包裡取出新的彈匣來裝填，但是沒有這兩把手槍用的彈匣包。

射光子彈了。那麼我要怎麼做，才能再裝填？

或許是察覺蓮內心的俳句了吧，靠近到剩下50公尺的Pitohui告訴她答案。

「那麼把空彈匣退下吧。然後雙手直接往後，把握柄插進背包左右下方的洞穴裡試試。」

「……？」

蓮依照吩咐，右手用拇指，左手用中指按下握柄左側的彈匣卡榫。空彈匣就無聲往下滑落。

接著雙手繞到後方，靠近背包下方附近後，發現確實有洞穴。

想著這裡應該就可以了吧的蓮，把小指和無名指放開握柄，然後直接把握柄插進洞裡——

喀鏘！

輕微的衝擊隨著清脆的金屬聲傳遞到手上。

「哦？」

蓮把手伸回前面後，兩邊的手槍都已經裝上新的彈匣。從空彈匣的排出孔可以看見金色的矮胖子彈。

蓮以右手拇指以及左手食指按下滑套卡榫。後退的滑套便咬著子彈前進回到原位。視界右下方再次出現兩個數字「6」。

「喔喔……」

Pitohui跑到露出茫然表情的蓮旁邊。不可次郎則跟在她後面。蓮上了手槍的保險後，把兩把槍都收進槍套裡。

Pitohui拍了拍蓮背上的背包……

「很厲害吧！特別訂做的！背包裡放了一整排預備彈匣，然後設置了把握柄插進去就會將其插入的機關！說起來就是彈匣的彈匣！左右各有20個喔！合計240發！」

「原來如此……」

這確實很方便。有這個的話，就可以毫無顧忌地開槍，然後迅速再次裝填。完全克服了兩手持槍「再裝填需要花時間」的弱點。

Pitohui迅速揮動左手來操作視窗。然後實體化的是同樣的背包。

這個背包全是黑色。高挑的她一揹起來，背包就顯得很小。

「這個是我要用的。」

因為Pitohui的右腿與左腿都掛著「XDM」手槍，所以也同樣準備了高速裝彈的背包。應該說，她是先製作了自己的，然後才準備蓮用的背包。

「然後還剩下最後一個機關。」

Pitohui用拳頭敲打蓮背上背包的背面。結果傳出「鏗鏗」的堅硬聲響。

「這裡整個平面都裝了跟M的盾牌同樣材質的輕量板材。」

「Pito小姐，妳的意思是……」

「沒錯。只有這裡不論遭到什麼手槍射擊都絕對不會貫穿。所以一定會被敵人擊中的時候，就背面朝向對方並且蹲下，不然就是護住頭部並且逃走。知道了嗎？」

「了解……！」

對於即使被手槍擊中也可能立即死亡的自己來說，這個防彈裝備真的令人放心許多。這下輕鬆多了。

真的是面面俱到的武器與道具。要是自己入手的話不知道得花多少錢？蓮決定不再想下去了。

「咦咦，好棒喔。那我的呢？」

不可次郎在旁邊抱怨著，說起來她只有一把就算拿在手上也打不中的武器。

「下次再說吧。」

結果被隨口帶過……

「嘖……」

不可次郎從右腰拔出「Ｍ＆Ｐ」。以左手操縱倉庫欄後，裝有槍榴彈的背包消失，取而代之的是左腰出現大量彈匣包。

胸前的背心裡還裝著槍榴彈，雖然不知道打算用在什麼地方，不過不可次郎似乎不打算把它收起來。

老大和羅莎的右腰上掛著ＳＨＩＮＣ制式採用的「Strizh」，已經確認過彈匣。而且左腰與胸口還大量實體化裝有預備彈匣的包包。

不過反而將平常使用的電漿手榴彈收到倉庫欄裡。這東西要是被擊中的話，將會連伙伴一起轟飛，而且本來就是很難在狹窄商場裡使用的武器。此時拿出來的是俄羅斯製的「RGD—5」，屬於噴灑碎片的普通手榴彈。

這段期間老大她們也一直互相靠著對方的背部，小心翼翼地警戒著周圍，只能說確實名不虛傳。從位置分布來看，敵人來這裡的可能性相當低，不過如果過來的話，她們打算立刻逃進商場裡。

M從背包裡取出盾牌。

為了拿著使用，把兩面盾牌直向組合起來。M就用雙手拿著它們。右腿上雖然有HK45手槍，但是沒有拔出來。

在M雙手持盾牌保護下，Pitohui從後面展開攻擊，他們在這裡似乎也是這個戰鬥模式。考量到M的身材，就知道與其以無法完全隱藏的身軀移動，還是這個方式比較好。

最後的夏莉則是——什麼都沒拿出來。

眾人進行戰鬥準備時，她只有重新戴好綠髮上的帽子並且等待。不可次郎似乎注意到這一點……

「夏莉，妳的手槍不會是掉在什麼地方了吧？抱歉，我的可沒辦法借給妳喲。」

「只是沒拿出來而已。在最後一刻前都不能露出自己手中的籌碼。因為只有我一個人能夠活著從這個商場離開。然後去取回R93戰術2型狙擊步槍，不論花多少時間都會把ZEMAL全部幹掉。」

「真的假的，太厲害了吧！」

不可次郎雖然露出極為驚訝的模樣，但是蓮卻不這麼想。考慮到夏莉的HP以及急救治療套件殘餘數量、狙擊能力與開花彈等要素，蓮認為這並非不可能。

時間經過十四點三十八分。

Pitohui表示：

「觀看接下來的掃描再次確認對手的數量。在進入前先看這個。」

Pitohui招呼大家過來後，七個人就在商場入口前聚集在一起。

透過玻璃往裡面看，發現基本上是微暗的環境，不過有不少地方的照明仍然有效。筆直的走廊往前延伸，其深處變得極為明亮。

入口處有蓮剛才沒有看的內部地圖。這次則為了牢記在腦袋裡而仔細地觀看。

那是足有學校黑板大小的巨大地圖。應該是為了首次來到這座商場的人而設的吧。雖然沒有標示詳細的店鋪配置，但是用英文寫著這個區域大概能買到什麼東西。

簡而言之，商場內側是呈甜甜圈狀。

巨大長方形的建築物當中沒有擠滿店鋪，中央部分有開闊的空間。從明亮度來看，該處應

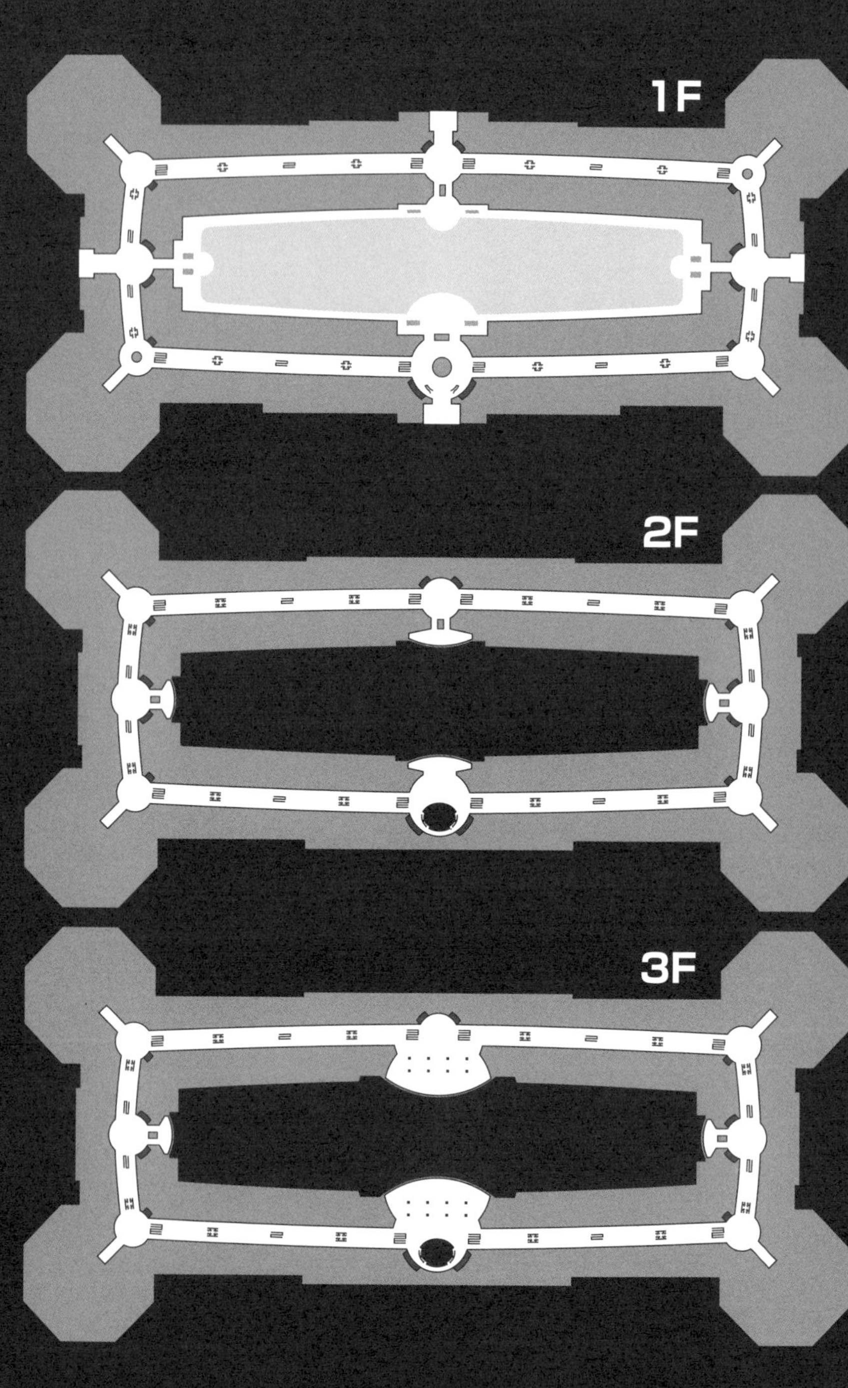
1F
2F
3F

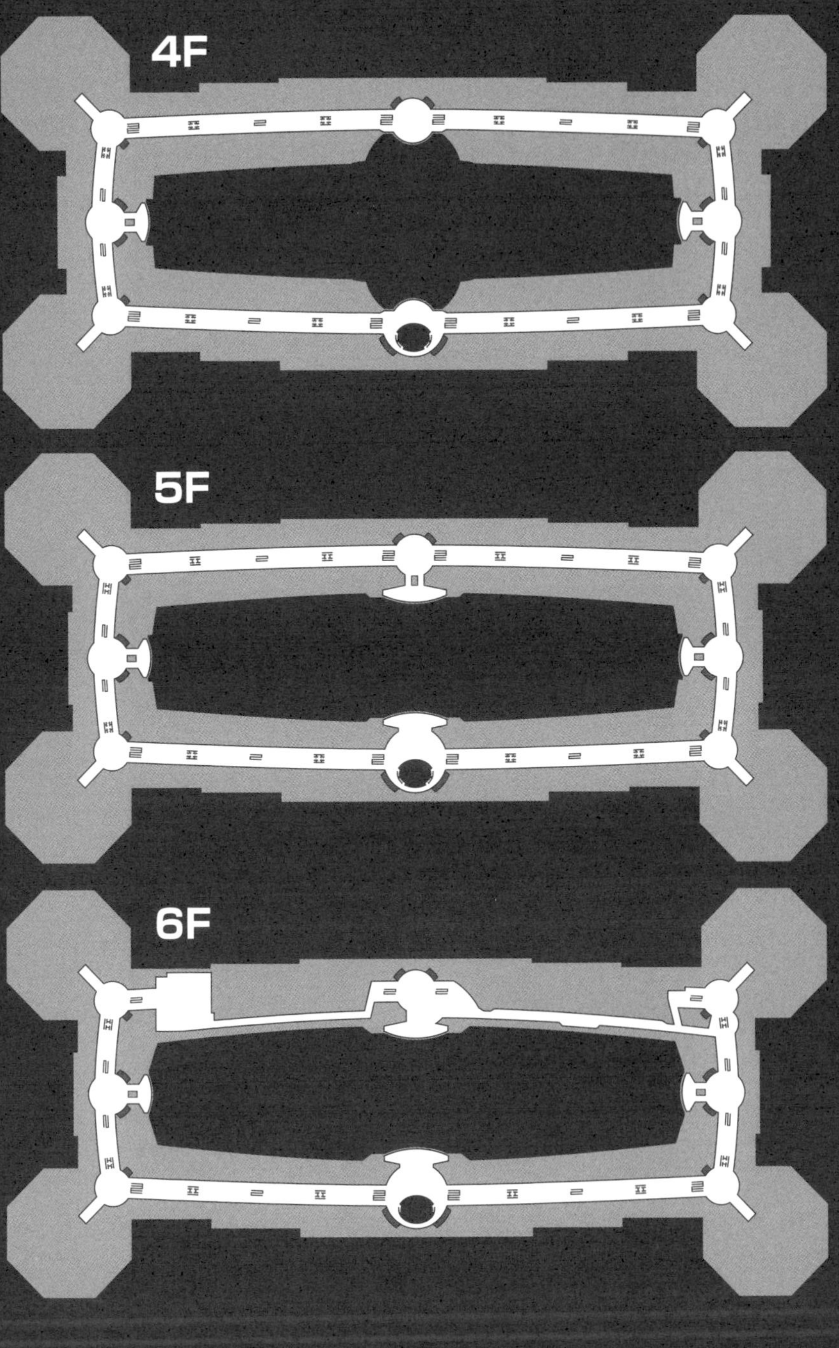
4F
5F
6F

該是玻璃天花板的開放式空間。

光是看這個地方，長度也有大約600公尺。寬則是100公尺左右。可以說是相當巨大的空間。

中庭部分的地圖畫著像是遊樂園般的圖案。可以看到外型復古的房子以及雲霄飛車等遊樂設施。

甜甜圈狀的建築物中央有一條繞商場一圈的大通道，其左右兩側則細分為各家店舖。由於外側是面向外牆所以沒有窗戶，內側是面向中庭，所以東西側的中央部分畫著寬敞的露臺。

東西南北各自的通路上配置了許多樓梯與電扶梯。電梯則是在通路的邊緣或者中央。總共有六層樓。

四個角落都連接著其他百貨公司，所以只有該處斜向突出，並且有寬敞的通路延伸出去。百貨公司內部是常見的構造，中央設有手扶梯。牆壁邊則是電梯。

由於不是太困難的地圖，所以蓮一下子就記住了。

除此之外，由於是沒有目標物的室內，所以為了不認錯東西南北而再次確認顯示在視界最上方的羅盤。

「大概記住了嗎？」

Pitohui一問之下，所有人都點了點頭。

「那麼，販賣可愛服裝的店家在哪裡呢？」

不可次郎這麼問道。

「沒有那種美國時間喔。雖然我也想要秋裝。」

蓮這麼回答。

「三樓的東北側，好像有各種時尚相關的店家呢。」

Pitohui開口表示。

「那麼，就在那裡戰鬥吧？」

老大如此詢問。

「妳們給我認真一點。」

夏莉生氣了。

＊　＊　＊

蓮等人在西側入口處準備的時候——

「現在那個女人應該在另一邊吧。」

「你看起來很開心耶，隊長。簡稱就是『開心隊』。」

大衛和健太來到東側入口前面。該處的外表跟蓮他們所在的西側一樣，而且也刻著同樣的商場名稱。

一路努力到這裡來的trike，在500公尺前方左右便因為沒有燃料而停下來了。沒辦法的兩個人只能全力跑到這裡。

他急忙準備起手槍。將一旦進入應該就無法使用的突擊步槍與預備彈匣收進倉庫欄裡。

大衛從右腰的槍套裡拔出平常愛用的Steyr公司製「M9—A1」9毫米口徑自動式手槍，稍微把滑套往後拉來確認裝填狀態。

這把槍的瞄具不像一般是凹凸狀，而是三角形的凹陷溝槽與三角形準星組合起來這種獨特的，或者可以說是非常離奇古怪的形狀。這是其他槍械所看不到的樣式。

大衛總是說習慣之後絕對是這種形狀比較容易瞄準，但是沒有伙伴贊成他的意見。

他接著又從倉庫欄裡拿出其他的手槍。

這是MMTM的其他成員這次一起準備的，貝瑞塔公司製的自動式手槍「APX」。同樣是9毫米口徑，彈匣內有17發子彈。

大衛把連同碳纖維強化塑膠製槍套一起實體化的APX著裝在腹部，也就是心窩附近。按照ＧＧＯ的慣例，把東西拿到近處再按下視窗的按鍵就能確實著裝上去。

大衛先拔出ＡＰＸ裝填上子彈後才將其放回槍套內。接著再實體化一把同樣的槍械，這次則著裝在左腰。

健太也同樣追加實體化剛才沒有在身上的兩把槍械。然後跟大衛一樣把它們著裝在腹部前方與左腰。

最後兩個人又叫出裝滿ＡＰＸ用預備彈匣的包包，然後盡可能貼在腰帶剩餘的空間、背上等地方。

ＭＭＴＭ為了這次手槍戰所準備的戰法就是不管三七二十一盡量開火。

主要使用的一把射光子彈，又沒有空交換預備彈匣的話——就先用右手拔出腹部前方的槍械來繼續射擊。這把也射光子彈後就用左手從腰部拔出手槍來瘋狂射擊。

這段期間也不會從對手身邊逃走，反而為了接近對方而展開突擊。算是逼近再幹掉對方的型態。

準備完三把手槍，以及裝在背上給伙伴用的預備彈匣，最後就小心翼翼地拉開間隔，在不互相碰到的情況下裝備一般的手榴彈。

雖然減少到僅剩下兩個人……

「準備完畢。隊長，我們上吧。」

「嗯嗯。首先幹掉Pitohui，之後再把這座商場裡的所有人幹掉！」

ＭＭＴＭ燃燒著鬥志。

當然蓮一行人，以及ＭＭＴＭ正在準備時——

比他們還早了一些。

「現在的話，應該可以在進入商場前襲擊他們吧？」

聯合部隊的ＳＡＴＯＨ其中一名鬍鬚男對Fire等人的ＷＥＥＩ這麼說道。適合蓄全鬍的他，正是ＳＡＴＯＨ的隊長。

他們正在移動的卡車當中，除了ＳＡＴＯＨ的駕駛外，其餘十一個人都面對面坐在車蓬覆蓋住的貨架上。

ＳＡＴＯＨ這支小隊的所有成員都穿著美國海軍陸戰隊使用的茶色沙漠迷彩，裝備也幾乎都模仿他們。由於不是一開始就加入聯合部隊，所以沒有蒙面以及太陽眼鏡。

所有人的主要武裝都是「Ｍ２７ ＩＡＲ」。

乍看之下很像ＨＫ４１６突擊步槍，但是安裝了比那把槍更長更厚的槍身，而且望遠鏡瞄準器與兩腳架是標準配備。口徑則同樣是5.56毫米。

「嗯，是沒錯啦。」

回答的不是Fire，而是坐在他旁邊的一名穿著藍色運動服，蒙面且戴太陽眼鏡，根本看不出誰是誰的一名WEEI成員。

他們目前正在南北向的高速公路上。

藉由掃描得知LPFM應該正朝著巨大購物商場移動，而他們也正趕往該處。交通工具是SATOH在SJ4開始後立刻發現並且隱藏起來的卡車。以一般的速度從地圖中心部的高速公路往南前進。

加快速度，然後多少繞點路後直接搭車到西側入口的話，應該能正面與LPFM以及SHINC開戰。

SATOH的隊長想說的應該是這個，但是……

「不過這樣有點危險。靠近的話會被察覺，而且在開闊的停車場上將會是場五五波的戰鬥。對方有M的盾牌、使用開花彈的狙擊手、SHINC的反坦克步槍。在商場內使用手槍戰鬥對我們來說比較有利。」

WEEI的男人確實地做出反駁。

當然他們，不對，是在這裡的所有人——

都不知道蓮他們全都受了重傷，SHINC只剩下兩個人，而且主武器全都被ZEMAL

給拿走了。

WEEI的男人繼續這麼說道：

「但我可以理解你們的想法。正因為成為我們的伙伴，才會度過完全沒有戰鬥的時間一直撐到現在。老實說，你們一定覺得很無聊吧。如果你們自己要在能使用步槍的時候襲擊LPFM，我不會阻止你們。我們可以在中途下車，憑自己的腳程前往商場。你們覺得如何？」

「………」

SATOH的隊長稍微扭曲長著鬍鬚的嘴巴思考了起來，最後才咧嘴笑著說：

「如果是這樣的話，我可以接受。那就在商場之中站在你們旁邊一起戰鬥吧。事到如今，就讓我們同生共死吧。」

「謝謝。除了道謝之外，還有事情想拜託你們。」

「哦？什麼事情？」

「抵達商場之後，希望你們先行戰鬥。在你們戰鬥結束前，我們都不會出面。」

「要我們打頭陣嗎？我們全滅之後，你們才會出場戰鬥？」

「沒錯。為了不讓Fire死亡，希望你們先行戰鬥，如果最後的結果是那樣，就只能讓你們先犧牲了。」

聽見這些話，SATOH的隊長就「呵」一聲笑了起來。

「要是沒先聽過『報酬』，一定會叫你別開玩笑並且加以拒絕了。」

他一邊這麼說一邊伸出手來，對象不是一直談話的WEEI男性，而是坐在他旁邊的Fire。伸手的目的是為了跟他握手。

「好，交給我們吧。首先由我們在商場內襲擊LPFM與SHINC。我們當然想要獲勝，不過他們是強敵。我們會盡量給予他們傷害，同時也有全滅的覺悟。之後就拜託你們了。要漂亮地獲勝啊。」

Fire什麼都沒說，只是筆直地盯著男人的眼睛，然後穩穩地握住他的手。

放開手時……

「拜託了。」

Fire簡短但堅定地這麼說道。

SATOH的隊長……

「交給我吧。」

如此說完後，就輕拍了一下著裝在腰間的槍套。

裡面收納了一把茶色自動式手槍，柯爾特公司製「M45A1 CQBP」。

那同樣是美國海軍陸戰隊所使用的，近代化客製最新型Government。CQBP是Close Quarters Battle Pistol，也就是近身戰鬥用手槍的簡稱。

跟步槍一樣，小隊所有成員都同樣是這把武器。從槍套比手槍的輪廓還要大來看，手槍上應該裝了手電筒。

為了在暗處戰鬥而著裝強力手電筒，這在現實世界是常見的型態。

至於在GGO裡面，由於沒有太過黑暗的地點，而且手槍的重要度本來就不高，所以沒有什麼人這麼做。

反過來說，甚至還加裝了手電筒的小隊，應該是平時就重視手槍，也就是相當習慣使用手槍了吧。

WEEI的男人這麼說：

「那麼，我們也開始準備吧。」

然後除了Fire之外的五個人就開始操縱起視窗。

不同的男人手中，各自出現了自己的手槍。接著開始進行戰鬥的準備。

看見這一幕後，SATOH的隊長……

「…………」

默默地吞了一大口口水。

然後老實地透露出由衷的感想。

「你們不是敵人真是太好了。」

SECT.20

第二十章　商場裡的戰鬥・其之一

到了十四點四十分的瞬間——

存活下來的玩家們、酒場內的觀眾們，都看到同樣的掃描結果。

待在商場這邊的玩家們一瞬間確認結果後，就像已經足夠般立刻關上接收器。

然後闖入玻璃破碎的門內，也就是商場裡面。

也就是說，MMTM從東側。

WEEI與SATOH從北側。

LPFM與SHINC從西側。

購物商場的戰鬥就這樣開始了。

一穿越入口那扇玻璃破碎的門，蓮的視界裡……

「您進入了手槍戰區域！將無法使用步槍等長武器。只能使用手槍、手榴彈、光子劍、小刀、打擊武器等！」

就出現這種早就知道的警告文。

蓮邊跑在商場裡邊檢查著這個新的戰場。

一進去馬上就有寬達40公尺的入口通道。雖然寬敞到像隧道一樣，但是天花板還是跟一般的商場沒有兩樣。

這裡當然是廢墟，但是建築物本身相當堅固，垃圾與瓦礫比想像中還要少。腳下是時髦圖樣的磚瓦地磚。碎裂的地磚不多，看起來很適合奔跑。

天花板的照明有一半損壞了，不過另外一半則確實地發出亮光。

當然比外面要暗，但只要眼睛習慣之後，就不至於「暗到什麼都看不見」。從中央部的開放式空間也透過來不少光線。

商場內部的構造和現實世界日本所見到的沒有太大的不同。只不過感覺上規模大了五倍左右，總之就是十分巨大。沒有看見天花板的話，蓮感覺自己就像跑在普通的街道上一樣。

「這還真大啊。」

不可次郎說出同樣的感想。然後……

「蓮啊，衝太快的話會迷路喔。」

「妳才要小心哩！這裡可沒辦法播放尋人廣播喔！」

當兩人交談到這裡時，就來到能繞商場一圈的通路之間的交岔路口。

通路上鋪了地毯。

鋪設了較厚地毯的通路減輕了腿部的負擔。最重要的是，即使穿靴子也幾乎不會有腳步聲，所以不論是對敵人還是自己來說都是很容易接近的環境。

通路異常地寬敞，大致估算一下應該有20公尺左右。

中央部分有長椅與攤販，看起來像是正在舉行小型祭典的街道。

樓梯與電梯口也位於中央。像這樣子的地點，通路就變成與上層連結的細長開放式空間。

從這條通路上往右走，就是從南側繞商場一圈的路線；往左走則是北側路線。另外也有跑上附近的階梯或者手扶梯的選項。

接下來已經無法倚靠掃描位置，是隨時隨地都可能會遭遇到敵人的戰場。

雖然是巨大的商場，但是跟野外比起來還是狹窄許多的密閉空間。應該可以聽見戰鬥的聲音吧。

然後一旦開始戰鬥，應該不用花太多時間就會結束。

「終於要開始手槍戰了嗎……」

觀眾看著進入商場的LPFM與SHINC並且這麼呢喃著。

其他的影像當中也能看見MMTM、SATOH與WEEI的動向。

由於MMTM只有兩個人，所以必須組成搭檔來行動，大衛與健太兩個人為了先搶得制高點而跑上東側的樓梯。

相對地SATOH則是六個人聚在一塊。似乎決定貫徹以小隊來作戰的方式。

出乎意料之外的是WEEI。身穿運動服的男人們沒有出現在影像裡。似乎是從北側的入口進入，但是沒有前進到通路上。完全無法預測他們想做什麼。

「手槍戰很麻煩喔。」

其中一名觀眾拍著自己腰間的槍套這麼說著。

「怎麼說能命中的距離都很短。我用這個開槍，只要離開20公尺外就無法打中人。開始玩GGO後受到很大的打擊。」

雖然是自曝其短的言論，但是沒有人取笑他。

手槍本來就很難擊中目標。

射擊時只要槍口稍有偏差，子彈前進的方向就會出現極大的誤差。而且只用手拿著的手槍，不論再怎麼練習都無法像步槍那樣。何況自己也會移動，對方也不是站著不動。

停止的對手50公尺，移動的對手20公尺，努力一點30公尺就是交戰距離了。

這個距離的話，先不要說著彈預測圓，其實彈道預測線也幾乎沒有意義。在看見敵人的預測線時，應該也被擊中了吧。

手槍子彈跟步槍子彈不同，一擊的威力比較小，打中1發或2發要害之外的地方無法殺死對手。所以即使身體被擊中，只要有幾秒鐘的時間，就能用手槍或小刀加以反擊。

在商場裡面這個雜亂、狹窄地點以手槍戰鬥，絕對會變成比野外戰更加熾烈的互相殘殺……

「糟糕，好期待喔！」

「我也是！戰鬥的兩個人在同一個畫面裡面也很不錯。」

對於觀眾們來說，這是夢寐以求的情境。

「好，盡情地廝殺吧！」

雖然沒有開會討論過，但是……

「小蓮，注意四周然後打頭陣。後面就交給老大妳們。我和M在中央。不可小妞妳們則負責殿後與輔助。」

Pitohui負起指揮整群人的任務。當然沒有任何人有異議。

「是沒關係，但這要往哪邊？」

筆直前進是中庭，往右邊通道是南側，左邊則是北側——現在的蓮有三種路線可選擇。

Fire他們是從北側進入，要直接決戰的話應該往左才對，但這樣會不會太魯莽了一點？

「這個嘛——」

Pitohui想要說些什麼的瞬間。

爆炸的震動襲擊腳底，遲了一拍後爆炸聲就響徹整座商場。

來自遠方的爆炸，聽起來像是肚子叫一般的重低音。那應該是巨榴彈。不過爆炸的藍色火焰與煙霧……

「北側……？」

蓮憑感覺做出預測……

「是啊。應該是Fire他們的位置……」

Pitohui也表示同意，並且……

「開始戰鬥不會太快了一點？」

提出了極有道理的疑問。

「不會是一路聯手到這裡的隊伍窩裡反了？」

蓮的話裡帶著期待的口氣。幹得好繼續打吧。

滋滋嗯。

再次的搖晃與爆炸聲……

「不，應該不是。」

M用平常冷靜的口氣這麼說道。

「爆炸從左側靠近了。那些傢伙一邊爆破通路一邊大剌剌地進擊。」

「原來如此。是『嘿嘿嘿，正面攻過來啊』的意思嗎？」

老大同意M的看法。

「好！那當然要接受挑戰！」

蓮發出了興奮的聲音，但是……

「不行。先往南側撤退。」

Pitohui一這麼說完……

「M跟我負責殿後。大家先走吧。」

最初的爆炸聲響起時……

「唔。」

「爆炸？」

MMTM的大衛與健太正在最頂樓六樓可以看見整個中庭的瞭望區。

為了占領制高點，他們全力奔馳爬上了階梯。只有兩個人的話無法與敵人小隊正面對戰，所以必須暫時先在視野良好的地點待機。

這裡是東西兩邊除了一樓之外，所有樓層都有設置的露臺般地點。

拱門狀的露臺朝著中庭突出，邊緣立著時髦感十足的欄杆。從該處見到的景色會讓人忘記是在建築物當中。

往上看就是由鋼管支架支撐的玻璃屋頂。鋼管是由大小不同的尺寸組合而成，看起來像某處的神殿。金屬部分雖然破爛不堪，但是玻璃沒有任何碎裂之處。灰色天空提供給空間光芒。

底下是一整片巨大的中庭。

正如地圖所見，長度是600公尺，寬度是100公尺的巨大空間。

該處占地最廣的是遊樂園，除了雲霄飛車呈漩渦狀的軌道之外，還有摩天輪、旋轉木馬、海盜船、滑水道等遊樂設施廣泛地配置其中。

到處可以看到販賣熱狗或者冰淇淋的小屋。而連結這些小屋的地板全都塗成小孩子喜歡的粉色。雖然現在因為褪色而飄盪著詭異的氣息，但喜歡廢墟的人絕對會中意這樣的景色。

這樣的中庭從右側，也就是北方冒出一大堆煙來。

那是漆黑且看起來似乎有毒的煙。而且相當大量。這並非煙霧手榴彈所造成。那是由一般的理由所造成的煙幕。

「失火了嗎……北側的小隊竟然放火了。」

大衛以苦澀的口氣這麼說道。

再次發生震動與爆炸聲。這次大衛也看見藍白色奔流。商場一樓出現巨榴彈的爆炸，把二、三樓的一部分吹飛了。

光是爆炸不會引起那麼大的火勢，他們明顯是撒了汽油之類的東西。

火災以及黑煙慢慢開始侵蝕寬廣的商場內部。

蓮等人來到繞商場一圈的通路南側其中央部分。樓層是三樓。

這裡有巨大的美食廣場，是一個特別開闊的地點。由於有光線從中庭照射進來，算是相當明亮的地方。

長與寬足有１００公尺的空間裡豎立著幾根粗大的柱子。那是寬約1公尺，由鋼管所製成的堅固柱子。每根柱子間大約間隔20公尺。

天花板和通路不同，到四樓為止都是開放式空間所以高度相當充足。柱子連結該處，中間還吊著直徑有1公尺的水晶燈。

簡直像高級餐廳一樣。以美食廣場來說算是相當豪華。

為了預防髒汙而貼了磁磚的地板上排著大量的桌椅。

這些桌椅也不是簡樸的塑膠製，它們全是木頭製的雅緻作品。桌子是直徑約1．5公尺的圓形，除了大之外還有一定的厚度，斜立起來的話應該可以擋住手槍的子彈。

空間的牆邊是一整排沒有營業的美食攤販——

從知名的漢堡店到中華料理、日本料理、墨西哥料理，甚至是無國籍料理，也就是所有種類的餐廳，現在就像死了一樣靜靜地並排著。

由於視野良好，Pitohui就先選擇這裡為防衛陣地。因為只有南側有牆壁，所以就背對著它，分別監視著前方與左右兩邊。

蓮他們也看見濃煙了。

中庭的另一側，150公尺之外的地方，從一樓開始冒起黑煙，慢慢地汙染寬廣的空間。

「那些傢伙不只爆破還放火！竟然對大家休息的場所做出這麼過分的事！」

不可次郎這麼說道……

「就是說啊。」

蓮也同樣感到氣憤，但是……

「喂，等一下。妳之前在豪華客船做了什麼事？」

不可次郎忍不住要這麼吐嘈。蓮有把豪華客船分成兩半的前科。

老大這時候……

「那些傢伙是想把我們從這裡趕出去嗎？其實並不打算在商場裡面戰鬥？」

一邊從桌子後面看著濃煙逐漸增加的中庭一邊這麼說。

由於空間太過遼闊，應該還得花上很多時間，商場內部才會完全籠罩在黑煙底下，但是也不容許對方一直採取這樣的戰法。因為我方沒有在外面戰鬥的武裝。

羅莎也察覺到她的意圖……

「不會是那個叫碧碧的女人告訴他們這一點了吧？其實他們也是聯合部隊之一——」

「不，那個傢伙不會做這種事喲。」

不可次郎否定這種可能性，由於沒有反駁的材料，ＳＨＩＮＣ的兩個人就安靜了下來。

爆炸聲毫不間斷地從北側傳過來，當耳朵被這些噪音吸引過去時——

敵人就突然攻過來了。

「有敵人！從東側過來了！」

老大的發言……

「敵人來了！從西邊！」

以及不可次郎的話混雜在一起……

「啥？」

面朝北方的蓮，這時腦袋陷入極度混亂的狀態。

靠慮到兩個人之間可能有人弄錯方向的可能性，那麼信用度比較高的就是老大這邊，於是蓮在心中向不可次郎道歉並且轉過頭去。伙伴們在蓮所在處往南20公尺，幾乎是在美食廣場的中心部。

然後她就聽著開始傳出的槍聲並且看見了。

美食廣場那並排著桌椅的空間裡，分別往左右兩邊開槍射擊的伙伴們。

待在左側的老大等人躲在柱子後面，只用一隻右手拿著Strizh拚命開槍。方向是東側。

待在右側的不可次郎雖然把頭藏在桌子底下但還是以M＆P連射，而待在稍遠處的M則是攤開盾牌來拿著，Pitohui則是從他後面以ＸＤＭ射擊。

三秒鐘之後——

電動代步車衝向老大與不可次郎所在的地點。

電動代步車是因為商場實在太寬闊，為了搭載腳部與腰部較弱的老人與小孩，或者是行動不便的人們的交通工具。

名稱雖是代步車但實際上相當大，寬約1．5公尺左右。長度應該有三公尺。這已經是跟一般輕型車相同的大小。如果不是在這個商場，跑在通道上應該會造成阻礙吧。

車體是清爽的淺藍色，不過因為褪色以及生鏽而顯得破爛。

四個輪胎上方的座椅外露，前端中央後方的駕駛座後面，有一橫向排列的四個座位。加上對面的座位，最多可以乘坐八個人。

駕駛座前面設有放置客人所購物品的大籃子，當代步車進入蓮的視界時，那裡已經放了桌子。

沒錯，就是美食廣場使用的桌子。另一邊應該也同樣有美食廣場，桌子就是從那裡拿過來的。

桌子擋下老大、Pitohui所發射的9毫米子彈與40口徑彈。

原來如此！是這麼回事嗎！

靠這一瞬間的光景，蓮就理解了。

SATOH的六個人各由三個人分乘兩台電動代步車，把桌子放到車上來代替防彈板，然後從通道上開過來。一台往東繞，另一台則往西繞。

把電動代步車的油門踩到底，就會比人類奔跑的速度還要快。然後毫不留情地發動突擊。

持續到剛才的爆炸，全都是為了這麼做的佯攻。

藉由讓人感覺到震動與看見黑煙來掩蓋代步車奔跑的聲音，並且讓我方把注意力放在中庭上。敵人應該看到我方布陣於此地了吧。

然後蓮還知道了另一件事。

之所以能準備得如此充分，全是因為他們抵達商場的時間比我方早了許多。

剛才的掃描是故意讓隊長標誌停留在入口。

當蓮率先抵達時，他們大概就已經來到商場，所以有時間仔細地觀察內部。可以使用代步車，以及桌子能夠成為防彈板，應該都是在那個時候知道的事情吧。

當老大發現代步車時，還有80公尺左右的距離。

從正面的話，看起來就像桌子往這邊前進，所以一瞬間陷入混亂，但立刻就發現過來的是代步車，而坐在上面的是敵人……

「有敵人！從東側過來了！」

隨著給伙伴的警告，從柱子後面把Strizh朝向該處。

把著彈預測圓疊到桌子上，以一秒鐘1發的速度射擊。她身邊的羅莎也同樣開始射擊。

子彈命中桌子後濺起木屑，但是……

「不行！」

沒辦法貫穿桌子。

另一邊的不可次郎也面臨了幾乎完全一樣的事態。

不可次郎發現敵人並且警告伙伴，接著開始射擊──

但1發都沒有擊中。9毫米彈刨開地毯、在後面店家的玻璃上打洞，或者陷入樓梯的扶手當中。

Pitohui從後面開始射擊的子彈，在桌面刻畫出新的圖樣。

「嘖！」

蓮看見了。

視界的左邊與右邊。放在兩邊的桌椅發出啪嘰啪嘰的聲音並且被彈飛，電動代步車不斷往這邊逼近。

而且是以猛烈的速度。

雖然覺得在商場內運載客人的車子能夠發揮出這種速度嗎，但其實只要切換模式就能簡單地辦到。為了在外面的停車場行駛，或者關門後沒有客人時迅速移動，車子上設有切換低速與高速的開關。

男人們當然切換成高速模式，並全力踩下油門來發動突擊。

代步車彈開美食廣場並排的桌子，深入數十公尺後停了下來。

駕駛座、右側的座位、左側的座位——各自有一名，總計三名穿著茶色戰鬥服的男人跳下來，開始以手槍拚命射擊。

一瞬間就變成了大混戰。

100公尺正方的空間裡，我方有七人，敵方有六人。

完全混雜在一起的戰鬥。

在同樣的幾秒鐘裡，實在發生太多事情了。

不可次郎射光一個彈匣之後，當她沒有子彈時代步車就衝了過來。被代步車彈飛的椅子朝不可次郎的頭部飛來，害她差點就被擊中。

在僅僅10公尺外下車的男人，以M45A1的槍口對準她。筆直朝向不可次郎的巨大槍口，隨著男人一起朝她靠近。

「糟糕。」

藉由縮起身體讓第1發子彈飛過頭頂……

「嗚呀！」

因為跌倒，下一發子彈就被桌子彈開。

當她抬起臉來時，確定自己勝利而咧嘴笑著的男人，其臉部就在僅僅3公尺的近處——

老大幫Strizh替換彈匣之後……

「分成左右兩邊！」

對羅莎做出指示，自己則往柱子右邊衝出去。

羅莎隨即衝向左側。但是腳卻猛烈地撞上被代步車彈飛的桌子……

「啊咕！」

豪邁地跌倒了。

老大雖然獲得從左側面瞄準電動代步車的角度，但是同時也得到從那裡被瞄準的位置。8公尺前方。從老大透過著彈預測圓看見的男人那裡延伸出彈道預測線，準確地對準她的胸膛……

「喝！」

老大迅速往前伸出雙腳。巨軀從背部跌落到地板上。老大確實看見45口徑的矮胖子彈從手臂之間筆直通過臉部前方。

重重跌落到地上的瞬間，老大扣下Strizh的扳機——

子彈命中M45A1，把男人的手指折斷，並且從手上奪走了槍械。

跌倒的羅莎……

「可惡！」

腹部趴到桌腳上才停了下來，結果原本駕駛代步車的男人與坐在後部座位右側的男人，手中武器的彈道預測線就對準在該處的她。

45口徑的無情子彈貫穿羅莎的腿與側腹部……

「嗚咕啊！」

受到衝擊的身體直接滾落。

SATOH的兩個人裡面，其中一個一邊持續射擊一邊朝羅莎逼近。他們藉由直向並排在一起來減低後面的人被子彈擊中的機率，前面的男人則是持續攻擊。子彈用光的時候則立刻前後更換位置。這是不論在什麼遊戲都經常使用的切換攻擊。

殘酷的奪命子彈陷入倒在地上的羅莎身體內時……

「嘗嘗這個吧！」

羅莎就拔出腰間手榴彈的安全栓。

Pitohui看見了。

停在距離自己與M15公尺外的電動代步車上跳下兩個人，接著以武器瞄準我方。

M立刻來到Pitohui前面，並且以雙手舉起盾牌。

遭到敲打的盾牌隨即傳出豪邁的金屬聲。

M光靠手臂來撐住這些衝擊並且保護著Pitohui。甚至……

「唔喔喔喔喔！」

在拿著盾牌的情況下開始全力前進。

盾牌與M粗壯的腳撥開途中的桌椅。簡直就像剛才的電動代步車一樣。

「很好！」

右手剛才連射的XDM沒了子彈後，Pitohui便將彈匣退下，然後將槍械插入背包後面。同時左手還拔出另一把槍。

跑過M像除雪車一樣推出來的空間後……

「蹲下！」

對M做出命令。依然舉著盾牌的M一蹲下，Pitohui就跳向他的肩膀，然後藉由他的肩膀再次躍起。

跳過盾牌，飄浮在空中的Pitohui以雙手拿著的ＸＤＭ對著男人們降下彈雨。

蓮以一隻右手來持槍。

手上拿的是粉紅色新搭檔——Vorpal Bunny。

電動代步車一衝過來——

蓮就在雙手持槍的情況下立刻跑向伙伴身邊，但已經來不及了。槍擊不可次郎的男人，確實地瞄準倒地的她。

剩下來的距離大概是20公尺左右。

雖然在這種距離下完全沒有以手槍擊中對方的自信，但不開槍的話不可次郎就會陣亡。

蓮伸出右手，不等待著彈預測圓而是用準星瞄準……

拜託了！

蓮對Vorpal Bunny的扳機施加力道。

同一時間，羅莎腰間的手榴彈爆炸，對附近一帶噴灑其碎片以及桌椅的碎塊。

然後接下來的數秒之間又發生了許多事情。

不可次郎感覺著爆風……

同時看見了，一名敵方的男性原本站在完全能幹掉自己的位置，頭部卻像是掉落的椅子一樣破碎並且飛了出去。

然後沒有頭顱的身體順勢走了幾步才往自己的方向倒下來。

「哎呀。」

不可次郎將雙腳往上抬來撐住男人的胸口。

「再怎麼喜歡，擁抱也是ＮＧ喲。」

從背部落地的老大，一個挺身就跳了起來，雙腳再次站到地毯上。

受到爆風最大影響的她，巨大身軀整個往右邊晃動，但是……

「唔喔喔喔啦啊啊！」

還是沒有停止朝手槍被彈開的男人突擊。

瘋狂地以Strizh開火並且逼近男人，然後朝著身體被幾發子彈擊中雙臂還是像拳擊手一樣擋在身前的男人跳去。

對著他的顏面使出奪走性命的強烈踢擊。

那種模樣就跟芭蕾舞者一樣。

羅莎的身體因為手榴彈的爆炸而失去腰部以上的部分，也因此而從ＳＪ４退場。

她最後的攻擊讓待在前面的男人滿臉都是碎片，連同羅莎一起失去了生命。

但後面的男人也因此而幾乎毫髮無傷，他隨即把視線與Ｍ４５Ａ１的槍口移向左邊。

看見辮子猩猩女的腳尖陷入代步車旁邊同伴的臉部，他幾乎沒有瞄準就憑直覺瘋狂開火射擊。

在自己送出子彈的兩個人之間落地之後，Pitohui就表示：

「那就從你開始吧。」

把右手的ＸＤＭ對準右邊男人的顏面，然後擊穿他的右眼讓他退場。

另外又用左手給了左側的男人一記強烈肘擊。被數發子彈擊中而幾乎無法動彈的鬍子男，脖子被勾住後直接仰倒下去……

「看招！」

Pitohui的左腳跟著往他的頭落下。

頭部被踢中而重重落到地板上的男人……

「咕啊！」

一邊挺起身體一邊發出悲鳴。

「M！抓住這個傢伙！」

「了解。」

M的巨軀連同盾牌往這個男人躍去。

蓮看見想射擊不可次郎的男人頭部被轟飛……

「咦？」

但是無法理解究竟是怎麼回事。

右手瞄準敵人的Vorpal Bunny仍未開火。

射擊之前，敵人的頭就「磅」一聲被轟飛了。

「咦？」

從左側吹來羅莎手榴彈的爆風，蓮帽子上的耳朵隨即晃動了起來。

戰鬥到最後的是老大。

踢死男人著地的瞬間，她就感覺左肩疼痛。

她隨即扭身並把Strizh朝向該處，藉此躲過下一發子彈。

然後就看見電動代步車後面試圖想殺掉自己的男人。

對著以開心的表情瞪著自己，並且將槍口對準這邊的男人……

「喔啦啊！」

老大也很開心般回擊。

電動卡車上方有幾顆子彈從左右兩邊交錯。

美食廣場內的戰鬥──

從電動代步車衝過來到老大發射子彈貫穿男人頭部為止，也就是開始一直到結束，根本花不到二十秒的時間。

突然開始又突然結束的大騷動。

這段期間，ＳＡＴＯＨ有五個人死亡，一個被Ｍ抓住。

羅莎死亡，老大的ＨＰ被減少到只剩下三成。

蓮跑過去後，Ｍ正在對一個男人搭話。

身穿茶色戰鬥服的鬍面男性虛擬角色正盤腿坐著。他的手上沒有任何武器。身體上到處都是中彈的特效。

「我輸了……不愧是曾經優勝與獲得前幾名的玩家。你們真的很強。本來認為這個作戰獲勝的機率很高。想不到只靠七個人就擊敗我們了。我們只打倒了一個人，實在太丟臉。手拿盾牌是很不錯的點子。下次可以模仿你嗎？」

這時男人以完全放棄掙扎的表情很開心般說了一大串話。

是認輸並且結束戰鬥的男人散發的爽朗感嗎？

蓮心裡這麼想，但完全不是這麼回事。

磅。

Pitohui突然用XDM射穿男人的膝蓋。

「嘎！好痛！」

「嗚咿！Pito小姐妳在做什麼？」

當然這是遊戲，所以不算是「虐待戰俘」，但是以遊戲禮儀來說，射擊投降的對手是相當惡劣的行動。對於在SJ2時盡情大鬧一番的Pitohui來說，這或許算不了什麼就是了。而且蓮也在巨蛋裡面做過類似的行為。

「好了好了，別用這種手段洩漏情報！」

Pitohui對男人的發言，讓蓮知道自己有點，不對，是太過於天真了。

原來如此，他現在也用通訊道具跟Fire他們連線，把我方剩下六個人這件事情傳達給他們知道。

這樣的話！

一想到Fire，蓮內心也浮現想問的事情。

蓮大步靠近男人並站在他面前。雙手依然拿著Vorpal Bunny。右手也依然瞄準對方。

「你……是Fire的同伴？」

鬍面男抬頭看著蓮，笑著說：

「要說是不是同伴的話，應該算吧。雖然不同小隊，但這次和他們聯手喔。妳是蓮吧？我看過之前所有SJ的轉播了。妳不但快而且很強。」

「謝謝你的誇獎。」

不可次郎、Pitohui、M，對羅莎的屍體禱告完回到現場的老大，以及剛才完全不知道在哪裡，但並非逃走的夏莉都聽著兩人的對話。當然還是小心翼翼地警戒著周圍。

「告訴Fire。你們好幾支勾結在一起的部隊已經被我們打倒了。」

「『勾結』這兩個字太難聽了。只有負面的意思喔。不過算了，你們確實很努力打倒我們不少同伴。的確很了不起。」

「告訴他，現在只剩下你的小隊吧。」

「沒錯。現在只剩下Fire先生所屬的小隊了。」

「再告訴他，接下來絕對也會在這個地方打倒他。」

「嗯……絕對會打倒他嗎？嗯，很不錯的鬥志。對方一定也會很高興的。不這樣的話就不好玩了。」

蓮微微歪頭，以右手拿著的Vorpal Bunny對準男人的頭部。食指觸碰扳機，將著彈預測圓對準男人的額頭。

「最後再問你一個我私人的問題。」

男人看著彈道預測線與Vorpal Bunny並且回答：

「什麼問題？」

「這次的聯手，你們到底從Fire那個男人那裡得到多少好處？要花多少點數，才能讓你們對那個男人鞠躬盡瘁？難得的Squad Jam，自己的小隊竟然打從一開始就放棄優勝嗎？」

這是蓮打從心底想知道的事情，結果鬍面男……

「噗！」

噗嗤一聲笑了出來。

「啊哈哈哈！啊哈哈哈啊哈哈！啊哈哈哈哈哈！」

看著瘋狂大笑的男人，蓮皺起了眉頭。

「有什麼好笑的？」

「啊哈哈哈哈！真的很好笑喔！我就告訴妳一件好事吧——那就是『妳根本什麼都不知道』。」

「這根本不重要。我想問的是，Fire給你們多少好處。」

「啊哈哈。這我沒辦法回答。」

「…………」

蓮瞄了Pitohui一眼。

由於她露出「請吧」一般的微笑，蓮就扣下了扳機。

一個男人透過鏡頭看著粉紅色小不點以粉紅色手槍處刑同伴的模樣。

「嗯，那些傢伙幹得很好。那麼，我們也開始吧。」

他對同伴發出簡短的訊息。

「首先由我來發動攻勢。其他就隨便大家了。」

「了解，拜託你了，貝拉魯特。」

運動服男的其中一人，被稱為「貝拉魯特」的男人——緩緩抬起蒙面且戴著太陽眼鏡的臉龐，然後拿起他的「手槍」。

「快趴下，蓮！」

蓮迅速對夏莉的怒吼做出反應。

發揮天性的速度，以讓人看見殘像般的動作蹲下，子彈隨即從頭上飛過……

「咕！」

陷入後面M的腹部當中。

M在HP不斷減少的情況下倒了下去。重重癱倒在蹲下的蓮旁邊，讓地板產生震動。

「是狙擊！不要抬頭！」

這是夏莉的叫聲。

蓮理解如果沒有一開始的警告，自己這時候已經死了。正因為躲開才會擊中M，雖然對他不好意思，但這也是沒辦法的事。

M的HP從六成減少到五成。裝在腹部的防彈板似乎發揮了很大的功效，不過沒有貫穿就足以減少一成HP，威力實在太驚人了。

「從哪裡？為什麼？怎麼辦到的？」

蓮連續發出三個問題。

也就是……

「到底是從哪個地方飛過來如此強力的子彈？這裡是只能使用手槍的區域，附近應該沒有敵人才對吧？」

這樣的意思。

被擊中的M，在倒地的情況下回答：

「是狙擊。用的是步槍子彈。」

「怎麼可能！」

商場內應該無法用步槍開火才對。如此一來——

「是從外面？屋頂之類的地方嗎？」

老大這麼詢問。

蓮也認為爬上屋頂後，的確可能打破玻璃來射擊，但是夏莉卻完全否定了這些可能性。

「不是。敵人是在中庭的另一邊。200公尺左右的對面！」

「沒有能夠從這種距離射擊的手槍吧。」

聽見老大的反駁……

「有喔！妳們還不夠用功！現在就讓妳們見識！」

夏莉拿起自己的槍。

酒場的觀眾看見了。

運動服蒙面集團的其中一個人，把他的手槍擺在美食廣場的桌子上。

那是全長達45公分，大約是一般手槍一倍以上的武器……

「喔喔！是『雷明登ＸＰ１００』！」

非常用功的兩名槍械迷叫出那把槍的名字。

如果要以一句話來形容雷明登公司製的ＸＰ１００這把槍——

大概就是「把步槍前面與後面切掉做成手槍的槍械」。

雷明登正是以手動槍機式步槍聞名的公司（散彈槍也很有名氣）。該公司試著製造「能夠直接射擊步槍子彈，而且射程長的手槍」，結果誕生的就是ＸＰ１００。

其目的是狩獵。

這把強力且射程長的槍械，具備小巧輕量的優點。雖然45公分已經算很長了，但是跟將近1公尺的步槍比起來已經短上許多，甚至可以放進背包裡面。

射擊所需要的構造是跟步槍沒有兩樣的手動槍機式。由於是單發，所以每次開完槍都得操作槍機。這種構造雖然簡單但是能確實地發射強力子彈。

由於是手槍，所以當然沒有槍托，只要拿著槍身中央部分下面的握柄就可以了。

另外由於不使用瞄準鏡就無法瞄準，所以著裝了適眼距（接目鏡到眼睛的距離）較長的手槍用瞄準鏡。

如此一來，這已經算是步槍了吧？或者可以說是主辦者規則禁止的「把步槍的槍身與槍托切斷來改短」吧？

當然有人會這麼認為，但是XP100既然是軍火商打從一開始就做成手槍來販賣，那麼在GGO的分類當然屬於「Handgun」。

即使在現實世界，這也是內行人才知道的冷門槍械。在GGO裡面，則是幾乎沒有人知道這個世界存在這種武器的珍奇槍械。

作為步槍則射程太短又難以瞄準，作為手槍也太大且難以瞄準。XP100這種半吊子的性能如果是用來狩獵也就算了，沒有人會在戰鬥時主動使用這種槍械。

除非是像本屆這樣的特殊狀況。

貝拉魯特的XP100上著裝了步槍用的兩腳架，他使用腳架把槍固定在桌子上後，就透過瞄準鏡瞄準粉紅色小不點並且開槍。

如果不是夏莉沒有疏於警戒，如果不是她的雙筒望遠鏡察覺淡淡煙霧後面有些許動靜，蓮就會死在這裡了吧。

看見擊中M的貝拉魯特隨即操作槍機來排出空彈殼。

巨大彈殼飛出，掉落在地板後消失不見。他從背心胸口取出新的步槍用「.308溫徹斯特彈」並且放入槍內，接著關上槍機。

再次窺看放在桌上的手槍瞄準鏡，瞄準200公尺外隔著中庭的另一側空間。

「嗯？」

然後確認到以手槍對準自己的綠髮女……

「哈哈。」

微微一笑並且迅速縮起身體與手槍。

子彈隨即通過男人一瞬之前所在的空間。

聽見身旁傳來巨大聲響，蓮就看向聲音的來源。

10公尺左右南側的一根柱子旁邊，夏莉正拿著從未見過的巨大槍械。

她操縱著槍機，從腰包拿出巨大子彈來裝填到槍械裡。

「原來如此，是XP100嗎？還有這一招啊。」

M這麼呢喃。

＊　＊　＊

和敵人有完全相同想法的夏莉，結果使用了跟對方完全相同的槍械，不過她不是一開始就知道有這把槍。

因為除了可以用來狩獵的槍之外，她是沒有任何槍械知識的步槍白痴。

和熟悉手槍的克拉倫斯一起在店裡尋找的結果，識貨的克拉倫斯發現並選出這把手槍。

ＸＰ１００有幾種口徑，夏莉當然選擇了跟愛槍Ｒ９３戰術２型狙擊步槍相同的.３０８口徑。所以可以挪用親手製的必殺開花彈。

夏莉沒有著裝兩腳架。這是為了盡量減輕重量。

和步槍不同，它沒辦法抵在肩膀上，所以必須把槍倚托——也就是靠在，或者是壓在某種東西上來射擊。

夏莉在練習之後，對人類尺寸目標的必中距離大約是４００公尺。當然不會讓對方看見預測線。

就這樣，她在能夠瞄準50公尺前方就已經謝天謝地的手槍戰裡獲得了八倍的射程，成為了「手槍狙擊手」。

剛才瞄準不可次郎的男人，頭部當然也是遭到夏莉轟飛。

貝拉魯特以通訊道具向ＷＥＥＩ的伙伴們宣告：

「這真是太好笑了。有個傢伙的想法跟我完全一樣。是綠髮的狙擊手。會發射開花彈。」

緩緩匍匐前進，聽著伙伴們回答的他又表示：

「這裡交給我撐住，之後就拜託了——哎呀，看來會是一場有趣的比試。」

男人拿著重新裝填好子彈的ＸＰ１００，用盡全力把附近的桌子踢飛。

夏莉開槍了。

把ＸＰ１００的左側壓在柱子上並且開槍。就算是這樣，槍械還是因為後座力而大大地往上彈起。

從中庭的旋轉木馬上方飛躍的子彈，擊中貝拉魯特踢飛的桌子後當場爆炸。

平常的話被貫穿也只會出現不到１公分洞穴的木板，現在卻開了一個人頭大小的大洞。

「嗚哦，好恐怖。槍械真是太恐怖了。」

貝拉魯特輕鬆地這麼說著並且光明正大地探出身體，然後緩緩瞄準目標。

XP100跟步槍不同，再次裝填需要比較多的時間。

拉下槍機排出空彈殼。然後從腰包或者背心的彈帶裡取出子彈，放到拉下的槍機前面，接著推上槍機加以關閉。

要迅速完成這一連串的手續，無論如何都需要雙手並用。在舉著手槍，也就是窺看瞄準鏡的狀態下很難完成。

貝拉魯特光明正大地以彈道預測線對準急著再次裝填的夏莉，告訴夏莉她已經被瞄準。

「可惡！」

但是子彈沒有飛向縮起身子的夏莉身邊。

「原來如此……」

親著地板的地磚，同為狙擊手的夏莉理解男人的意圖了。

於是便對伙伴——目前暫且是伙伴的蓮他們說：

「大家快離開這裡！」

「咦？」

蓮有所反應後……

「敵人狙擊手的目的是把我們留在這個地方！不移動的話馬上就會被包圍！」

「嗚！」

那就太不妙了。

蓮也理解狀況了。

這個地點很危險。不能在這裡戰鬥。

第一個理由是完全在敵人狙擊手的視線當中，雖然夏莉會幫忙反擊，但為了防戰而探出頭時被擊中的可能性相當高。被步槍子彈擊中的話，這可是一擊立刻死亡的情況。

第二個理由是敵人的其他成員絕對朝這裡過來了，目前兩邊都是開闊的空間，都很容易讓敵人接近。

Pitohui也理所當然般理解這一點……

「好了～所有人員聽著。」

她以一派輕鬆的口氣說道。

「這裡就交給夏莉小妞，我們開始移動吧。」

愉快的口氣聽起來就像說著「接下來就交給年輕人自己去聊」，然後從相親的座位上站起來的大媽一樣。

「Pito小姐，那偶呢？」

夏莉立刻回答了不可次郎的問題。

「不需要！快走！」

「喂喂，太無情了吧搭檔！那我就不客氣了！」

「結果要走嗎？」

蓮如此呢喃。

「那麼伊娃娃就跟不可小妞成為新的搭檔！跟剛才不同，由我跟M打頭陣。殿後的是小蓮。好了，去找其他人然後把他們幹掉吧！」

雖然是像要去野餐一般的悠閒口氣……

「好喔！我們走吧！」

但蓮也強力表達同意。

為了光明正大地跟Fire的小隊對戰，然後以雙手的Vorpal Bunny屠殺他們。

「把這座商場變成那些傢伙的墳場！」

「這才是我的小蓮。」

「等等，我才不是Pito小姐的呢。」

LPFM小隊的士氣極端高昂。

不過，是不是忘了什麼人呢？

是要往右邊，也就是東側，還是左邊，也就是西側前進呢？

結果不論哪一邊都有敵人，所以……

「那就右邊。」

一群人就在Pitohui的一句話下開始前進。

由於美食廣場在敵人狙擊手的視界當中，所以只能偷偷地從桌子底下移動，等穿越後才一起站起身子。

走在大路上的一行人，是由手拿盾牌的M做先鋒。總之就是要完成能承受突然遭到槍擊也能撐住的態勢。他的後面是Pitohui。跟著是老大與不可次郎，最後一個是蓮。

這時候蓮……

「夏莉，加油啊！」

聲援著一個人留在美食廣場柱子後面的同伴。

「不用妳說啦。」

咚喀。

夏莉以巨大手槍開火，四周圍充斥著轟然巨響。

雖然對方聽不見，但她還是對敵人叫道：

「來，盡量開火吧！你的對手是我！」

子彈擊中貝拉魯特藏身的柱子並且爆炸，削掉了一大塊水泥。柱子受到嚴重的損傷。同一個地方再受到10發子彈攻擊的話，說不定就會折斷了。

「搞什麼，威力太驚人了吧。別把商場弄壞啊。」

夏莉為了再裝填而迅速低下頭時，貝拉魯特就舉起XP100，把兩腳架放到桌上後瞄準她的上方。

巨響。

由於槍身較短，加速也比從步槍發射時還要弱——

但還是以遠超出手槍子彈的高速往前飛出的子彈，命中了距離夏莉6公尺之外的地點。

「搞什麼？瞄準什麼地方啊？」

以失笑口吻這麼說道的夏莉，一結束再裝填而抬起頭來，水晶燈也同時朝她的背部掉落。

「咕嘎啊！」

直徑1公尺。比電燈重了好幾倍的水晶燈直接擊中夏莉頭部、其下方的背部以及肩膀，把她的身體擊落到地面。

「嘎啊……啊啊……」

身體各個部位都出現傷害判定，HP迅速減少。尤其是被水晶燈中央部分擊中的頭部更是受到重傷。在四秒鐘之間，原本有九成的HP一口氣只剩下四成。

「可惡……」

夏莉在被水晶燈壓扁的情況下，以左手取出急救治療套件來施打。緩慢的回復開始了。

接著便運動全身，試著從應該有數十公斤的水晶燈底下爬出來……

「嗚……」

但是身體根本動不了。

為了重現疼痛感而麻痺的背部與肩膀，完全無法發出推開重物的力量。

咻嗚。

子彈掠過頭上。擊中水晶燈後玻璃跟著碎裂。

「為什麼……能瞄準……？」

對手應該跟自己在同一個樓層。

不論再怎麼踮腳尖來射擊，應該也無法取得射角來擊中趴在地板上的自己才對。

咻嗚。

在煩惱期間下一發子彈又飛了過來，掠過了夏莉的靴子。

「這種姿勢真的很難命中。」

對著落地的水晶燈射擊的貝拉魯特，這時做出雜技團一般的動作。

把從倉庫欄拿出的約3公尺長的繩子繞過柱子，雙手拿著繩子兩端，然後把腳撐在柱子上。直接靠著腳力以及將繩子的張力往上移動來爬上柱子。

像猴子一樣爬了7公尺，幾乎快抵達天花板後，集中只靠左手扭住的繩子來保持位置，然後從該處只靠一隻右手來射擊。

射擊完後，身體傾斜的他就把槍放到肚子上，然後以右手操縱槍機。裝入下一發子彈後關上槍機，再次以一隻右手瞄準與射擊。

這次子彈射入水晶燈當中，但是尚未亮起「Dead」的標籤。

「咕嗚……」

夏莉覺得自己這次真的死定了。

貫穿水晶燈的子彈射中自己的臀部，讓右腳產生麻痺。像是要反抗回復一樣，HP減少到一成。已經完全是紅色區域了。

即使如此，她還是扭動身軀，一點一點地從水晶燈的束縛當中逃走。

就這樣每次往前幾公分……

「咕……」

為了不喪命、為了幹掉Pitohui。夏莉到最後一刻都不放棄。

這時一條紅線照射到掙扎著的夏莉臉部。

這次子彈絕對會擊中顏面……

「可惡！」

夏莉為了用牙齒咬住飛過來的子彈而張大嘴巴，讓預測線進入喉嚨內。

夏莉的視界變成一片水藍色……

喀嗯！

接著聽見貫穿金屬的猛烈聲響。

「啥？」

位於眼前數十公分處的是電動代步車。

駕駛座上的是不可次郎。

「嗨，搭檔！看妳很困擾喔！」

不可次郎從駕駛座上走下來……

「不要礙事啦！」

用雙手抓住壓倒夏莉的水晶燈主要支柱，接著以ＡＬＯ培養出來的怪力將其舉起……

「嘿咻！」

然後把它丟到代步車後面。

「…………」

感到茫然不過身體恢復自由的夏莉，抓住離手的ＸＰ１００後站起身子。

「沒錯，快逃吧！」

這麼說著的不可次郎已經逃到數公尺之外了，但是夏莉沒有跟在後面。

「咦？喂喂？」

把電動代步車後部當成自己的掩蔽物，在座位上架起ＸＰ１００後，夏莉就窺看著瞄準鏡。

瞪著像電線杆維修員般貼在柱子上方完成再裝填的男人，並且加以瞄準。

對方也同樣瞄準這邊……

「好膽量！」

夏莉沒有躲避，直接扣下扳機。

在因為後座力而彈起的瞄準鏡裡，看見對方槍口的火光。

SECT.21 第二十一章　商場裡的戰鬥・其之二

夏莉眼前冒出巨大火焰。

鮮豔的橘色火焰覆蓋整個視界，整張臉孔感覺到熱氣……

「嗚哇啊！」

夏莉急忙縮起身子。

由於人類擁有懼怕火焰的本能，即使在虛擬世界它依然是相當恐怖的東西。雖然有個人差異，但是跟小刀與槍擊比起來，ＧＧＯ裡幾乎所有人都認為火焰恐怖許多。

這道火焰是從電動代步車的車體側面冒出。像要吞噬誕生自己的源頭般不斷快速增長。火柱瞬間升高到3公尺左右，就像是過度華麗的聖誕樹一樣聳立著。「噗哦哦哦哦」的吹法螺般聲音以超大音量持續著。

步槍子彈直接擊中電動代步車車體的電瓶，讓它冒出火焰。

但夏莉也因此而獲救。如果那裡沒有電瓶的話，貫穿車體的子彈應該就打中夏莉了吧。

她一邊推開桌子一邊從代步車旁退下，然後再次裝填ＸＰ１００。

「喂喂，妳不逃嗎？」

已經逃到20公尺外的不可次郎這麼詢問……

「先確認那傢伙是不是死了！」

夏莉把ＸＰ１００抵在柱子後面，然後窺看瞄準鏡。

隔著中庭的２００公尺前方，柱子上已經沒有任何人在。

視界下移後，被桌椅擋住而看不見地板的位置「啵」一聲冒出「Ｄｅａｄ」標籤。

「知道厲害了吧！」

夏莉渾身的一擊其實沒有擊中貝拉魯特。

子彈擊中柱子，在該處炸裂後切斷了他用左手保持住的繩子。剛射擊完的貝拉魯特當然從背部往下跌落。

「唔呵呵！」

像很開心般往下跌落的貝拉魯特雙腳往柱子一踢，原本往正下方墜落的他就轉變成往斜下方跌去。

因此而得以免於直接跌落到地板上，橫掃倒放在底下的桌子後停了下來。

系統判定為傷害，ＨＰ減少了三成。不過總比死亡要好多了。還能夠繼續戰鬥。急救治療套件也還剩下三根。

「呵呵！我沒死喲！」

仰躺在地上的貝拉魯特露出微笑的瞬間……

「是啊，所以我來幹掉你。」

小刀隨著男人的聲音朝戴著太陽眼鏡的眼睛刺下。

戰鬥小刀深深刺入蒙面男的臉部，只靠這樣就殺掉對方的大衛，保持壓低身體的姿勢持續躲在桌子後面。

最後……

「隊長，安全了。兩個人一起往北側離開了。」

聽見健太的聲音後就站起身子。ＬＰＦＭ的狙擊手與金髮小不點從商場的另一邊消失了。

大衛像滑行一樣迅速在桌子之間移動，前往健太所在的北側，然後來到美食廣場邊緣的墨西哥捲餅專賣店與他會合。

「目前為止一切都很順利。」

大衛這麼說道。

他們，也就是剩下兩個人的ＭＭＴＭ所訂的作戰名稱是——

「偷偷摸摸大作戰」。

另外命名者是大衛。

僅僅剩下兩個人這樣的人數，當然不可能正面與最多可能有十八個人的殘存小隊戰鬥。

所以這是不論再怎麼丟臉與難看都沒關係，為了不被發現，只要專心逃走與躲藏，只要有襲擊一兩個人的機會就發動攻擊的計畫。

打倒集中精神於狙擊的男人，並且沒有被夏莉發現，這確實正如他所說的算是一切順利。

「接下來呢？」

手拿ＡＰＸ警戒著周圍的健太這麼問道。

大衛回答：

「從右手邊繞到那場戰鬥後面。卑鄙又有什麼關係。」

商場裡面，可以聽見遠方傳來些許連續敲打小太鼓般的聲音。

「為什麼回來？」

不可次郎從通路上往東奔跑時，夏莉就對著她嬌小的背部這麼問道。

右手拿著開槍也打不中目標的Ｍ＆Ｐ，不可次郎稍微回頭並且回答：

「我差點就死了，所以逃了過來喲。」

「是喔。」

夏莉認為這是謊言，不過是不可次郎為了隱藏害臊的說法，但是……

「還在打喲！」

隨著在通路上前進而逐漸清晰的槍戰聲音……

「啊……原來是真的。」

她也改變了想法。

＊　＊　＊

時間稍微往回拉。

從三樓南側美食廣場往通路跑去的蓮等人，在有可能會遭遇敵人的覺悟下死命奔馳著。

與其被從東側與西側這兩邊逼近的敵人夾擊，倒不如自己前往某一邊還比較好——這時候他們是衝向東側，準備直接與該處的敵人戰鬥。

然後在商場內側通路的東南邊緣，來到整個往左邊轉彎的地點並且轉彎到一半時……

「敵人！正面！」

M邊叫邊在通路中央蹲下。同時也以盾牌擋住身體。

在這個瞬間產生了猛烈的射擊聲。

磅————————————！

全自動模式的連續槍聲。完全連接在一起的猛烈高速連射聲。聽起來就跟衝鋒槍一樣。

喀————————————！

發射速度夠快的話，擊中M盾牌發出的聲音也會變得幾乎沒有間隔。人類的耳朵無法聽得出任何的中斷。

Pitohui像是滑進M與盾牌後面般隱藏起來，同時對從後面靠近的蓮與老大……

「從這層樓逃走！不然會礙事！」

以尖銳的聲音做出了命令。

「了解了！」

老大立刻停下腳步，來到附近沒有運作的手扶梯前面，然後直接跳坐到扶手上面。

蓮遲了一會兒後也跟著這麼做。

Pito小姐，希望你們平安無事！

雖然想要支援伙伴，但是Pitohui說的沒錯，即使直接靠到M他們身邊也只會被擊中而已。

但是又不能回到子彈飛過來的通路上，所以唯一的最佳選擇就是撤退到其他樓層。

敵人傳來的槍聲是全自動模式，所以蓮忍不住對跑在前面的老大問道：

「那樣算數嗎？」

「只要分類是手槍就有可能吧！應該有能夠全自動射擊的手槍才對。」

「可惡，太狡猾了！」

「還有下一屆的話就得研究一下了——等等，不可次郎呢？」

「啊？」

即使幾乎快抵達四樓的蓮回過頭去，也看不見不可次郎的身影。

蓮直接說出內心的答案。

「逃走了。」

M的盾牌接連不斷被子彈打中。

敵人也相當高明，不只把子彈集中在盾牌上。同時也瞄準其左右與上方，不給予Pitohui露臉出來反擊的機會。

彈道預測線在盾牌附近發光，然後子彈隨即沿線飛至。

Pitohui兩手拿著XDM手槍，保持蹲姿並且沒有露臉。對方的子彈沒有中斷過。猛烈射擊一直持續著。

「那是怎麼回事？對方有幾個人？」

「看起來只有兩個人而已。射擊的是一個人。」

M這麼回答。之所以知道只有一個人在射擊，靠得是對方射擊的位置。

有兩個人的話，預測線與之後沿線飛來的子彈應該會從兩個地方出現才對，但是子彈一直只有從一個地方飛過來。

「沒辦法了。」

Pitohui操縱倉庫欄，拿出窺看轉角時使用的鏡子。

轉角鏡是ＧＧＯ裡相當普及的道具。悄悄把附在伸縮棒前端的鏡子伸到盾牌外面來確認對手——下一個瞬間就被子彈打碎了。道具被判定為全損，連棒子都變成光粒消失。

「真是討人厭。確認到敵人了。穿著厚厚防彈裝備的男人擋在路中間。武器大概是雙手持『格洛克１８Ｃ』。然後身後有專門負責裝填的人員。」

只靠極短暫的時間就理解敵人戰力的Pitohui以平淡口氣這麼說道。

在20公尺左右外射擊M的男人，是一名不輸給M的大漢。

身材高大且體格魁梧，藍色運動服實在不適合他。

然後穿著胸部與腹部加裝防彈板的背心，腿部、膝蓋與腳踝則著裝棒球捕手般的護具。那當然不是用來打棒球，而是防彈用的。

頭上戴著堅固的頭盔，而且頭盔在蒙面與太陽眼鏡前面的部分還著裝了厚厚的防彈罩。現實世界裡，警察的特勤隊也使用這種防彈罩，它可以完全彈開手槍子彈。

正如一瞬間就分辨出敵人武器的Pitohui所說的，男人手上握的是格洛克18C。

格洛克17是知名的半自動手槍，而其能夠全自動射擊的版本就是18C了。它的分類仍屬於Handgun。

可以利用滑套旁邊的選擇器來切換半自動與全自動模式，後者的發射速度是每分鐘1200發，也就是一秒鐘20發。這種極為驚人的速度正是它的特徵。

在距離握柄相當遙遠的下方著裝了內含33發子彈的彈匣，不過只要一．七秒就能把它們發射殆盡。

男人的雙手各拿了一把這樣的武器，然後以全自動模式開火。只靠著筋力值就撐住了強烈的後座力。也就是說蠻力驚人。右手的槍械子彈射完後，就繼續用左手來瘋狂開火。然後左手射完便立刻換回右手——

能夠毫不間斷地高速連射的理由，就跟Pitohui說的一樣，是因為有人協助裝填子彈。

大漢的身後還有一個穿著藍色運動服的男人。

那是一名矮小瘦削的男子。運動服上沒有任何裝備，只有腰部後面橫向著裝了一個槍套。

這樣的他正是Pitohui所說的負責裝填子彈的人員。

魁梧大漢單手瘋狂射擊之後，就把彈匣從沒有子彈而滑套退後的格洛克１８C上退下，然後手直接往後。

而站在他身後的矮小男子就迅速把彈匣插進手槍裡。

彈匣裝在巨漢腰後的包包裡，數量多到可以開店做生意。

兩人一組的超高速連射就是他們的戰鬥模式。

然後現在封鎖住了M與Pitohui的行動。

「我是『裴涅畢亞』。我和『龍』一起把盾牌男與馬尾女擋在三樓東南通路上。」

男人一邊射擊格洛克１８C，一邊這麼說道。

名為裴涅畢亞的他重重地往前踏出一步。叫作龍的男人也一邊把彈匣插進手槍裡一邊跟在後面。

瘋狂射擊後前進一步。然後再一步。

兩人一點一點地朝M他們迫近。

裴涅畢亞邊以格洛克１８C開火邊透過通訊道具詢問：

「粉紅小不點與猩猩女逃去四樓了。可以把她們交給別人，直接跟這兩個傢伙玩玩嗎？」

三秒後，答案就傳進他的耳朵裡。

「了解。那我就好好享受了──SJ的勇者們，真是令人期待。」

磅────────！

喀────────！

槍聲配合著彈聲，聽起來簡直像怒罵聲的噪音持續著。

為了讓人和平且寧靜購物的商場，此時卻變成了子彈亂飛的戰場。

在盾牌受到猛烈撞擊的情況下，蹲在後面的Pitohui表示：

「嗯～好煩啊。這樣下去，就會因為跟這兩個傢伙對抗而浪費一整天。」

M則回答：

「我知道。」

「那麼，那個傢伙就交給你了。」

「…………交給我吧。」

Pitohui一拜託完就把右臂揮向外側。

由於她同時按下彈匣卡榫，所以只有彈匣流暢地飛出去，結果立刻有子彈飛過來在空中貫穿了彈匣。

Pitohui趁隙從左側衝出，一邊朝只用左手射擊的大漢斐涅畢亞開槍一邊橫越通道，朝著眼前的商店急奔。

雖然有數發子彈擊中斐涅畢亞，但是全被防彈裝備彈開。

他左手的格洛克18C以全自動模式對Pitohui發出怒吼，然後朝著背後追了過去——

在快要捕捉到黑色背包之前，Pitohui就衝進店裡面了。

「你的對手是我。」

M在舉著盾牌的情況下開始突擊。

裴涅畢亞雖然用右手完成裝填的格洛克18C來射擊，但是子彈被盾牌彈開，而且無法阻止M的突進。

「呵！好吧。」

裴涅畢亞在蒙面底下的臉部露出微笑。

「龍！你去幹掉那個女的！是你期待的室內戰！」

如此對身後的矮小男人宣告後……

「等很久嘍！」

原本負責裝填彈匣的男性，就露出了足以讓蒙面變形的笑容。

從眼前的男人身邊竄出的瞬間……

「為了Fire。」

龍留下這麼一句話……

「為了Fire。」

也從裴涅畢亞那裡得到這樣的回答。

酒場內的觀眾看見了。

在通路中央互撞的兩名壯漢。

一個是M。另一個是藍運動服男。

以格洛克18C對M瘋狂開火的男人，在兩把槍都沒子彈後就爽快地把它們都扔了。

接著攤開雙手與雙臂，等待一邊把盾牌推過來一邊發動撞擊的M。

矮小男靈活地從他的右側竄出，然後跟M擦身而過。

M應該是允許矮小男這麼做吧，只見他沒有任何反應。

「矮子到妳那邊去了。陪他玩玩吧。」

M邊對Pitohui如此說邊朝著裴涅畢亞衝去。

粗壯的腳穩穩踏在通路的地毯上，地板因沉重腳步而晃動。

知道對方不再開槍後，Ｍ就拉開盾牌的縫隙來看著前方……

「呵！」

然後對著攤開雙手雙臂的對手露出微笑。

對方全身都穿著防彈裝備，頭部戴著頭盔，臉龐前面有厚厚的防彈罩。

自己是兩手持盾。

如此一來，Ｍ就能使用腰間的ＨＫ４５——但他沒有這麼做。

相對地，他抬起持盾的手並且把盾牌前端對準敵人。是準備用兩面盾牌從左右兩邊毆打對方的模式。

對方當然為了擋下攻擊而稍微縮小雙臂的幅度。

現在，兩個巨大的身軀猛烈撞在一起了。

裴涅畢亞以雙手擋下盾牌的瞬間，Ｍ的手就放開盾牌的握柄。

然後Ｍ在讓對方拿著盾牌的情況下，以左肩朝著對方撞去。是完全利用一路衝過來的速度，以巨大身軀所使出的肩膀衝撞。

Ｍ把渾身的力量灌注在腳上，然後將身體壓到裴涅畢亞的防彈罩與防彈板上。

因為互撞的衝擊而晃動……

「唔咕！」

繼續被對方推動，最後無法站定腳步而退後的裴涅畢亞只能放棄盾牌。兩面盾牌就這樣滾落到地毯上。

裴涅畢亞為了按住M的腰部，隨即用恢復自由的雙手從低位抓住M。看起來就跟相撲一模一樣。

M沒有放鬆力道。

「唔喔啊啊啊！」

隨著喊叫聲死命地推動、推動，再推動——

「咕唔！」

把無法踩穩腳步的裴涅畢亞往後推了整整10公尺的距離，猛烈撞上該處的玻璃並且將其粉碎。

兩個人以爆炸性的方式進入某家店內。

然後就往下掉。

「哦？」

「唔？」

裴涅畢亞跟M掉下去了。

由於室內陰暗而看不太清楚，不過該處確實沒有地板。

玻璃後面是連接二樓到三樓的開放式空間，糾纏在一起的兩個人開始往下跌，瞬間就結束了4公尺左右的墜落。

「咕哈！」

「咕嗚！」

背部先著地的裴涅畢亞受到比較重的傷害，由於抱在一起的緣故，把他當成肉墊的M只受到輕傷。

掉落的衝擊讓兩個人像彈開般分離。然後立刻站起身子——

酒場裡的觀眾看見了。

「掉下去了！」

兩個巨大身軀撞破玻璃從開放式空間掉了下去。

而掉下去的地方是——

機場。

兩人掉在跑道正中央，把筆直的線扭曲成跟蜂窩一樣。

「啥?」

「什麼?」

觀眾們一瞬間以為遊戲出現Bug了。

M他們巨大化,然後出現在戰場地圖右上方的機場。

但是並非如此。

該處是一片寬敞的空間。30公尺的正方形室內,另外配置了一個20公尺的正方形在中央。

那個部分是……

「原來如此。是這座城市的小型模型嗎!」

這個空間不是商店,應該算是展示室。以小型模型完全重現戰場地圖,而且當然是世界末日之前的模樣。

一邊10公里的地圖在這裡變成20公尺,以比例尺來說是五百分之一。以縝密模型重現的這個區域,從上方看的話簡直就像是空拍影像。

鏡頭整個往下拉,就能看見二樓設有這個房間的入口。

該處用英文寫著這個房間是以小型模型重現這個城市的主題公園,可以自由地參觀與攝影。參觀方向是順時鐘,而這些模型都是居民們持續花了數年的時間努力做出來的成果。

這確實是花了相當多時間與勞力的,細緻且精巧的模型。

機場航廈的玻璃窗是一片一片割下塑膠，然後再嵌上透明板子。大量縮為五百分之一的飛機塗上鮮豔色彩後排列在機場上，有20公分高的管制塔也塗裝鮮豔色彩聳立著。

這時有四隻粗壯的腳一瞬間就把航廈踩扁了。

身高將近2公尺的M與斐涅畢亞兩個人——

在這個小型模型的世界裡，變成了身高約900公尺的超巨大怪物。

M的右腳一邊掃倒機場的旅客航廈一邊動著，並且在跑道上留下巨大的腳印。

斐涅畢亞踏進該處後，周圍的小小飛機就因為衝擊而像平底鍋上的爆米花一樣彈上天空。

「是怪獸電影。」

「不，以怪獸來說也太大了。」

觀眾們從上空觀看巨軀肆虐的樣子。

斐涅畢亞準備以右手毆打M。M往右後方退了半步來拉開距離，抓住對方伸過來的右手並且直接往左側扭，強行要將對方拉倒。

斐涅畢亞主動往被拉的方向跳去同時扭動身體，以手臂為主軸轉了一圈，雙腳踩扁高速公路並且站穩腳步。

M在對方開始旋轉時就已經把手放開。

接著踩著後退的步伐與對方拉開距離，一口氣來到3公尺外的地方。這時候被踢中的管制塔就碎成了粉末。

「哦，那身運動服。你會格鬥技嗎？」

「看來是不好對付。」

M從右腰拔出HK45。即使開火子彈也會被彈開，他還是切換成不讓對方靠近的作戰。

但是把槍口朝向對方時，斐涅畢亞粗壯的右腳就襲向M的手。那是來自遠距離的豪邁後迴旋踢。GGO裡當然沒有這樣的技能。

HK45被彈開，越過地圖中央的高速公路系統交流道掉落在街道上，把小型模型的房子壓扁了。

斐涅畢亞跳了起來。高高躍起後以右肘毆打對方。尖銳的手肘前端從上方刺入M的顏面左側。

「咕！」

M的巨軀往右側晃動，斐涅畢亞的右腳踢擊又朝著側腹部襲來。這次是像泰拳選手那樣漂亮的側踢。

靴子前端刺進沒有防彈板的側腹部。M的身體倒在高速公路上，把道路壓成碎片——

然後立刻就站起身子。

「你這傢伙……很有一套嘛。」

斐涅畢亞停止追擊並且向對方搭話。如果他繼續追擊的話，或許就會被立即起身的M撞飛了吧。

斐涅畢亞為了看視界的左上方，眼睛一瞬間動了一下。

他在機場上面，M則是在東西向高速公路的對面。目前兩個人正在裡面進行戰鬥的商場，其模型就靜靜地放在M身後。

「你是M吧……我看過SJ的轉播了。」

斐涅畢亞這麼向M搭話並且揮動左手。他操縱視窗，接著裝備就從身上消失。包含沉重防彈頭盔在內的防彈裝備全部消失，變成最為輕巧的運動服模樣。

可以看見他接下來也要用格鬥解決M的決心。不過蒙面和太陽眼鏡仍然沒有消失，所以看不見他的臉。

「…………」

M保持警戒的姿勢，接著脫下了背包。背包掉落在商場的模型上，壓扁了幾棟並排的建築物。

斐涅畢亞很開心般繼續說道：

「你這傢伙『很習慣挨揍』嘛。錯開力道的技巧相當純熟。」

M持續保持著沉默。

「我在現實世界也練習格鬥技。原本以為這樣就可以輕鬆獲勝……」

這時候M才首次開口。

「無法滿足你的期待，真是抱歉了。」

「沒關係啦！雖然無法輕鬆獲勝，但是變得更有趣了！」

「那真是太好了——你們也很強。真不愧是Fire的傭兵。」

「傭兵……？嗯，也是啦。可以這麼說。從為了那個人而戰的意義上來看，確實跟傭兵一樣嗎？」

斐涅畢亞歪起頭來……

「……？」

M也跟著模仿他的動作。

＊　＊　＊

M內心浮現問號前兩分鐘左右的事情。

Pitohui衝進去的是一間販賣紳士服的商店。

長寬約40公尺的寬敞空間裡，有許多男性用的西裝並排在一起。

在展示上沒有花什麼心思，單純地把服裝掛在衣架上面排起來而已。另外還零星放置了大鏡子與穿著西裝的人體模型，不過基本上就跟工廠一樣毫無生氣而且散發出有點恐怖的氣息。

這樣真的會有人想到這家店買西裝嗎？

Pitohui瞄了一下西裝的標籤，尺寸與標示全都是大人穿的M號。顏色只有深藍色。

可以清楚地感覺到在以CG製造這家店時，因為覺得麻煩而大量複製&貼上同樣的西裝與人體模特兒。對如何重現廢墟相當講究的GGO來說，這算是極為偷懶的行為。

「矮子到妳那邊去了。陪他玩玩吧。」

聽見M聲音的Pitohui，把再次裝填完畢的兩把XDM朝向通路。

矮小運動服男——龍在衝進店裡之前從腰部拔出手槍。

他的武器是美國的Sturm Ruger公司製的「Mk3」，槍身附加了一體型消音器。雖然日文發音同樣是「儒格」，但是跟德國相當知名的Luger不同。

Mk3是細長的自動式手槍，會發射22口徑長步槍彈這種宛如豆粒一般的小顆子彈。

但是命中準度相當高，搭配上與槍身一體的消音器後消音效果亦是一流，總而言之就是暗殺者喜歡的槍械。

龍右手拿著黑色手槍衝進店內，然後突然跳了起來。以迅速的跳躍來到西裝上方之後，由Pitohui發射的子彈就不斷通過他的腳下。

「特技師嗎！」

射擊的Pitohui立刻蹲下並且躲進西裝森林裡面。

龍降落到人體模型的肩膀上後，又從該處跳了起來。

那是完全發揮出特技的能力，讓人感覺不到體重的行動。實際上操縱虛擬角色的玩家可能會有種重力消失了一般的感覺。

龍只靠一隻左手吊在照明燈具上，然後以Ｍｋ3對著子彈飛過來的方向附近瘋狂掃射。

22口徑就算再怎麼小也是子彈。可以輕鬆地貫穿西裝。雖然應該只是偶然，但還是有3發子彈擊中Pitohui的身體，讓該處閃爍著小小的中彈特效。ＨＰ減少了一成左右，目前還剩下四成。

「嘖！街頭藝人嗎！」

Pitohui咒罵著並且滾動身體來逃走，然後同時還操縱著倉庫欄，展現出靈活的街頭藝人般特技。當她結束旋轉時就抓住出現在眼前的物體。

龍放開手，靜靜地在西裝的行列之間落地。

某樣物體呈拋物線被丟到該處。他一個後翻，而且是只靠沒有拿槍的左手就完成這個動作，然後高速從該處往後退。可以說是媲美體操選手的迅速與正確性。

物體是手榴彈，不過沒有爆炸而是噴出濃煙的煙霧彈。

灰色煙霧出現在寬敞的店內。由於裡面沒有什麼風，所以煙霧幾乎沒有移動，只是不斷地膨脹。

「呼！」

拉開很長一段距離後，龍就用左手操縱倉庫欄。然後把出現在眼前的電漿手榴彈丟進煙霧當中。

爆炸所造成的奔流與爆風一口氣將煙霧吹飛。

龍再次跳躍。像跳蚤一樣邊跳邊穿越西裝之間，在空中尋找著Pitohui——

「唔？」

人不見了。

只能看見受爆風影響而呈放射狀倒地的西裝衣架以及沒有倒地的衣架，還有穿著西裝的人體模型。

當他注意到其中一個人體模型把槍口朝向自己時，已經有點太晚了。

著地後再次跳起之前，子彈就陷入龍的額頭，ＨＰ歸零的龍跳了起來，在空中變成屍體。

看著龍隨「Ｄｅａｄ」標籤一起掉落在並排的西裝當中，整齊穿著西裝的Pitohui就對Ｍ問道：

「這邊結束了。你那裡呢？」

由於剛好被踢中，所以沒有得到Ｍ的回答。

「嘿咿！」

斐涅畢亞隨著喊叫聲撲了過來……

Ｍ就用手掌擋住對方的手掌。

高速公路上的巨人手掌相握之後開始比賽力氣。鍛鍊過筋力值的兩個人，一瞬間就陷入不分上下的狀態。粗大的手臂停了下來並且不停顫抖。

「喝啊啊！」

斐涅畢亞很高興般大吼……

「唔！」

Ｍ則是重新打起精神。但是開始占上風的是斐涅畢亞。

M的手臂不停往身體靠近。背部也開始後仰。

M的背部整個倒下。斐涅畢亞的身體撲到M身上，M的右腳則刺向他的腹部。

M雖然想嘗試柔道技巧的巴投，但是似乎全被斐涅畢亞看穿，直接用右腳的膝蓋踢擊把M的腳撥開，然後直接把M推倒。

一半已經崩壞的商場，被M的背部壓得完全倒塌。

斐涅畢亞重重地跨坐到M的肚子上。接著握起拳頭，以猛烈速度朝仰倒的M臉部揮下。

喀滋！

傳出刺耳的聲音。M的臉部出現判定為傷害的光芒。

在M的手抓住斐涅畢亞的手臂之前，第2發就揮了下來。M的臉再次發出光芒。

「嘎！咕！」

斐涅畢亞加上第3發。

不論什麼樣的打擊都能順利錯開力道的M，唯獨無法撐過來自正上方的毆打。

每次受到像榔頭一樣的敲打，M巨大的身軀就會粉碎商場的瓦礫並且下沉。到了第4發的時候，M的手終於失去力量，呈大字形倒在地上。

「唔。還以為你可以撐久一點的啊。」

斐涅畢亞邊這麼說邊舉起奪命的拳頭。然後往下揮落。

他的拳頭敲中的是綠色尼龍塊。

M以一隻右手拉過來自己的背包。

仍然裝著防彈板的背包，完全承受了斐涅畢亞的打擊。

「唔！」

目前變成背包來到仰躺的M與自己之間的狀態，但是斐涅畢亞還是表示：

「那又怎麼樣？」

喀滋嗯。

斐涅畢亞實行把背包連同M一起敲扁的戰法。這樣持續下去的話，最後防彈板將會靠到M臉上並且將其壓扁。

喀滋嗯。

第6發結束之後，再次舉起拳頭的斐涅畢亞，眼睛就看見了M的左手。

背包的前面，出現M握著某種東西的左手。在他手中的是圓形金屬球體……

「什！」

了解是破碎手榴彈的瞬間就爆炸了。

在M手中的爆炸——

把M的左上臂完全轟飛。

尼龍背包雖然破了個大洞，但是沒有任何碎片貫穿防彈板。

剩餘的碎片幾乎全部刺進斐涅畢亞的上半身，同時衝擊波也把他往後方吹走。

「被擺了一道！哈哈哈哈哈！」

上半身閃爍鮮紅光芒的斐涅畢亞，邊笑邊喪失了生命。

「啊啊，M先生快死掉了！」

蓮看著伙伴的ＨＰ，得知Ｍ的ＨＰ條只剩下一點點。現在的話，即使是蓮的拳頭也能打倒他。

「那不重要！現在先集中精神在這邊！」

「是沒錯啦！」

老大與蓮正奔跑著逃走。

她們人在四樓的通路。位置是商場的東南部分，逃走的方向是西邊。這是從三樓過來時的方向。也就是往回跑的意思。

但這也是沒辦法的事。

兩人的背後現在發生小小的爆炸。雖然沒有受傷，但是爆風晃動著身體，細小的碎片還擊中了背部與頭部。

「嗚咿！」

「那究竟是什麼啊！」

蓮發出悲鳴，老大則說出內心的疑問，但是沒有人可以回答她。

蓮的優勢當然是她的高速，老大的身體雖然龐大但速度也相當快，這時一名身穿藍運動服的男人還能夠確實從後面追上來，可以知道他的腳程也相當不錯。目前雙方的距離是50公尺左右。

他的運動服上面穿著一件附加了許多小包包的背心。然後右手上拿著一把黑色手槍。從握柄的角度與形式來看，還以為是左輪手槍，但是沒有蓮藕狀的轉輪式彈倉，特別粗大的槍身也十分顯眼。

男人停下腳步，對著在通路上逃走的蓮與老大的背部開槍。

發射出去的是直徑2．7公分，長10公分以上的銀色「砲彈」。

看起來完全就是長了翅膀的砲彈，但是尺寸卻又相當小的物體——

飛過通路後擊中一根柱子，然後在該處爆炸。

「可惡！」

躲在長椅後面才好不容易擋下爆炸與碎片的老大，以Strizh朝著通路深處連續開火。但是距離對手有50公尺。雖然看得見對方的模樣，但是這樣的距離根本無法瞄準並且擊中對方。

雖然只是期待能夠瞎貓碰到死耗子的亂射，但對方看著彈道預測線迅速躲開或者趴下，瞬間就讓子彈全部浪費掉了。

為了援護開始更換彈匣的老大。蓮也將雙手的Vorpal Bunny朝向對方瘋狂開火。45口徑的沉重槍聲在排著馬克杯的商店與展示平底鍋的商店之間響起，但只得到同樣的結果。

這種時候要是小P在的話就好了。

把手繞到後面再次裝填子彈的蓮這麼想著，但如果是這樣的話，對方應該會拿更強力的步槍，或者是40毫米口徑的槍榴彈死命射擊吧，因為是手槍區域，我方才能繼續存活。

一邊「啪咚」一聲把滑套歸位……

必須好好地熟悉它才行……

蓮一這麼想……

「就是說啊！請讓我們有點活躍的機會吧！」

「手槍的醍醐味是近身戰喔！快點快點，再靠近一點！」

感覺可以聽見小Vor「們」的聲音，不過蓮決定當成沒聽到。

在沒有命中目標的子彈從周圍飛過來的期間，運動服男把手中的手槍從中對折。

這把手槍是中折式。前半部就像行禮一樣從槍械正中央往下折，露出粗大槍身的後部。金色的空彈殼就往上飛出來掉落在地板上。

男人這時候以左手將從腰包裡取出的銀筒插進去，然後將中折的槍恢復原位，緩緩地瞄準並且再次開火。

「槍榴彈發射器？那太作弊了！」

因為爆風而低下頭的蓮感到憤怒，不過那也是手槍。

運動服男使用的是「Walther Kampfpistole」。是第二次大戰中德軍所使用的「小型榴彈發射手槍」。也就是槍榴彈手槍。

原本這把槍是用來射擊約2．6公分口徑的信號彈。但是最後改良成能夠射擊小型槍榴彈，然後被取了一個「戰鬥手槍」的名字。

它大概是世界上最小級的槍榴彈發射器，在GGO裡的分類果然還是手槍。所以在商場裡面可以毫無顧慮地射擊。

蓮和老大自從和那名男人相遇後就一路被追著跑。

對方槍械的射程似乎超過50公尺，銀色砲彈呈平緩拋物線飛過來，碰到任何物體的瞬間就會爆炸。碎片的傷害範圍大約是半徑2公尺左右。

對手是再裝填相當耗時的單發式，感覺靠到近處就能以兩人的手槍射擊來幹掉他——但是從剛才開始就沒有這種機會。由於不斷有槍榴彈飛過來引發爆炸，所以危險到根本無法靠近。

雖然也考慮過跑進通路左右的某家店裡然後躲起來埋伏，但是只要對方持續朝那家店裡面射擊，反擊的機會也會灰飛煙滅吧。

由於我方躲在柱子後面，敵人也不會隨便靠近。他應該是打算保持適度的距離，絕對不把視線移開並且一點一點追上來吧。真是討人厭的敵人。確實十分棘手。

「真是的，Fire的手下每個都很強啊。而且還為了手槍戰鬥而做好萬全的準備。」

老大這麼咒罵著。

然後就注意到那件事。老大恍然大悟地說道：

「不對……應該說是『為了在此戰鬥』的成員與裝備嗎……在外面時之所以沒有拿出長武器，很可能是打從一開始就沒有這種槍械……」

從特別強化手槍且準備得比其他隊伍周到，還有分割小隊來個別應對的戰法等要素來看，WEEI在手槍戰上的準備確實勝過所有隊伍。而我方就來到了他們的戰場。至於引導我們的則是——

「蓮啊，難道——」

「這等一下再說！現在只要想怎麼打倒那個傢伙！」

蓮嚴厲地這麼回答。

「知道了。說得也是。」

現在沒有多餘的時間想別的事情了。

像是Pitohui可能在各種狀況中巧妙地誘導我方，好讓我方來到此地這種事情。

不論是不是感到煩惱，敵人的砲彈還是會飛過來。

粗大彈道預測線呈平緩的弧形來到自己身邊，蓮立刻衝了出去。逃往通路斜後方，抵達樓梯旁邊時背後就發生爆炸，剛才自己待的地方籠罩在黑煙當中。

「嗨！看來妳們很頭痛啊！」

聽見樓梯下方傳來巨大的聲音，蓮反射性將Vorpal Bunny，而且是雙手同時朝向該處……

「嗚咿！別開槍啊，喂！」

結果挨了不可次郎的罵。

「不可！妳沒事？」

「算是啦。幹掉Fire小隊的狙擊手嘍。」

輕輕跳上樓梯的是不可次郎。然後跟在她後面的是……

「夏莉！——拜託妳！有一個強敵！射死他吧！」

這種時候絕對最可靠的，身為手槍狙擊手的「伙伴」。

「是哪一個傢伙？我來幹掉他。」

如果是夏莉那把能瞄準300公尺外目標的武器，要解決在50公尺前方遊蕩的對手根本如探囊取物。

蓮一邊注意彈道預測線一邊引導夏莉爬上階梯。

趴在距離四樓還有幾階的地方，只露出臉來窺探通路……

「在那裡！」

槍榴彈手槍男還在那裡。光明正大地站在通路中央的模樣，看起來就像銅像一樣。

同樣趴在樓梯上的夏莉，將XP100壓在地毯上保持穩定後就窺看著瞄準鏡。

「沒問題嗎？」

蓮這麼問道。

「輕而易舉。就是個槍靶而已。」

夏莉立刻這麼回答。確實瞄準之後，夏莉的手指就觸碰扳機。

槍聲在階梯處響起……

「嘎！」

夏莉的背部開始閃爍著鮮紅色中彈特效光。

「咦？」

蓮被往上推，然後被搬到四樓。她回頭一看就看見了。

樓梯下方，用手槍從三樓的通路拚命朝我方射擊的兩個男人。

她認得以直線為基調的綠色迷彩服。也認得那張精悍的臉孔。

「是ＭＭＴＭ！」

沒能在機場幹掉的兩個傢伙，竟然來到這裡阻礙我方。

夏莉的背部被擊中，回復中的ＨＰ再次遭到減少。目前剩下兩成多左右。

蓮也被擊中了2發左右，背上背包裡頭的防彈板救了她的命。

由於被從背部用力推動，輕盈的蓮就這樣移動到上一層樓，也因此沒有被接下來的子彈擊中。

「可惡……」

受到槍擊的夏莉依然趴在樓梯上，再次將XP100錯開的瞄準鏡對準運動服男。

本來她應該立刻站起身來逃亡。雖然背部被擊中，腳還是能夠移動。

但是夏莉沒有這麼做。

瞄準鏡的十字線捕捉到運動服的瞬間就扣下扳機，XP100發出咆哮，必殺的開花彈飛了出去。

遲了一會兒後夏莉的背部不斷被9毫米彈擊中，也因此把她的HP完全奪走。

奇怪了？為什麼我沒有逃？

雖然死亡中的夏莉這麼想著，但是在SJ4的戰場上無法得到答案。

夏莉為了隊伍發射出去的7.62毫米開花彈準確地朝男人飛去。

藍色運動服的男人的左手剛好在腹部前方。因為要拿取掛在右腰的槍榴彈，所以把手往該處伸去。

夏莉的子彈命中他的左手並且在該處爆炸。

「咕！」

運動服男的左手從手肘下方的部分一瞬間就變成多邊形碎片四處散落，但男人也因此而撿回了一命。

看著夏莉的身體閃爍著「Dead」的標籤……

「可惡！」

蓮趴在階梯前面，只伸出雙手與Vorpal Bunny朝著下方瘋狂開火。這時根本無視擊中敵人的可能性。是為了不讓他們爬上來的牽制。

盡情發射了12發子彈後，手就插入背後的背包再次裝填——邊這麼做邊稍微抬起臉來，就看見大衛靈活地把身體隱藏在階梯下方，只露出槍口和右眼來朝著這邊射擊。

「嗚咿！」

彈道預測線與子彈通過蓮急忙縮起脖子的位置。

槍擊立刻就停止。蓮雖然準備好應付對方的突擊，但是他們似乎沒有立刻衝過來的打算。

「ＭＭＴＭ其中一人在下一層樓！」

蓮對殘存的伙伴這麼宣告，結果從背部……

「了解！槍榴彈男還活著！」

傳來老大這樣的回答。

「知道了。不可人在哪裡？」

「我在這裡。往上看一下喲。」

蓮大大地抬起頭部，就看見不可次郎在四樓通往五樓的樓梯途中。以角度來說是槍榴彈與MMTM都攻擊不到的位置。

「夏莉也被幹掉了嗎……大家先往上逃吧。到處逃竄絕對不是什麼丟臉的事喲。」

雖然不願意錯失敵人的位置，但也只能這麼做了。

蓮剛剛這麼想的瞬間，就從上一層樓傳來激烈的槍聲。

「嗚咿！哦呵！」

不可次郎隨著怪聲從屁股一路滑落階梯。

再次傳出「咚鏗！」的沉重槍聲，擊中樓梯扶手的子彈發出豪邁的金屬聲。扶手有一半被轟扁。以手槍的子彈來說，應該屬於最大威力的等級。

往下來到，或者可以說掉到蓮旁邊的不可次郎表示：

「不行上面也有一個運動服男！被發現了！一出去就會被擊中！」

「噠啊啊！是Fire嗎？」

如果是Fire的話，蓮就打算帶著與其同歸於盡的覺悟前往一戰……

「不是，不是高個子。會用大到誇張的手槍射擊喔。」

五樓的通路旁邊，從階梯往東20公尺左右的店家柱子後面——

有一名藍色運動服男待在該處。那是一點一點逼近到這裡，發現從樓梯上來的不可次郎就開火射擊的男人。

從據說很好睡的枕頭專門店柱子後面，只露出右手來擺出射擊姿勢的是黑色巨大自動式手槍「沙漠之鷹」。

在能射擊.357以及.44麥格農等既存麥格農子彈的自動式手槍當中，這把已經成為其代名詞的槍械具備巨大、粗獷、強力等三種要素，所以成為廣受歡迎的槍械。

WEEI的其中一人所拿的，就是使用口徑最大且最強的手槍子彈之一「.50Action Express（AE）」的型號。

這種子彈在近距離下具備跟AK47所使用的步槍子彈同等的動能，可以說是十分強大的武器。不過因為是手槍，當然難以瞄準遠距離的目標，而且又大又重的子彈空阻也相當大，說起來根本飛不到太遠的距離，但是——

在商場的戰鬥當中，它是只要被擊中一發就可能立刻死亡的恐怖武器。

「不可！那往西吧！」

「好喲！」

通路的東側無法通行。階梯的上下方也不行的話，只能往這層樓的西邊跑了。

為了顛覆不利的狀況，蓮賭上了唯一的可能性，但是……

「嗚呀！」

蓮視線前方的不可次郎又被擊中了。

從通路前方呈鋸齒狀跑過來的是MMTM成員之一的健太。

隊上腳程最快的他回到三樓通路，然後大概是衝上手扶梯來到四樓，接著從西側進行夾擊。

他手中APX發射的子彈，刨開起身剛開始往前跑的不可次郎右腳……

「噗嘿！」

讓她當場跌倒。HP還剩下五成。

「吃屎的傢伙！」

不可次郎嘴裡罵著髒話，維持趴在地毯上的姿勢以橫向拿著的M&P連射，或許應該說亂射。

由於沒有打中也沒關係，所以拚了命地開槍，也因此而讓子彈充塞整條通路。

如此一來就比確實瞄準才射擊還難以躲避。

健太很乾脆地放棄繼續突擊，衝進對他來說是右側，對蓮她們來說是左側，也就是南側的一家高級女性內衣店裡躲了起來。以位置來說是蓮她們30公尺前方。

在穿著粉紅色胸罩的人體模型旁邊，健太取出附加在棒子前端的鏡子，用它窺看通路。

接著對樓下的大衛，也就是唯一存活的同伴傳達情報。

「把她們擋在四樓的西側了！狙擊女死亡。剩下粉紅、金髮與猩猩。五樓的某處以及四樓的東側各有一名敵人！」

「了解！M和毒鳥不在嗎……好，不要積極地進攻了。讓敵人好好努力吧。逃過來的話就幹掉！」

槍聲暫時停止，數秒鐘寂靜的時間來臨……

「逃不了……」

蓮這麼呢喃。

現在自己正趴在四樓通路的樓梯旁邊。

東側50公尺的位置有持槍榴彈手槍的敵人。

眼前的階梯下方有大衛。

頭上的階梯上方有會發射強力子彈的敵人。

西側30公尺的位置有店裡面的健太。

這樣不論逃到哪裡都一定會被擊中。

這樣不論往哪邊進攻，都會被從後面攻擊。

「不行了嗎……」

「蓮！不要放棄！」

10公尺左右的旁邊，巨軀躲藏在柱子後面的老大這麼大叫。

雖然以Strizh開了幾槍，但是沒有左手的槍榴彈手槍男卻輕巧地避開老大正確的射擊。只不過變成獨手的他可能是難以裝填子彈吧，已經不像剛才那樣頻繁地開槍。可以看出他正在窺探情況。

蓮看向伙伴們的HP條。M已經瀕死。Pitohui還有四成左右。不可次郎是五成。自己因為回復發揮作用，目前還是全滿。

即使受到老大的激勵……

「嗚！但是……」

蓮還是想不出突破這種困境的方法。

這時她的腦袋裡突然聽見一道沉穩的聲音。

「真是的，拿妳沒辦法。這時候就輪到帥氣又可愛的我出場了吧？」

「不可？」

「雖然我失去了右太與左子，但還是有電漿手榴彈的彈頭喲。全都裝在背心腹部的包包裡面。」

「然後呢？」

當蓮還無法理解時，目前人不知道在哪裡的Pitohui就出聲繼續說道：

「不錯喔！那麼現在開始算起的十秒鐘後實行吧！」

「Pito小姐？」

「知道了！喂——伊娃！妳知道該怎麼做吧！需要妳手槍的技術。這次可不是額頭了喲。」

從柱子後面轉過頭來……

「嗯！」

老大以恐怖的笑容這麼回應。

「ＯＫ！借來的東西我放在地板上嘍！」

咦？

在仍然搞不清楚狀況的蓮面前……

「5、4、3……」

Pitohui的倒數持續著。

「2、1——上吧！」

蓮還來不及煩惱，最後的戰鬥就開始了。

SECT.22

第二十二章　在內心點燃火焰

「要上嘍！」

不可次郎站起來後開始奔跑。從四樓通路朝西前進。地板上殘留著實體化的捷格加廖夫反坦克步槍。

「什！」

蓮因為這出乎意料的行動而瞪大眼睛。

那是ＭＭＴＭ的健太所在的方向，幾乎可以說是自殺行為。

不，不對。

那就是自殺。

不可次郎以Ｍ＆Ｐ亂射，也就是不讓健太露出臉來，同時跑過30公尺……

「來吧！」

子彈射光的瞬間就倏然轉身，然後繼續倒退著奔跑。

剛好來到高級女性內衣店前面時……

「這傢伙！」

健太當然把ＡＰＸ的槍口朝向出現在眼前數公尺處的不可次郎。

健太與老大同時開槍射擊。

健太的子彈陷入不可次郎的臉部。

老大的子彈只遲了一瞬間就命中不可次郎背心的腹部裝有手榴彈的包包——

「太好了！」

以滿足的口氣這麼大叫的不可次郎，隨即被藍色的爆炸奔流吞沒。

第1發的爆炸造成誘爆，連續發生好幾發手榴彈的爆炸。

那是直徑達20公尺的爆炸。

商場四樓的通路瞬間遭到粉碎，地板與天花板開了個大洞。左右的店家也被刨開……

「隊長快逃！」

健太的身體在被爆風吹起的大量內衣褲包圍下逐漸消失無蹤。

爆炸的奔流也影響了三樓與五樓。

待在三樓階梯旁的大衛受到爆風的襲擊。

「咕哇！」

像颱風一樣把聽見健太的警告後就站起來的他吹飛，整整被移動到20公尺之外。

他雖然因為頭部撞上一張長椅而受到傷害，但是剛才待的地方有巨大的瓦礫落下，如果沒有被吹飛的話應該已經死亡了吧。

爆風也襲擊了蓮。

不可次郎轉過身子時才終於理解她想做什麼的蓮……

「嗚！」

藉由高速迴轉來成功躲到柱子後面。爆風帶著建築物被刨開的碎片吹向柱子。

在宛若地震般晃動建築物的衝擊中，看見視界左上角不可次郎的ＨＰ歸零了。

不可次郎衝出去的同時，有一個巨大身軀從五樓通路的東側衝了過來。

那是沒有左手的Ｍ。

在地毯上踩出腳步聲的他猛然衝過通路的中央。

「唔！」

藍色運動服男發覺後回過頭，將沙漠之鷹朝向迫近到40公尺左右的Ｍ……

「……？」

即使對他筆直衝過來的模樣感到狐疑，男人還是確實以雙手舉著手槍並且瞄準。

著彈預測圓縮成最小時，M巨大的身軀已經完全在圓內，男人便扣下了扳機。

男人才剛開完槍，不可次郎爆炸造成的衝擊便襲擊五樓。

所以，50AE彈筆直地飛出，筆直地撞上M。

命中M顏面的子彈，奪走他所剩不多的HP，巨軀維持奔跑的速度直接往前倒下。

一道黑影從他的背後竄出。

「什！」

被同樣在五樓肆虐的爆風往前吹飛的運動服男看見了。

一名穿著黑服的女人正朝自己衝過來。

她的左手上拿著發出藍光的光子劍——村正F9。

「殺啊啊！」

被爆風晃動的身體沒有辦法瞄準，這段期間Pitohui就以猛烈的速度逼近。藍光經過危險的女人白色牙齒反射後發出恐怖的光芒。

但是距離還有30公尺。

男人從爆風的搖晃當中解放出來，立刻準備將槍口朝向Pitohui……

「可惡！」

結果看見她大動作揮舞右手。從她的手上飛過來一個黑色圓形物體。

雖然不知道是一般還是電漿手榴彈，但可以清楚看見它正朝自己滾過來……

「嗚！」

男人放棄用沙漠之鷹射擊，準備衝進右斜前方的一家商店裡——但最後一刻停了下來。

改為以沙漠之鷹連續開槍打破該店右邊店家的玻璃，接著縱身跳了進去。

男人跳進去的瞬間就趴下，塞住耳朵張開嘴巴，結果並沒有爆炸。

「果然是陷阱嗎！」

女人迫近的聲音以及光子劍焚燒空氣的聲音取代沒有爆炸的手榴彈傳進耳裡。

男人站起身子來逃走，同時拿起這家商店擺設於該處的「商品」。

「有沒有想死的小孩子啊啊啊啊！」

左手拿著發光的劍，嘴裡發出生剝鬼般台詞的Pitohui，以右手撿起剛剛丟出的手榴彈後，用嘴拔出安全栓後將其丟入店內。

一般型的破碎手榴彈——這次確實爆炸了。

但是店內相當寬敞，只有一部分被炸飛。Pitohui打從一開始就不認為那樣便能夠幹掉對手，證據就是她收起光子劍的劍刃後，就流暢地趁著淡淡爆炸黑煙滾進店裡。

某種巨大物體朝再次叫出藍白色劍刃的Pitohui飛來……

「嘿！」

由於體積太過龐大，判斷它並非巨榴彈後，Pitohui就用光子劍橫向掃去。

只有從ＳＡＯ的封測時代就一路揮劍過來的Pitohui，才能使出如此筆直且快速的劍勢。飛過來的物體被砍成兩半——

然後爆炸了。

眼前發生的衝擊推開Pitohui的身體，把她的光子劍從左手彈飛。

依然帶著劍刃的物體在掉落到地面之前切斷了擁有者的手，Pitohui穿著黑服的左手從手肘下方的部分「咚」一聲掉落到地上。

「嗚！」

這樣的結果真不知道運氣是好還是不好。稍微往外側錯開的話，她的左手就平安無事了吧。但如果往內側一些，也就是朝身體飛過來的話，應該會立刻死亡。

爆炸的不是手榴彈，證據是沒有冒出黑煙，而是伴隨著白色水蒸氣。

「水蒸氣爆炸……？」

HP被減少到兩成的Pitohui一這麼低喃，轉眼間就變成冬天的浴場般，也就是被蒸汽遮蔽了視野的店內就傳來敵人的聲音。

「歡迎來到『飲用水專賣店』。我想說妳一定口渴了。」

Pitohui的旁邊有因為剛才的手榴彈爆炸而倒下的架子。可以看到躺著內含3加侖（約12公升）到4加侖（約15公升）飲用水的巨大塑膠桶。

幾個桶子裡面還裝滿了水，幾個則因為手榴彈的碎片而破裂，水整個流到地板上。

剛才男人丟過來的，就是這種飲水機用的4加侖桶子。

Pitohui在空中連同裡面的水把它砍成兩半。

「光劍使，妳不夠用功喔。竟然不知道光劍碰到水會變成這樣。」

不見人影的藍運動服男的聲音讓Pitohui皺起眉頭。

「那是什麼？萊頓弗羅斯特現象？應該說，如果有這種現象的話，那麼富含水分的人體呢？」

水蒸氣爆炸是具備熱量的物體觸碰到水時，一口氣蒸發——也就是體積增加的速度變成了爆炸。

Pitohui產生疑問的萊頓弗羅斯特現象是水蒸氣形成的膜隔開熾熱物體與水，令液體沸騰的速度大大減慢的效果。水在滾燙的平底鍋上沒有立刻蒸發而到處滾動就是這種效果所致。

所以Pitohui才會認為迅速砍斷的話應該不會出現水蒸氣爆炸。說起來自今為止砍斷過的大量人體，設定上應該也含有許多水分才對。

雖然是極為認真的提問，但是男人卻避而不答。

「哎呀，這部分我就不清楚了。遇見開發者的話，妳問他不就得了？聽說他為了了解民間的反應時常會登入遊戲喔。」

「那我在問之前就會先幹掉他。」

「那妳就從ＳＪ４裡退場吧。」

男人這麼說完的同時，就聽見空氣有所動靜的聲音。

不知道他哪裡來的驚人力量，只見重15公斤以上的桶子正朝著Pitohui的顏面飛來。

「別小看人了！」

Pitohui面對桶子——

直接揍了下去。

沒辦法砍斷就直接毆打。Pitohui以1發右拳將重物打飛後，隨即朝著飛過來的方向猛衝。

途中有個架子，上面放了幾個桶子。

Pitohui以腿跟腰把它們彈飛出去。就像是鬥牛把來不及躲開的鬥牛士撞飛出去一樣。

然後從水蒸氣後面看見準備以右手架起沙漠之鷹的藍色運動服男。

「太慢了！」

「咕！」

男人射擊，室內響徹麥格農彈的轟然巨響——

這個時候Pitohui在男人的臉與槍械之間。

像要擁抱一樣衝進對方懷裡的Pitohui，以右腳踏住男人的左腳腳尖，然後用右手推向其顏面。

直接把男人從背部推倒到地板上……

「嘎！」

「嗚啦啊！」

以左腳踏著敵人持有沙漠之鷹的手腕，迅速沉下腰部以右腳的膝蓋轟向男人的心窩。

「咕波噗！」

「好~還不能死喲。」

Pitohui伸出右手把掉落在地板上的4加侖桶子拉過來，然後以拇指推開桶子的栓子。

接著將舉起的桶子前端……

「『我想說你一定口渴了』。」

插到男人的嘴巴裡面。桶子前端透過蒙面的布料陷入男人臉孔當中，水開始往下流入。

「咕噗噗噗嘎！」

無視似乎想說些什麼的男人……

「來～多喝一點。」

Pitohui以全身的力量持續按著男人的身體與變輕的桶子。

「哦噗！咕咿！嘎呼！」

咕嘟、咕嘟、咕嘟。

桶子內的空氣泡泡迅速往上升。當然這些水都進入了男人的口中。

「咕噗噗！咕噗噗噗噗嘎嘎啊嘎！」

「嗯！說得也是，我知道你想說什麼！」

「咕噗咿咕噗嘎噗咿嘎！」

「假日也要上班嗎，工作真是辛苦耶。」

「咕嘎嘎嘎啊！」

「咦？你喜歡雞肉咖哩？」

「咕噗——」

在變安靜的男人進入窒息模式，ＨＰ歸零後出現「Ｄｅａｄ」標籤的二十多秒鐘期間，

Pitohui就在手腳微微痙攣的男人上方……

「Schlafe, schlafe, holder, süßer Knabe, leise wiegt dich deiner Mutter Hand。」

以優美歌聲唱著舒伯特這首翻譯成日文是以「睡吧、睡吧」開頭的知名搖籃曲。

＊　＊　＊

時間稍微回溯，當不可次郎豪邁地以自爆打倒健太之後。

巨大的爆炸會讓風往回吹。這是因為外側的風會回到爆炸而一瞬間變成真空的地點。

如果是在室內，則會因為空氣的流動受到限制而變得更加熾烈。竄過商場內部往回吹的暴風……

「嗚呀啊！」

大大地晃動著蓮躲在柱子後面的嬌小身軀……

「哎喲！」

擁有沉重強壯身軀的老大抱住蓮來支撐她。只有辮子隨風不停晃動。

「老大！」

「要活用不可次郎給我們的機會！」

「嗯！」

風變弱後老大放開蓮的手，抓住剛才不可次郎放在地板上的物體。

PTRD1941——捷格加廖夫反坦克步槍。長2公尺的槍械。

「妳要拿那個做什麼？」

知道它沒辦法射擊的蓮一這麼問，老大就用行動來回答她。跳上隨便停在旁邊的電動代步車，然後把槍刺入方向盤的縫隙。

以槍榴彈手槍射擊的運動服男也同樣被爆風吹得身形不穩，少了一隻手的他失去平衡而翻倒在地。

「可惡。」

先由前往後，再由後往前。在通路當中亂吹的風終於止歇，男人就在趴著的姿勢下抬起頭來。

「唔！」

然後就看見了。

一台往自己衝過來的電動代步車。

依然趴著的他，只用一隻右手將槍榴彈手槍對準代步車時……

「什麼……」

才發現車子上沒有任何人。

不論是後部座位還是駕駛座上都看不見人影。相對地，PTRD1941反坦克步槍直向插在車體前端的方向盤上。

男人瞬間理解了。那根又長又重的鐵棒像是把方向盤跟油門縫起來一樣固定住了。通路幾乎是筆直，所以無人代步車就這樣朝著男人邁進。不過要躲開它是相當容易。因為是只會筆直前進的車子，只要橫向滾動2公尺就可以了。

男人刻意不馬上躲開以時速40公里左右衝過來的電動代步車。

因為看不見粉紅色小不點與粗壯的辮子女，應該是在代步車的後面──如果她們沒有從剛才的所在地逃走的話。

也就是說，車子前進期間對方也沒有攻擊，所以電動代步車也會成為保護自己的盾牌。到了剩餘20公尺左右，男人才滾動身體躲開了去。

其實不論滾向哪一邊都沒關係，但因為沒有左手，所以就滾向右側。雖說斷掉的部分不會感覺到疼痛，但打從一開始就不想把傷口貼在地板上，這就是往右滾的理由。

而蓮已經看出這樣的心理。

「納命來！」

她在空中邊叫邊以雙手拿著的Vorpal Bunny對準男人瘋狂開火。

「什麼！」

身體到處都是中彈的男人持續滾動。一停下來就死定了。繼續這樣滾動，是為了滾進通路右側的店家裡面。

旋轉的景色當中，男人看見了。

人在空中的粉紅色小不點。對方正很開心般朝著自己瘋狂開火。

自己與對手的距離只有短短10公尺左右。這是手槍也能擊中的距離。

為什麼會在這麼近的地方。被她接近了嗎？

男人理解了。因為成為線索的電動代步車，也就是駕駛座插著長槍般ＰＴＲＤ１４９１的交通工具，通過了男人剛才所待的地方。

那個粉紅色小不點是跟在電動代步車後面跑過來。嬌小的身軀以發揮所有敏捷度後全速衝刺，也就是用跟車體同樣的速度。

到了最後用力躍起，從空中的高處發動攻擊。這是為了當對手的注意力被電動代步車吸引過去時能夠從死角進攻。

「哈！很有一套嘛！」

男人很開心般大吼，同時用身體撞開雙開式大門，然後滾滾滾——一邊滾動一邊進入店內。

蓮同一時間著地。在距離雙開式大門大約7公尺左右的位置。由於蓮在空中把12發子彈射光了，所以把槍柄插入腰後的背包內再次裝填子彈。

這段期間僅僅只有三秒鐘，但男人就趁著攻勢稍緩的空檔一路滾到店內深處消失了。

別想逃！

不能在這裡被那傢伙逃走，然後左手也隨著時間復原。沒有時間等老大追上來了。

蓮把雙手的Vorpal Bunny在面前擺成八字形，然後闖入男人進入的大門內。

入口上方有「棒球用品專賣店」幾個字。

衝進去的蓮所見到的，正是標準的棒球用品店。

明亮寬敞的店舖當中擺設了牆壁與架子，整整齊齊地陳列著棒球用品——

像是五顏六色的手套、縫線整齊的球、裝冰水的大水桶、憧憬的大聯盟選手的制服、色彩鮮艷的釘鞋，還有準備用長木棒來揍人的獨手男。

「嗚咿！」

如果蓮沒有用自身最快的速度後退的話，就沒辦法聽見只用右手揮出的木棒所發出的低吼了吧。因為她的頭早就被打破了。

以為對方會開槍的蓮完全沒料到會受到這種攻擊，現在既然躲開了那就只有反擊了。倒下吧。

蓮把45口徑的槍口朝向眼前的男人並且毫不容情地開槍。

為了不開太多槍而沒有子彈，就只是左右各開了3槍。總計6發子彈。對於在近處的對手來說，這已經十分足夠了。

怎麼樣？

在眼前2公尺處的對手再怎麼樣都不會失手，所以蓮確信自己獲得了勝利，但是蓮所看見的卻是朝自己腹部刺過來的球棒。

「咕噗！」

蓮口中吐出混濁的空氣。

男人就像擊劍選手一般，右半身整個突出，以球棒前端刺中蓮的胸口。

輕盈的蓮往後飛了3公尺左右，受到強制離店的處分。因為系統判定肋骨折斷而受到傷害，HP一口氣減少了三成。即使如此雙手還是沒有放開Vorpal Bunny，靠得全是她的一身傲骨。

由於是從背後的背包落地，所以上半身還是朝上……

「臭傢伙！」

蓮不在意剩下多少子彈，把剩餘的6發全部射光。

幾乎所有子彈都擊中男人了。他的身體閃爍著中彈特效。即使是蒙面的臉頰部分，也有一部分發出紅光。

但是對方仍未死亡。

4公尺左右的前方，男人拿著球棒的手緩緩繞到背後……

「呼……兩邊都沒子彈了嗎……」

看著蓮的雙手，也就是滑套完全退後並停在該處的兩把Vorpal Bunny然後這麼說道。

「真……真耐打！」

蓮感到難以置信。

雖說是手槍子彈，但是身體與臉部中了好幾發竟然仍未死亡。這傢伙的體力值究竟有多少？甚至比M以及Pitohui更耐打。

「沒有啦，其實只剩下一點點。可能被彈個額頭就死掉了。」

蒙面的嘴巴扭曲了起來。對方還戴著太陽眼鏡所以看不見臉孔，但蓮認為他正露出開心的笑容。

「整個身體都麻痺，其實難以行動。就像接受強烈的針灸治療一樣。不過接下來至少還能打破妳的頭。因為殺掉妳就是我們參加ＳＪ的目的。」

嘖！

蓮在心中咂了一下舌頭，然後直接趁勢酸了男人一句：

「就是說啊！身為Fire的傭兵，不贏的話就沒錢可以領了！」

結果男人做出了蓮完全意想不到的行動。

「錢？——別開玩笑了！」

他生氣了。

「別開玩笑了！我不需要那種東西！我是為了社長而戰！為了社長認真的戀情！我們全都一樣！是為了社長的未來而戰！」

他的口氣隱含著真正的憤怒。由於太過氣憤而脫口稱Fire為「社長」，表示男人應該是在他手底下工作的從業人員吧。

戰鬥的理由不是金錢，而是為了Fire，不對，是西山田炎的未來。

男人沒有放過蓮心靈上的鬆懈與空隙。

男人沒有展開突擊，而是以輕鬆的腳步朝著蓮靠近。由於太過於自然，蓮遲了一會兒才注意到……

「糟糕！」

蓮把手繞到腰部後方開始再次裝填子彈，但是——

剛才那一瞬間的遲疑已足以致命。

來不及了！

男人急速提升步行速度，並且舉起右手上的木棒。

Vorpal Bunny咬入新的彈匣，蓮的雙手按下滑套卡榫並且回到前方——

蓮確實看見木棒前端先朝著自己腦門落下的軌道。

啊，死定了。Dead標籤要出現了。

蓮這麼想的瞬間，對方手上的木棒就消失了。

男人揮落什麼都沒拿的手，就以這樣的體勢在蓮面前停止動作……

「啊？」

透過太陽眼鏡凝視著蓮的眼睛……

「抱歉！」

兩個45口徑的槍口取代了蓮的眼睛。

同時朝著眼前的男人以及太陽眼鏡底下的雙眼射擊。

腦門被2發子彈射穿，男人再怎麼耐打也死定了。身上立刻亮起了「Dead」標籤。

蓮從男人「磅噹」一聲無力倒下的身體前往後退……

「老大……謝謝妳救了我……」

蓮對自己左側，在距離大約20公尺外舉著Strizh的伙伴這麼說道。

在這種距離之下，一發子彈就得擊中高速揮落的木棒。真虧她能打得中。

「沒什麼啦——不過，蓮竟然會如此大意。你們到底談了些什麼？」

蓮沒辦法老實回答她的問題。

「納命來！」

靠著健太拚死的一句話而得以延命的男人，一邊發動突擊一邊以M9—A1瘋狂開火。

9毫米手槍子彈在通路上飛行……

「嗚！」

擊中老大的腳踝，讓她巨大的身軀當場倒下。

大衛又往老大開了幾槍後，就把目標換成在20公尺前方的蓮……

「呀！」

蓮的周圍也出現發亮的預測線，她立刻轉身並且縮成一團，子彈命中背包後被防彈板擋了下來。

大衛抱在距離老大5公尺處的一根柱子上，這時他已經無視沒有動靜的老大。只是拚命對著蓮開槍。

「呀！呀！」

背部不斷被子彈擊中，每次中彈蓮都會跟著搖晃。她死命縮起身體來保護自己。

「嘖！那個可惡的背包！」

明明老大就倒在5公尺前方，明明快死亡的她還在掙扎，大衛卻無視她的存在。

把身體貼在柱子上穩定下來後，瞄準在25公尺外縮成一團的蓮，1發1發冷靜地射擊。

所有子彈都命中背部……

「嗚咿！呀！」

蓮的身體持續晃動著。雙手握著的Vorpal Bunny雖然仍有子彈，但實在不是能夠轉身射擊的狀態。想站起來逃走的話，那個瞬間就會被擊中。

為了確實在這裡把蓮幹掉。為了不讓她逃走。大衛從柱子後面持續射擊。

終於有1發子彈掠過背包擊中蓮的腳，靴子上閃爍著中彈特效。

「咿！」

趁著蓮的身體震動之際，另1發子彈刨開她的肩膀。

HP被減少了三成，蓮開始發出悲鳴。

「嗚呀！誰來救救我！」

「了解了！」

「咦？」

射光M9—A1子彈的大衛立刻將其丟棄，從腹部拔出貝瑞塔APX。

為了確實幹掉蓮而從柱子後面衝出來，一口氣縮短雙方的距離——

然後Pitohui就掉落到他眼前。

感覺就像突然搭電梯出現一樣。

Pitohui坐在圓形地板材料上，重重地掉落到在四樓往前衝刺的大衛面前……

「時間剛剛好！」

她一邊這麼大叫，一邊以剩下來唯一的手刺出光劍。

這種距離之下光劍具有絕大的破壞力。就算以APX來開槍反擊，一兩發9毫米彈還是無法殺死對手，時機上來說自己會先被貫穿而死。但是……

「少臭美了！」

大衛試著以最大的火力反擊。

這是一瞬間發生的事情。他的左手放開APX，食指橫向伸進扳機護弓並且觸碰扳機，同時也把右手往前伸。

左手手指扣下扳機來開槍，由於槍的後座力比手的力量更大，所以無論如何都會稍微下垂。這時扳機回到原來的位置，也就是重置後可以再次擊發的狀態。

由於右手持續把槍往前伸所以扳機再次被拉動，然後再次因為後座力而重置——結果就變成能夠重複超高速射擊。

這是被稱為「bump fire」的半自動槍械高速連射法。比正常扣扳機時更加快速，能夠像全自動模式一樣開槍亂射。

Pitohui的光劍一路貫穿大衛胸口的同時，大衛的高速連射也刨開Pitohui的胸部……

「嘎哈！」「嘎！」

同時吐出一口氣的兩個人，簡直就像抱在一起一樣靜止不動。

「哎呀，你變強了呢……」

逐漸死去的Pitohui所說的話……

「託某個人的福啦……」

讓逐漸死去的大衛這麼回答。

突然微笑起來的Pitohui……

「變得這麼強的話……或許可以真的喜歡上你了喲……大衛……」

邊往後倒邊說出這樣的話，大衛則是邊從膝蓋跪下去……

「聽起來很不錯呢……」

邊說出這樣的感想。

雖然兩個人同時死亡，但Pitohui最後留給大衛的話是……
「啊，當然是開玩笑的。你可別當真啊。」
「妳這個臭婆——」
大衛沒辦法把抗議說完。

「啊啊……」
停止槍擊後畏畏縮縮地轉過頭去的蓮看見了。
在短短10公尺左右之外仰躺在地面死亡的Pitohui與大衛。
兩人之間有被切割成圓形的地板，往上一看就發現天花板開了個洞，從該處稍微可以看見五樓的模樣。
應該是剛才Pitohui切割地板，直接掉落到四樓大衛的眼前吧。然後兩個人就這樣同歸於盡。
離開Pitohui右手的光子劍依然亮著劍刃。
劍刃觸碰到地板後燒燬地毯，熔化其下方的構造體後沉了下去。簡直就像把烤熱的刀子放到奶油上一樣。

光子劍迅速下沉，最後終於從地板上消失。在電池耗盡之前，它應該會這樣一路沉至地心吧。

「啊啊……Pito小姐……」

蓮視界左上角的伙伴圖示上並排著五個×。

克拉倫斯、夏莉、不可次郎、M、Pitohui——大家都死掉了。只有自己的HP還沒歸零，雖說只剩下三成，但還能存活已經是奇蹟了。

「得跟Pitohui道歉才行。」

這時可以聽見老大的聲音。

以麻痺的腳緩緩撐起巨軀的她，雖然被大衛擊中而各處都亮著紅光，但總算是活了下來。

只能說實在太耐打了。

老大看著很開心般瞪大雙眼死亡的Pitohui……

「那傢伙完全沒有替Fire著想……不然不會在那個時候來救你……」

老大說得沒錯。Pitohui既然從五樓降下來，應該是打倒在上面的藍色運動服男了吧。

「是啊……回去後得因為懷疑她而向她道歉才行……」

蓮起身之後走到老大身邊。

「HP還剩下多少？」

「大概一成左右吧。多虧數發子彈擊中彈匣包，我才能夠得救。」

「太好了！真是個Lucky girl！」

蓮對她伸出手來……

「比不上妳就是了。」

老大穩穩握住，準備起身時被她一拉的蓮就跌倒了。

「哇噗！」

「喔喔，抱歉。」

「好重！真是的，妳這個胖妹！」

「不好意思喔，小矮子。」

接著兩個人便……

「噗！啊哈哈哈哈哈哈啊哈哈！」

「哇哈哈哈哈哈哈哈哈哈！」

同時笑了起來。

整整三十秒左右吧。到處開洞而且躺著屍體的購物商場通路上響徹著尖銳與渾厚的笑聲。

兩個人笑了一陣子後……

「好！那就來自相殘殺吧！」

蓮迅速起身並這麼說道……

「這是夢寐以求的邀請——但如果蓮輸了的話，跟Fire的約定怎麼辦？」

老大以不再麻痺的粗壯腿部抬起巨大身軀如此詢問。她再次裝填Strizh的子彈並確認周圍，不過已經沒有敵人的身影。

在內心感謝到現在都還替自己擔心的老大，蓮咧嘴笑著回答：

「我可沒打算輸喔！嗯，那個時候就全力裝傻吧！」

「妳也很壞呢……那我就不客氣——」

「要打嗎！要在哪個地方，以什麼方式呢？」

蓮開口這麼問，老大知道這其中帶著她無論在什麼地方、用什麼方法都接受挑戰的意志，於是露出了微笑。那是個很恐怖的笑容。

「在這裡，立刻開打。」

「好喔！」

這個時候，老大與蓮的距離大約是2公尺左右。

老大「喀嘰」一聲把Strizh收回腰間的槍套內。

蓮替雙手拿著的Vorpal Bunny換上新的彈匣之後，沒有上保險就把它們放回腿上的槍套中。

老大使用寬敞的通路緩緩退下來取得距離。大約是10公尺這種剛好適合手槍戰的距離……

「那麼，就以決鬥模式來進行吧。以前在ＢｏＢ的預賽時曾經見過，早就想試一次看看了。」

老大從包包裡取出Strizh的預備彈匣。

「把這東西丟上去。落地時就一起拔槍如何？」

「好喔。就像西部劇一樣。以一擊來決定勝負吧。」

「嗯。」

剩餘的ＨＰ是蓮三成，老大一成，不過兩人的耐久力原本就有很大的差異。實際死亡所需的傷害值，甚至是蓮比較少。兩個人應該都是只要被擊中1發就死定了。

蓮比較小而且比較快，所以有人會認為她占優勢，但老大也絕對不慢，而且她習慣使用手槍。另一方面，蓮則是今天才首次拿到。

蓮認為條件幾乎是平等，也理解正因為如此，老大才會提出進行這個最後的比試。因此根本沒有拒絕的理由。

蓮脫下背包，把它放在地板上。

不是為了減輕重量，而是判斷背上的防彈裝置會變成作弊。

由於這樣就無法再次裝填，所以能射擊的就只有裝在Vorpal Bunny內的7發×2，沒辦法以這14發子彈決定勝負的話，自己就絕對死定了吧。

蓮稍微沉下腰部，以雙手拍了一下腿上的槍套，由於沒有扣上帶子，所以只要拔槍即可。直接把手放在槍套旁邊幾乎快要碰到握柄的位置。

「隨時都可以喔。」

老大也把手放在槍套旁邊……

「要開始嘍。」

左手從下方將彈匣高高地拋起。

不愧是新體操部的老大，丟東西絕對不會失手。彈匣上升到幾乎快碰到天花板的位置，然後剛好往兩人中間的地方落下。

蓮很開心般只看著老大。

老大也很開心般只望著蓮。

雙方的視線之間，彈匣緩緩旋轉並且落下——

咚滋！

掉落在地毯上發出沉穩的聲音。

老大以恐怖的速度拔出Strizh時，蓮也剛好跳了起來。

她當場往上跳躍，同時往右旋轉——而且還拔出Vorpal Bunny。

旋轉途中，蓮的身體轉為橫向的瞬間，也就是被彈面積變成最小時，老大發射出去的9毫米彈的通過她的胸前。

旋轉結束之前，蓮仍在空中扭身期間——

蓮就以雙手的Vorpal Bunny開槍了。

發射出去的2發子彈，1發從老大肩膀上方掠過，另一發則……

「嘎！」

第2發發射出去的子彈命中老大的額頭，直接陷入她的腦內。

「有一套……」

最後好不容易留下這句話，老大就喪失生命並且往前撲倒。巨軀倒在通路上，傳出了沉重的聲響。

「……呼！」

雙手舉著Vorpal Bunny著地的蓮，猛烈地呼出一口氣。

然後表示：

「順利……成功了……」

蓮賭上微小的可能性。

因為老大拔槍且開火的速度比較快，所以——

思考能夠躲開，不對，應該說盡可能提升躲避機率的方法後，認為是跳躍加上高速旋轉。

只是跟平常一樣蹲下或者往旁邊跑來躲避的話，老大將會有所反應吧。但是當場迅速旋轉的話，當老大注意到時應該已經扣下扳機了。

當然老大發射出來的子彈也有直接擊中自己側面的可能性。因此這是沒有平手，不是輸就是贏，勝率只有五成的賭注。

但是蓮獲勝了。

「贏了耶！真不愧是蓮！」

「嗯，在那樣的距離之下還有一半沒射中就是了！」

兩把小Vor也分別說出褒獎與批評的發言。

蓮把它們插回槍套之後……

「唔啾。」「唔啾。」

接著揹起放下的背包，確實扣上帶子將它們固定住。

「人家都說勝不驕什麼的。不過現在尚未分出勝負……首先要找到Fire……」

蓮自言自語的聲音響徹通路……

「不，比試是妳和妳的同伴獲勝了。」

一道男人的聲音這麼回答她。

「嗚！」

蓮雙手拔出Vorpal Bunny並且轉過身子，把槍口朝向聲音的來源。

「什──？」

該處只有剛才打倒的藍運動服男的屍體……

「我是用無線電跟妳說話喔。」

蓮注意到是那個屍體戴在身上的通訊道具所發出的聲音。也注意到聲音是來自於Fire。

「Fire！──你一直在偷聽嗎！」

蓮理解是怎麼回事了。男人的腰部旁邊帶著附有對講機的通訊道具，一直都把聲音與狀況傳送給Fire，現在則把Fire的聲音傳送過來。

如此一來，稍早之前的「你這傢伙拿了多少錢？」發言，以及剛才的「全力裝傻！」發言應該都被聽見了吧。

這個偷聽的變態！

蓮雖然感到憤怒，但是不遵守約定的人還是比較惡劣一點吧？

「Fire！只剩下你而已！我們也只剩下我！你人在哪裡！我現在立刻過去打倒你！」

蓮對著通訊道具這麼大叫，但同時也這麼想著。

如果Fire在那個地方設下陷阱就糟糕了。

蓮完全不知道他拿著什麼樣的武器，以及將採取何種戰鬥方式。

Fire在戰鬥方面應該是初學者，但考量到他為了手槍戰而準備了各種裝備的小隊成員，就知道他一定也做了相當的準備。應該發揮現實世界的金錢力量，全身布滿了強力的手槍與防具才對。

老實說真的不知道靠剩餘的三成ＨＰ能不能打倒他。

但還是得過去才行。

為了一路保護自己到這裡而戰鬥，並且因此而死亡的同伴們。

「我在中庭喔。旋轉木馬的前面。妳可以下來嗎？」

「我三秒鐘就過去！」

這應該辦不到吧。

＊　＊　＊

即使以充滿威脅性的全力衝刺，從四樓往下來到中庭還是花了三十秒。

蓮像子彈一樣衝到中庭之後，周圍是讓人想不到這裡是建築物當中的巨大遊樂園，無法運作的遊樂設施靜靜地佇立在該處。

然後在貼了地磚的開闊空間裡，有一座旋轉木馬。

雖然許多地方的塗裝都脫落了，但是由一些塗了刺眼顏色的馬兒以及胸口被鐵柱貫穿的馬兒排成同心圓狀的帳篷，看起來就像裝飾蛋糕一樣。

前方有一名高挑的男性輕輕靠在扶手上。

「Fire！」

即使看見周圍沒有能夠設下陷阱的物體，Fire手上也沒有武器，蓮還是不敢掉以輕心。

她跑過寬敞的空間，在30公尺前方左右停下腳步，保持雙手以Vorpal Bunny朝向對方的姿勢……

「我來了！一決勝負吧！」

蓮以極為開心般的笑容這麼大叫。

Fire英俊的臉龐沒有扭曲也沒有笑容，只是以平淡的口氣表示：

「剛才不是說過了？比試是妳還有妳的伙伴勝利了。」

是陷阱嗎？

蓮心裡這麼想，但是看不出周圍還有任何人存在。到Fire面前的空間就只有普通的地磚。不論再怎麼觀察，都沒有可以設置手榴彈的地方。

蓮帶著無論發生什麼事都不會驚訝的緊張心情，對視界內所有事物保持警戒，然後緩緩走了過去。

到剩下10公尺這個只要開槍就絕對能命中的距離後，蓮保持瞄準Fire的姿勢並且詢問：

「你還活著！為什麼不戰鬥？為什麼不攻過來？」

Fire在身體前方緩緩張開雙臂。

「我沒有辦法。因為我沒有任何武器。」

這時就連蓮都忍不住感到驚訝。

「什……麼？」

「我討厭槍械和刀子這種傷害人的道具。即使在遊戲當中也沒有攜帶它們這個選項。所以這次只是相信伙伴並且等待。大家都很努力。但還是力有未逮。」

「…………」

蓮說不出話來。

最後大魔王Fire不知道會拿著如何強力或者異想天開的武器，明明已經做好這樣的心理準備，想不到他竟然什麼都沒有。

「如果驚訝能夠殺死人的話，現在我已經輸了喔。」

蓮忍不住這麼說道。

蓮做好開槍的決心。確實瞄準目標，手指觸碰扳機後，著彈預測圓隨即出現，Fire的身體幾乎都在圓內。

「對了，有件事情要趁現在先告訴妳。」

應該看見彈道預測線對準自己的Fire如此宣告……

「遺言？請說吧。」

蓮暫緩扣下扳機的動作。

「我要對瞧不起完全潛行型ＶＲ遊戲以及ＧＧＯ一事道歉。我收回那些發言。希望妳把它當成是不知者的愚蠢發言並且一笑置之。」

如果驚訝可以殺人的話，蓮應該死第二次了吧。

她雖然瞪大了眼睛，還是老實地回答：

「……我知道了。我收下你的道歉。」

「太好了。說完後我也舒服多了。無論如何都不願意在尚未道歉之前就死亡。那麼不用客氣，開槍射擊吧。比試是妳贏了。」

「…………」

蓮煩惱了三秒鐘左右，思考著最後是要出言相識還是稱讚對方的奮戰。

但卻想不出答案。

所以便想最後要好好跟Fire談一談。

在這裡的話，不用擔心被任何人聽見。

聽見Fire剛才的道歉之後，蓮心中也出現一件想對他說的事情。這應該是兩人最後一次見面了，所以蓮便想在此把話說清楚。

蓮看著Fire，開口說：

「那個——」

Fire的背後出現一匹馬並且張開大大的嘴巴。

是怪物！

笨蛋！都是你一直待在這個地方！

愚蠢的Fire在這裡待了五分鐘以上。

所以湧出了馬一般的怪物。蓮一瞬間還以為是旋轉木馬的馬動了起來，結果並非如此。

令人不敢領教的是竟然出現外表相似的怪物。

「可惡！」

蓮咒罵著並且開槍射擊。

2發子彈命中馬的顏面，把它變成多變形碎片然後消失不見。沒有注意到怪物的Fire露出狐疑的表情。

然後這樣的行為當然呼喚了其他怪物來到現場。

滲出……

沉靜的商場中庭產生某種騷動的跡象。那是生物的氣息。而且相當大量。

「嗚咿！」

蓮看見了。

自己周圍的地磚滲出怪物身體的一部分。

那無論怎麼看都像是人類的手指，最後變成手再變成手臂，接著則是臉龐。

好噁心！

要用一句話來形容的話就是「殭屍」。

那種兩隻腳的生物雖然有著人類的外型而且穿著人類的服裝，但是皮膚卻染成噁心的灰色，眼睛則呈混濁的白色，還有搖搖晃晃的體幹且沒有肌肉般的動作。

因為是人群聚集的購物商場，才會出現人型的怪物吧。

「太扯了！超級噁心！想出這種點子的傢伙給我出來！」

蓮真心對想出這種點子的人的思考與嗜好感到厭惡。這絕對是那個狗屁作家想的。

磅！

在腳邊湧出的殭屍以快腐爛的手抓住自己的腳之前，蓮就把它射穿了。雖然是1發手槍子彈就能消滅的怪物，但數量實在太多了。

「哎呀？這真是了不得的景色。」

Fire仍在旋轉木馬前面看著胡亂動著的死人不斷湧出的地獄般光景。

「你在做什麼！快點逃啊！」

蓮雖然這麼大叫……

「為什麼，比試已經結束了。妳才應該快點逃。」

「可惡！」

蓮拚命地開火。毫不留情地對準出現在自己以及Fire之間的殭屍頭部射擊。

她把沒有子彈的Vorpal Bunny伸到背後，「喀嚓」一聲插入新的彈匣後再次不斷射擊。

可惡啊啊！我到底在做什麼！

Vor們……

「有什麼關係嘛。反正妳似乎還沒有殺夠，就大開殺戒吧。」

「還有很多子彈喔。多讓我們發出怒吼吧。」

如此唆使著一邊瘋狂開槍一邊朝著Fire靠近的蓮……

「嗯，我不客氣了！去吃屎吧！」

蓮的眼睛閃過奇怪的光芒。

「看我全部幹掉你們！」

蓮以右手射擊。年輕男殭屍快腐爛的臉有一半被轟飛。

蓮以左手射擊。子彈貫穿中年男殭屍的喉嚨後擊中後面年輕女殭屍的胸口，當她晃動時蓮就用左腳把她踢飛到地板上，通過旁邊時順便以左手賞給她1發子彈。

「呼！」

沒有時間喘息，由老爺爺、老奶奶、爸爸、媽媽、國中生般女兒構成的一群殭屍——也就是似乎來到這座商場購物的白人富豪般一家人包圍著蓮……

「喔啦啊！」

蓮以雙手對最近的大鬍子老爺爺的顏面各轟了1發子彈，讓他當場矮了一截。接著雙手交叉，擊飛左右兩邊的老婆婆與女孩的心臟。

爸爸殭屍踩著踉蹌腳步跑過來時，蓮先以雙腳踹向其胸口，靠著反彈的力量邊旋轉邊飛向媽媽殭屍，然後趁勢以Vorpal Bunny的側面全力毆打其顏面。接著把快腐爛的嘴連同下巴整塊轟飛。

「嗚波~波~波~波！」

仍未消滅的殭屍，從嘴裡發出混濁的聲音，但是……

「吵死了，給我安靜。」

蓮將左手的Vorpal Bunny插入殭屍嘴裡並且扣下扳機。頭腦的後部爆開，槍的前端陷入脖子當中。

蓮直接轉身，射穿爬起來的爸爸殭屍腦門。

可惡！數量太多了！

殭屍雖然是弱小的敵人，但是一個人要處理之前由整支小隊來應付的數量是相當辛苦的一件事。

不過……

「上啊上啊快上啊！」

「這才是蓮！」

因為有小Vor們的加油打氣……

「嗯嗯！」

所以還能戰鬥。

右手子彈耗盡的蓮，一面以左手開槍一面裝填子彈。左手沒了子彈就再次裝填。

當蓮踢飛數名殭屍時，馬型怪物朝她迫近……

「嘖！」

蓮橫向飛躍閃開暴走馬的前進路線，朝通過眼前的巨大身軀射出數發子彈。

很陰險的是，殭屍裡面也混進了普通的怪物。

像豹一樣的怪物從殭屍腳邊跳起來襲擊蓮，直接以豎起爪子的前腳橫掃而出……

「嘎！」

背包被抓中的蓮轉了一圈後被擊倒在地。幸好系統似乎沒有判定受到傷害。

背包的側面裂開，裡面的彈匣紛紛掉落到地上。

「可惡！」

極為方便的再裝填裝置應該損毀了吧。蓮對著轉圈改變方向的豹怪物顏面……

「嗚啦啊！」

把牠射成蜂窩之後……

「抱歉！有一邊要先犧牲！」

把左手子彈射光的Vorpal Bunny……

「好～過～分！」

隨著悲鳴一起丟棄。

接著連破裂的背包也脫下來，以彈匣滾落在上方的地磚為陣地，只用一隻右手來死命射擊逼近的殭屍。

蓮朝前面、右邊、後面以及左邊開槍。

對手是傳統的「無法奔跑的殭屍」算是不幸中的大幸。蓮對著緩緩靠近的殭屍臉龐……

「嗚啦！喔啦！嘿呀！噠！」

咚鏗、咚鏗、咚鏗、咚鏗。

確實地把45口徑的鉛彈轟到殭屍身上。子彈射光了就迅速蹲下來以左手抓住彈匣並且更換。

這時候蓮稍微瞄了一眼Fire的狀況。

Fire他依然佇立在旋轉木馬前面。

殭屍們完全沒有襲擊Fire。像把他當成電線桿一樣，直接從身邊經過。

為什麼？對了！因為他沒拿武器嗎……

蓮感到疑惑的瞬間就注意到答案了。

正如不擊倒斥侯就不會湧出一樣，系統是設定為怪物不會襲擊手無寸鐵的玩家角色。

做出設定的人，應該是為了戰鬥後失去武器的角色準備了這樣的救濟措施吧——他應該沒想到會有打從一開始就沒有任何武器的傢伙出現。

也就是說這樣下去的話，就只有蓮會持續遭到襲擊，要是死亡就算是輸了。

有意思！

蓮感到熱血沸騰。

蓮無法接受Fire放棄比試的行為，因此對她來說這就算是新的比試。

打倒所有湧出的怪物就算蓮贏了。

現在做出決定。蓮決定這麼做了。

咚咚咚！

蓮以一隻右手高速連射，一邊屠殺橫排逼近的殭屍，一邊對著Fire露出虎牙。

應該戰鬥一百秒以上了吧。

時間概念消失，腳邊的彈匣幾乎耗盡時，殭屍群的數量也不多了。由於應該只會湧出一定的數量，目前還存在的這些傢伙應該就是最後了。

「喔啦！」

咚！

一隻觀光客殭屍揹著看起來很貴的單眼相機，蓮一槍就送他回歸黃泉。

「嗚呀！」

咚！

身穿洋裝，抱著玩具熊的女孩子殭屍，蓮則是連同玩具熊一起射穿。

然後沒有子彈了。

「嘿，拜託幫忙裝子彈吧。這樣下去，我就只是普通的粉紅色文鎮喔。」

雖然聽見小Vor的聲音……

「沒了！」

撿起來的是已經空了的彈匣。下一個撿起來的依然是空彈匣。往腳邊一看，發現完全沒有露出金色子彈的彈匣了。

還有八隻發出低吼並緩慢迫近的殭屍。從周圍4公尺左右包圍自己，已經無路可逃了。

但是——

是警察先生！

蓮注意到其中一隻殭屍是穿著深藍色制服的警官。

腰上繫著掛有手銬、警棍等裝備的皮帶，然後該處也有槍套……

「嘿！」

蓮把小Vor丟了出去。

「嗚哇妳做什麼～？」

飛出去的Vorpal Bunny擊中警官殭屍的臉，讓他感到膽怯。蓮趁機衝進他懷內，左手伸向他右腰上的槍套。

然後抓著拔出來的是美國警官之友「格洛克17」。

如果是GGO世界內重現的槍枝，它應該也能開才對。蓮抽身而退同時換成右手持格洛克17，然後朝警官的腹部扣下扳機。

喀嘰。

傳出清脆的聲音，格洛克沒有噴火。雷管被判定太過老舊而沒有點火，因此成為未爆炸彈藥。

「噠啊！別只有這種時候才這麼真實好嗎！」

蓮這麼大叫著，同時把槍械朝原持有者的顏面丟去。

這下子蓮已經沒有槍械可用了。

殭屍們一步一步不斷迫近。蓮已經無處可逃。

「呼！」

蓮露出了微笑。

右手繞到身後，朝腰部後方沉睡在背包底下的最後武器伸去。

手指確實包裹住熟悉的握柄……

「好了，要上嘍！小刀刀二世！」

然後拔出戰鬥小刀。

「在下了解了！啊啊，蓮小姐，還以為這次沒有我出場的份了呢！」

佇立在旋轉木馬前的Fire，眼睛裡映照出蓮的身影。

蓮在警官殭屍前面輕輕跳起，同時撕裂了他的喉嚨。

警官殭屍消失之前，蓮就襲擊旁邊拿著爆米花袋子的男孩殭屍，以風一般的速度穿越他身邊後，男孩子的頭就滾落到地面。

在伸出雙手想抓住她的中年黑人女性殭屍前面……

「呼！」

蓮的右手以只能看見殘像的速度揮動。

殭屍的手重重落下，接著手臂也掉落到地上。

面對即使如此還是想咬人的女性殭屍，蓮把小刀打橫，從胸口肋骨的縫隙刺了一下她的心臟。

「剩下五隻！」

這個時候，身穿速食店制服的殭屍準備朝蓮走去，結果似乎踢飛了某樣東西。

被他踢飛的物體漂亮地在地磚上滑行——

喀滋。

打到了Fire靴子的前端。

那是滑套完全後退並且停住的粉紅色手槍。

「…………」

Fire彎下修長的身軀，朝手槍伸出手。

「還有三隻！」

蓮整個撕裂店員殭屍的側腹後……

「咦？」

看見剩餘的殭屍裡的其中兩隻——或許是要參加派對吧，穿著鮮紅性感禮服的女性殭屍，與穿著T恤挺著圓肚這種外表完全相反的大叔殭屍開始朝Fire的方向移動。

「為什麼！」

沒有錯過這一瞬間的鬆懈，待在附近的西裝男殭屍像要壓到蓮身上般倒了下來。

「嗚！」

嬌小的蓮被壓倒在地磚上。

「嗚～啪～」

男殭屍張大嘴咬了過來……

「嘿！」

蓮反手以刀尖刺進其喉嚨當中。然後直接將手臂往上揮，把男人的臉直向剖成兩半。

倒在地板上的蓮在顛倒的情況下看見了。

迫近Fire的兩隻殭屍距離他大約3公尺左右。

Fire沒有任何動作，簡直像是等待被殺一樣。然後他的手裡拿著自己剛才丟出去的Vorpal Bunny。

即使沒有子彈，槍械依然是槍械；就算是粉紅色，武器仍然是武器。持有的瞬間殭屍就產生反應，所以才會鎖定Fire……

「那個笨蛋！」

蓮像彈簧一樣跳了起來往前飛奔。距離兩隻殭屍的背部大約是5公尺。

腳程稍快的女殭屍邊往Fire迫近邊把手伸出去。雖然看不見，但是也張開嘴巴了吧。

蓮知道自己跑過去也來不及後……

「啊啊真是的！吃我這招！」

蓮將小刀在手裡轉一圈並且投擲出去。

刀刃陷入女殭屍的脊髓，讓她在Fire眼前倒下。但是剩下來的一隻胖大叔殭屍迫近……

「唔喔喔喔喔喔喔！」

蓮跳了起來。

手上雖然沒有武器，但是那又怎麼樣。

還能夠戰鬥。蓮要戰鬥到死為止。

剛好就像在ＳＪ２裡打倒Pitohui的時候一樣。

逼近的蓮凌厲地迅速用力躍起，跳到大叔殭屍的巨大身軀上……

「嗚嘎啊啊啊！」

然後咬住他的喉嚨。

喀嚓！

咬破喉嚨皮膚的感觸傳到蓮嘴裡，同時左眼內部也傳來鈍重的疼痛感。

大叔殭屍粗大的拇指，因為他拚命抵抗的結果而陷入蓮的左眼當中。手指強硬地往深處插入。

可惡！

蓮看著逐漸減少的ＨＰ，同時嘴巴更加用力地咬著——

咕喳。

終於把殭屍的脖子以及頸動脈咬斷了。

大叔殭屍變成光粒並且消失。其身軀以及陷入左眼裡的手指也跟著不見。

蓮當場掉落……

「噗呸！」

從背後落下的蓮，往上看著高高聳立的Fire。

ＨＰ還在繼續減少。不只有左眼，連深處的腦部也被判定受到傷害，所以ＨＰ大量減少。

馬上就剩下不到一成，得知自己必死的蓮……

「Fire，我——」

最後想說出心裡的話，但是卻沒能成功。

蓮雖然直到最後都睜著右眼，但——

手裡拿出Vorpal Bunny的Fire，其平靜冰冷的臉龐從視界當中消失。

酒場裡的觀眾同時看見兩個畫面。

一個畫面當中，在逐漸死亡的蓮身邊，一名高挑的運動服男操作著視窗。然後當場無力地倒到地上。表示投降的「Resign」標籤啵一聲浮現出來。

另一個畫面裡，在高速公路上拚命奔跑的三個人——裝備護具且蒙面的三個男人則是遭到如下雨般的大量子彈攻擊。

為了救援Fire而從地圖西北部的廢墟繞過破碎的湖面，一路奔跑過來的三名V2HG成員，在快要抵達購物商場時陣亡了。

「CONGRATULATIONS!! WINNER ZEMAL!」

出現刺耳號角聲以及巨大閃亮文字的天空底下——

五個揹著大背包，抱著金屬軌道供彈系統機槍的男人以及一個女人站在高速公路上。

在道路正中央昂首瘋狂射擊的男人們後面……

「恭喜！這樣就獲得優勝了。」

碧碧對他們這麼說道。

結果男人們放下槍口微微冒煙的機槍，然後不斷緩緩回過頭來。

所有人臉上出現的不是獲得優勝的喜悅，而是驚訝的表情。

頭巾男TomTom以有點想哭的表情說：

「那個，女神大人，請饒恕我不敬的發言……」

「怎麼了？」

「遊戲這樣就結束了嗎？」

「當然了！」

「這樣的話……我們會覺得很傷心。」

「咦？已經獲得優勝了耶？」

「是這樣沒錯，但老實說，我們想多開一點槍……想要盡情地開火啊……」

「啊？這麼說，你們的目的不是優勝嘍？」

「不，嗯，一直持續開火的話應該就能活到最後，這樣就沒關係……」

碧碧看著露出哀傷表情的TomTom與其他成員並且這麼呢喃：

「唔嗯～方法錯了嗎……？」

比賽時間：兩小時五十八分。

第四屆Squad Jam結束。

優勝隊伍：「ＺＥＭＡＬ」。

大會總開槍數：２３４,９０１發。

SECT.23 第二十三章　香蓮的憂鬱

二〇二六年八月二十九日，星期六。

霧島舞正出發去工作。

早上八點半駕駛輕型車從自家公寓出發，在萬里無雲的晴空底下，車子在周圍只看得見綠色的大自然道路上行駛。

舞所從事的自然導覽員這份工作並非六日休假。暑假期間的話更是忙碌。

當然北方大地——北海道的短暫暑假已經結束。這時候是本島的暑假。許多家庭會在漫長暑假的最後來到北海道觀光。

現實世界是二十四歲日本人女性的舞，外表跟她在GGO內使用的虛擬角色——夏莉完全不同。

首先是身材矮小。大概一五五公分左右。不過GGO的虛擬角色本來就比日本人的平均身高還要高，因此說起來這也是理所當然。香蓮和美優算是例外。

髮色當然是黑色，長度是半長髮。然後把頭髮在正後方綁成馬尾。

唯一相似的大概就是容貌吧。講好聽一點就是剛毅，講難聽一點就是跟野人一樣，散發出不適合可愛服裝的氣氛。

身上的服裝是知名戶外運動品牌的牛仔褲和以紅色為主的法蘭絨襯衫。襯衫上還穿了一件有許多口袋的顯眼橘色背心。頭上戴了防水的尼龍製棒球帽。

夏天從事自然導覽員的工作時總是穿同樣的服裝，幾乎變得跟制服一樣了。由於背心等都已經有破洞而且衣角也綻開，所以差不多是購買新衣的時候。

第四屆Squad Jam結束後過了三天。

那個時候到處作亂的夏莉，結果還是沒能幹掉Pitohui。

只考慮這一點的話確實相當懊悔，但回顧戰鬥過程的話的確已經盡情地殺戮，算是頗為滿足的三個小時。

也就是相當快樂，並不覺得後悔。

舞她……

「夏莉，別煩惱那麼多！要更輕鬆地度過人生，不對，是遊戲人生啊！」

想起那個時候克拉倫斯所說的台詞。

由於握著方向盤，同時也回想起粗暴駕駛著悍馬車的事情。

「呵呵！」

舞輕聲微笑後，帶著比三天前更多的自信轉過彎道。不過當然是安全駕駛。

緊接著……

「還有很多機會可以幹掉那傢伙。」

以笑臉說出被警察聽見會很麻煩的發言。

從那天以後就沒有跟克拉倫斯說過話。

由ＳＪ４回來之後，對方似乎先登出了。所以下次在ＧＧＯ裡遇見克拉倫斯的話，自己有話想跟她說。

也就是……

「可以直接見面喔。」

這樣的內容。

八月結束之後，舞也有時期略晚的暑假。

那個時候，不論克拉倫斯住在現實世界日本的哪個地方，就算是最遙遠的沖繩離島，舞也願意到那片土地觀光並且與她見面。

然後……

「我很輕鬆地享受著遊戲喔。」

想這麼對她說。

想著這些事情期間，舞就抵達今天上班的地點，也就是本地的觀光牧場。好了，該開始工作了。

時間快要到早上九點。舞停好車後就到辦公室去打招呼。她今天的工作是讓一名從東京來的客人騎馬，然後自己也坐在馬上導覽，悠閒地在廣大的大自然裡散步。

這是暑假中經常接到的工作，大部分導覽的對象是一整個家庭，不過今天有點不太一樣。經營觀光牧場的是一對夫婦，其中的太太是一名四十多歲的女性，此時她正仔細地向舞說明客人的狀況。

本次預定十點左右抵達的客人，是居住在東京，目前拒絕去上學的國中三年級女學生。從小就無法融入班級與學校，到了小學四年級時終於不到學校上課，之後就一直在自己家裡學習。擔心她一直處於家裡蹲狀態的雙親，好不容易才哄她來到這個地方。

所以跟一般的客人不同，為了不要傷害到纖細的女孩子，希望能夠多加注意言行舉止——聽到雇主這麼說的舞感到很困擾。

舞沒有拒絕到校的經驗，學校對她來說就是跟喜歡的朋友與教師開心過每一天的最棒地點。所以大概完全無法理解那個女孩子心痛的感覺。

或許是內心的想法表露到臉上了吧，個性直爽的女性便這麼對她說：

「嗯，跟平常一樣就沒問題了吧。因為小舞妳很溫柔啊。」

「咦？是這樣嗎？」

「是啊。我沒跟妳說過嗎？最近更是如此。感覺圓融多了。那叫什麼名字？是受到大家都在玩的，叫作什麼『Gun Gale Online』之類的遊戲影響嗎？妳在遊戲裡也這麼溫柔嗎？」

沒有玩遊戲的她不了解，ＧＧＯ內的夏莉是屬於惡鬼羅剎的類型。是大量擊殺與撞死敵人的恐怖傢伙。

「這個我也不清楚……」

舞含糊其辭，同時想著「在虛擬世界發洩完後，在現實世界會變得圓融嗎？」。

「對了，那款遊戲的名稱妳說對嘍。」

＊　＊　＊

準備完馬與馬具的十點左右，搭乘租借的汽車跟母親一起過來的，是一名身高跟舞差不多的女孩子。

黑色長髮布滿背部，臉龐與手也帶著某種病態的蒼白，瘦削的身軀看起來不甚健康——不對，是看起來像娃娃一樣的女孩子。身上穿著花朵圖案的洋裝。

當女性經營者以極親切的態度前去迎接時，舞就在她旁邊看著那個女孩子。視線一對上之後，對方就迅速把眼睛移往他處。

唔嗯……能夠對話嗎？要是一直保持沉默會很尷尬耶……

舞心裡雖然這麼想，但工作就是工作。於是跟平常一樣，把客人帶到辦公室內。

名字叫小野田亞衣的十五歲女孩——

出乎意料地是一名能夠與人溝通的女孩子。

讓她換上騎馬用連身服時、練習上馬時、舞拉著韁繩體驗騎馬時……

「是的……」

「不會……」

「知道了……」

明明只會回答這三種台詞，等騎馬來到牧草地時……

「好漂亮。好棒的景色。」

「我是第一次騎馬，一開始雖然很害怕，不過真的很有趣。」

「我早就想騎騎看了，真的很開心。」

就跟之前幫忙體驗騎馬的其他孩子們一樣，是能夠直率地說出感想的小孩。

她的口氣始終相當客氣，可以看出家教相當好。

一次就記住所有騎馬的注意事項，而且也很會操縱馬匹。如果這是人生首次騎馬，那麼認真鍛鍊的話，應該會成為相當優秀的騎師吧。說不定還會超越舞。

為了萬一落馬時做準備，兩個人頭上都戴了騎馬用安全帽，同時穿戴落馬時鋼絲會被拉動而打開的氣墊背心。

性格溫馴到應該不需要這些裝備的馬匹緩緩地載著兩個人前進。

「嗯嗯。做得很好。」

佩服女孩子的舞同時感到安心，稍微加快了馬匹的速度。

兩人乘坐的馬是北海道和種，通稱「道產子」的馬。比最知名的純種馬要小，屬於矮胖的體型。然後是以左右的前後腳同時移動這種不太會搖晃的方式來行走。

載著兩人的兩匹馬，以及總是會從辦公室跟過來的狗——名叫「喬治」的雜種大型犬，就這樣越過山丘連綿不斷的牧草地。

接著進入小徑經過的森林，直接騎馬緩緩越過山澗。

「真的很開心。來北海道真是太好了。」

面對蒼白的臉孔露出笑容的亞衣……

「那真是太好了！能聽見客人這麼說，我也很高興！」

舞也直率地微笑著。

穿過森林的一行人，在休耕地以及平坦的草原上前進。

在喬治的帶領下，兩匹馬橫向並排前行，亞衣則是說著舞沒有詢問的事情。

「我因為討厭學校而沒有去上學，不過除此之外的事情都覺得很有趣。除了去學校之外，所有事情都想嘗試看看。」

從出現兩次「學校」這個名詞來看，她應該真的很討厭那個地方吧。

舞把自己開心的過去從腦袋裡丟開……

「這樣的話，那就別去那種地方了——不知道可不可以說這種不負責任的話。妳其他還喜歡什麼東西呢？」

亞衣經常走在自己身邊，這時舞邊看著她的臉龐邊這麼問。

「一天裡除了規定的學習時間之外，我就是聽自己喜歡的音樂、幫自己和家人做飯、在網路上看書或電影。遊戲的話，我有玩完全潛行的VR遊戲。每一種都很喜歡。」

「這樣啊。」

附和著對方的舞，猶豫著該不該說自己也在玩完全潛行遊戲，但最後面還是放棄了。

說出在玩什麼遊戲的話，很可能被問到角色名稱。除了伙伴之外，不太想被知道自己是有著危險性格的夏莉。

「網路遊戲呢，雖然不能說出我玩的遊戲名稱——」

亞衣也沒有說出自己玩了什麼遊戲。真是聰明的孩子。

「不過我很喜歡在遊戲當中可以當另外一個人這件事。我喜歡自己不再是膽小軟弱的女孩子，可以變成強大又帥氣的人。」

「嗯嗯。哇——」

本來想說「哇，我懂」的舞打消念頭……

「哇，原來是這樣。」

改為說出這樣的內容。

好險好險。舞抬頭看著清澈的天空並且這麼想。

同時又想「GGO裡沒有這樣的藍天」。

「我在遊戲裡學到最重要的事情是——」

由於亞衣還想繼續說，所以舞也順著她的意思聊下去。對方願意說的話，只要表示認同並且聽下去就可以了，所以很輕鬆。

「大家都很卑鄙。我也是一樣。」

「什麼？」

「嗯，請讓我說明一下吧。網路遊戲的話，有各式各樣的人在操縱各式各樣的角色，但因為是在遊戲裡面，並非現實世界，所以無論是正義還是卑鄙的事情都能做。」

「是啊。的確會變成這樣。然後呢？」

舞不只是附和，還進一步提出問題。

「我想您應該不知道，完全潛行遊戲呢，虛擬角色的性別必須跟現實世界一致。」

「這樣啊。」

明明很清楚，舞卻露出感動的模樣。

「因為我是女性虛擬角色，所以有許多男性對我做出了各式各樣的發言。幾乎都是跟情色有關的。」

我想也是。

舞差點這麼說。

因為是在遊戲裡面，所以夏莉身邊也出現許多男性說著輕薄發言，或者做出現實世界不敢做的下流行為。現在也是一樣。

亞衣在另外一個世界應該也有同樣的經驗吧。

就算虛擬角色是性感的成熟女性，操縱者也只是國三的十五歲女孩子。

對這樣的小孩子說出那樣的話確實難以饒恕——雖然這麼認為，但是對方根本無從得知亞衣的身分。

舞只能想著「這就是看不見現實的網路遊戲不好的地方了」。

結果在馬背上搖晃著的亞衣又接著說：

「但是，其實我也一樣卑鄙。」

「什麼？」

舞把臉轉過去後，就看到確實盯著自己看的白色面容。雖然沉穩又冷靜，但是又帶著某種笑意的表情。

「我很清楚那些男人的邪念，於是盡情地利用了他們。以並非真實自己的虛擬角色做些色色的事情，可以說完全沒有抵抗感。因為那完全是另一個我。應該說，正因為可以做平常辦不到的事情才會這麼有趣。」

唔……

舞只能在心中發出沉吟聲。

雖然不太願意贊成她的意見，但是盡情做些現實世界辦不到的事情所帶來的快樂，正是舞操縱夏莉時最享受的部分。

「然後呢？」

「我的虛擬角色以情色的打扮——不過遊戲內無法裸體，所以最多就是穿著內衣褲，對同隊的男性們展示這種模樣，然後強迫他們做事情。以錄影道具偷偷錄下對方害羞又丟臉的聲音再拿來利用，告訴他們不想檔案被傳到網路上的話就得乖乖聽話。讓藉由這種手段獲得的同伴把遊戲的金錢與道具送給我，或者聽從平常絕對不願意接受的粗暴命令。託他們的福，角色轉眼就變強了。」

嗚咿！

舞感到難以接受。可以說是退避三舍。

雖然是在VR遊戲當中，但是沒想到國三女生竟然會做出這種像「仙人跳」或者「美人計」般的行為。

不，不是這樣……

或許正因為還是國三，在許多方面都還是小孩子，才能夠放手去做這種事情吧，舞重新這麼想。

當然雖說是國中生，但女孩子可是比男孩子早熟多了，因為自己也是這樣，所以相當清楚。

如果一直在自宅上網的話，應該會吸收許多超過年齡的性知識吧。正因為沒有去學校，才會接收許多超越世代的知識。然後年輕又聰明的腦袋就像海綿一樣把它們吸收進去。

舞回想起自己幾乎都在外面到處玩的少女時代，同時覺得雖然對亞衣不好意思，但自己選擇像這樣在馬背上搖晃的生活真是太好了。

聽完亞衣的獨白，舞試圖為這次的對話做出總結。

「原來如此。也有這種玩法嗎？嗯，雖然不是很值得稱讚就是了。不過也不到罪大惡極的地步。如果能確實分辨遊戲與現實世界的話。」

「這一點絕對沒問題。因為不想讓爸媽再為我擔心了。」

「那就好。我放心了。這件事妳對其他人說過嗎？」

「沒有。」

「那麼我就是第一個兼最後一個。我絕不會跟別人說，然後這兩匹馬與喬治也都是守口如瓶的好孩子。」

「妳不罵我嗎？」

「想要我罵妳嗎？」

「我也不知道。」

「那麼，我不會罵妳喔。我沒有偉大到能夠指點別人的人生。今天能在這裡教妳的——就只有騎馬的方法而已。」

「那麼我就不客氣地問了。我繼續這樣下去可以嗎？還是應該強迫自己跟其他人一樣，從明天開始就忍耐各種事情然後到學校去，好好地過生活才是正確的呢？」

舞現在才理解，這才是亞衣最想問自己的事情。

她就是為了問這個問題，才會說出未曾跟任何人提起的祕密。

所以……

「這個嘛。我能說的就只有——」

舞就回應了她的提問。

「別煩惱那麼多！更輕鬆地度過人生吧！」

兩人在談話之間來到了河川。

是一條從稍微往下的草原前方流過，水位並不深的淺川。喬治很高興般啪嚓啪嚓踢著水游泳渡河，兩匹馬則是直接在舞的前導下緩緩走過河川。

「這邊的上游呢，有河川旁邊直接就是溫泉的地點，我經常會跟同伴一起去泡喔。」

舞一改變話題，亞衣的眼睛就閃閃發亮。

「太棒了！我也想去看看！」

「太好了！我一開始聽見時也是這麼認為！不過，那是在深山裡面，就算以馬的腳程也要走三個小時以上才行。而且還要渡過三次很深的河川。導覽員只能帶有騎馬經驗的大學生以上成員過去喔。」

「那還要等很久耶……」

「在那之前先享受其他有趣的事情吧。不論是學習還是遊戲。溫泉它不會跑走的。」

「那麼，舞小姐能夠一直擔任我的導遊到那個時候嗎？」

「我不適合做其他的工作喔。」

「那就太好了。我放心了。我會盡量要自己別煩惱太多事情。下次再來這裡的話，請教我更多騎馬的技術吧。」

「好吧。」

中午過後。

結束比當初的預定漫長許多的騎馬體驗，稍微曬黑了一點的亞衣和露出安心表情的母親一起乘車離開了。

上車之前，她最後又向舞深深地一鞠躬。

在舞旁邊露出親切笑容並揮著手的女性經營者，等車子被旁邊的防風林遮住的瞬間……

「呼咿！哎呀，在等待的期間，那個看起來很有錢的媽媽似乎很擔心，還提出一大堆問題！光是『沒問題嗎？我女兒沒有給妳們添麻煩吧？』就說了三十二次喲！」

經營者就像送走瘟神般這麼說著。

舞戴上剛才揮舞著的帽子……

「不用擔心啦。剛才也說過了，是個很直率的小孩子。」

「小舞，妳和那個孩子聊了些什麼？應該說，可以對話嗎？」

「當然了。她很喜歡這裡的景色，我跟她約好下次還要教她騎馬的技術。」

「哎呀。那她每年都會來嗎？是好客人？」

舞對隨時不忘賺錢的女性露出微笑……

「或許會吧。」

同時邊希望能夠變成這樣邊做出回答。

「那麼，那個時候就由小舞擔任她的專屬教練嘍！」

不清楚是否理解舞內心想法的女性這麼說道……

「是可以啦，不過那個時候會加薪嗎？」

「嗯……怎麼辦才好呢！嗯，總之先來吃已經有點晚的午餐吧！」

＊　＊　＊

二〇二六年八月二十九日，星期六。十四點半。

香蓮在東京某座購物商場的入口。

做了一定程度的打扮，還戴著咲她們送的項鍊。

這都是為了跟Fire——

不對，是跟炎約會。

三天前。

因為眼睛被殭屍壓破而死的蓮就此結束ＳＪ４的旅程，立刻被傳送回待機區域，還來不及跟先回來的同伴說話大會就結束了。最後獲得優勝的隊伍是ＺＥＭＡＬ。

接著就和腳邊的小Ｐ一瞬間回到了酒場。

由於是從包廂參賽，所以蓮他們四個人都回到同一個房間。待在待機區域的夏莉似乎被傳送到其他地方，目前人不在房裡。

接著就聽見酒場的喧囂聲。

那是觀眾們為ZEMAL喝采的聲音。蓮稍微打開門看了一下……

「幹得好啊啊！」

「你們太棒了——！」

「恭喜獲得優勝！真的很恭喜！」

「我也買機槍的話，請讓我加入中隊吧！」

「姊姊請跟我約會吧！」

「我一直都相信你們有一天會成功！從第一屆SJ開始我就這麼認為了！」

「等等，你這一定是在說謊吧。」

眾人都盡情地大鳴大放。ZEMAL的男人們在觀眾包圍起鬨之下，臉上露出了頗為尷尬的表情。

實況玩家賽因則表示：

「那麼我們來訪問一下優勝隊伍吧！首先從精采指揮眾成員的大姊姊開始！總而言之，能獲得優勝的最大要因是？果然是因為大姊姊妳的指揮嗎？」

碧碧面對推到自己面前的小型麥克風……

「咦？是因為大家都很努力喔。正因為他們默默地聽從命令，我才能夠盡情地指揮。」

隊伍。

開始流暢地回答起問題。

所有人都注意著碧碧的回答，她的一字一句都引起大騷動，根本沒有人在意獲得第四名的

蓮等人就趁機罩著連帽斗篷走出包廂並且離開酒場。

走在微暗的巷弄當中……

「那麼，邊聽盡全力還是輸掉之後的感想邊舉行慶功宴吧？去喝點東西吧！M請客！」

Pitohui開口這麼表示，但是……

「抱歉，Pito小姐。潛行時間實在太長，我有點累了。我要下線了。」

蓮卻拒絕了邀請。

「哎呀，這樣啊。那辛苦了！這次也很開心！手槍就送給妳吧！」

「嗯。蓮，下次見！」

「今天幹得很好。」

「謝謝各位。下次會好好跟你們道謝！」

Pitohui詢問操縱視窗的蓮：

「對了！跟那傢伙的約會，妳打算怎麼辦？」

消失中的蓮這麼回答：

「我會遵守約定喔。」

在ＳＪ裡根本沒有時間詢問西山田炎的聯絡方式——

不過也不需要詢問父親了。

在網路上搜尋他極為罕見的名字，立刻就找到他擔任社長的公司官方網站。

商業新聞網站裡也記載了他的專訪。而且還不只有一兩個。

香蓮連線到他公司的網站後看見了。

在許多從業人員包圍之下的西山田。

簡直就像畢業生與恩師一起拍的照片。

超過百人的總公司從業人員看起來都很開心——彷彿這個矮胖社長是他們的榮譽與驕傲一樣笑著。

香蓮寄電子郵件到公司，兩分鐘後立刻得到回應。

西山田提議的首次約會地點是在東京正中央的某座購物商場。

根據天氣預報，週六的天氣將會變差，結果確實是天氣相當惡劣的一天。目前正下著大雨。在整個過程都能待在室內的商場約會真是太好了。

從香蓮的公寓是只要轉搭一次地鐵，完全不用到外面就能抵達的地點。而且除了電影院之外還有水族館、餐廳等，可以說是應有盡有的約會地點。

西山田以客氣的文字所提案的時間是下午兩點。

而且約會內容是只在面對馬路的露天咖啡座喝飲料。

雖然香蓮沒有什麼約會的相關知識，不過跟突然就說要開車兜風、看電影，或者去高級餐廳吃晚餐比起來，這是讓人感到相當輕鬆的邀約。

已經打電話跟美優報告過約會的事情了。

「ＯＫ。很不錯啊。那個地方眾目睽睽，不會突然被壁咚、抱緊並且帶到哪個地方去吧。那麼祝妳好運。雖然感到擔心的我很想在旁邊的桌子觀察，但是那一天我突然跟人有約……」

「沒關係啦！不用為了這個特地跑到東京！結束後……我會好好跟妳報告。」

「這樣啊。嗯，約會其實不過就是茶會啦。雖然是人生第一次，但完全沒有必要緊張喲。我不論約會幾次都是輕鬆地哼歌喲。然後毫不客氣地詢問想問的事情，男的要是太沒用的話我直接就會批評喲。」

「原來如此……所以才——」

「哎喲？」

「不，沒什麼啦。還有為了慎重起見我還是慎重地把話說在前面……」

「太慎重了吧。什麼事？」

「別把這件事告訴艾莎小姐和豪志先生。」

「知道了！我不會說！我會傳訊息給他們！」

「喂等等。」

「嗯，他們兩個人也沒有那麼閒吧。就算說了他們也不會來看啦！」

他們兩個人都很閒。

從商場外道路對面的另一家餐廳裡，有人從最深處的座位上看著香蓮。

分別是今天早上從北海道搭飛機過來的篠原美優、阿僧祇豪志以及神崎艾莎。但是他們各自變裝，打扮成看不出是本人的模樣。

美優戴著金色假髮以及超華麗的眼鏡，服裝也是鮮豔又醒目。

豪志跟平常一樣穿著西裝，但是臉上長滿了鬍鬚，同時也戴了假髮。由於是帶著一半白髮的假髮，所以看起來像超過四十歲的中年人。臉上戴著的運動太陽眼鏡實在不適合這種打扮，看起來相當詭異。

神崎艾莎是把帽子壓低並且戴口罩這種相當傳統的隱藏方式。當然三個人不是以這種打扮來到這裡，是剛才在廁所偷偷完成換裝。

桌子上排著許多吃完的餐盤。他們從一個多小時前就占據這個地方等待著了。

十四點四十分。從遠方看著身穿西裝，比約定好的時間早二十分鐘坐到咖啡廳位子上的西山田……

「那麼……他會成小比的北鼻嗎？啊，有押韻耶。」

美優這麼呢喃著。

她的視界前方，香蓮也在比約定好的時間早了十八分鐘的時候來到現場。在侍者帶領下，兩個人在面對通路的直角位子上坐了下來。

「抱歉我遲到了。」

豪志突然小聲這麼說道，美優則是……

「啥？」

驚訝地轉過頭來。

「沒有啦……我也才剛到。」

豪志繼續說著話，這時是由艾莎代替他說明：

「這傢伙會讀脣術喔。當然從這個地方是看不見的，但我剛剛在花盆裡藏好小型攝影機了。他正看著眼鏡當中的影像。」

「嗚哇，太猛了！為什麼能辦到這種事？為什麼有那種間諜一樣的道具？」

美優同時對兩件事感到驚訝。

「也就是所謂的跟蹤狂技術與機關。」

「嗚哇好噁心！超噁的！」

美優出現兩次傻眼的心情。

「姊姊，妳還是重新考慮要不要跟他交往比較好喔。」

「說得也是。」

「真的很恐怖耶。現在叫警察逮捕他也不遲喔。」

「這也是種選擇。」

無視把自己批評得一無是處的兩人……

「今天謝謝妳過來——不，因為是約定——是啊。謝謝妳。」

豪志持續讀著西山田以及香蓮的唇。

「不過真是太厲害了。那麼我也來傳送訊息吧！」

美優也把智慧型手機拿在桌子底下，然後以猛烈的速度打著訊息來傳送給某個人。

內容是……

「開始嘍！一開始是正常的打朝忽！不對，是招呼！」

「嗯？妳傳給誰？」

窺看他人手機的艾莎這麼詢問，結果美優隨口回答：

「現實世界的老大她們喲。都和我們一起戰鬥到最後了，聽到她們說無論如何都想知道結果，我當然無法拒絕。現在六個人應該聚集在其中一個人家裡，因為我的報告而心跳加速吧！」

超高挑的香蓮與矮胖的西山田。

像七爺八爺的兩個人受到一定程度的矚目。咖啡廳裡的客人都在偷瞄著，而走過兩人所坐桌子前面通路的人們，幾乎都會看向他們兩個人。

但是香蓮已經不在意這種事情。

現在應該做的是和這個人好好地聊聊。

香蓮點的熱花草茶送到她的眼前。她拿起時髦的茶杯，稍微啜了一小口。

「真好喝。」

另一方面，西山田則是完全沒有動飲料。

這時候的他——雖說其實也只有在派對裡見過他一次，不過這時露出當初不曾見過的僵硬表情，看來似乎正在思考什麼事情。

也可能是相當緊張的關係。

反而自己可能是非常地輕鬆。

蓮心裡這麼想，同時決定說出見面後想要告訴對方的話。

不把這句話說出來就不會有任何的開始，從前天就在心裡這麼決定了。

香蓮把臉朝向坐在右邊的西山田，首先表示：

「西山田先生——不對，炎先生。啊，不知道為什麼這個名字比較好叫，請讓我這麼稱呼你吧。」

從豪志那裡聽見這句話……

「喂喂小比，突然就直接叫名字嗎！而且還這麼可愛！這樣會引誘男人犯罪喲！」

美優以難以置信的口氣這麼說。艾莎則表示：

「或許這就是她的目的。香蓮小妞真有一套。」

「咦？不可能吧。糟糕！小比變成魔性之女了！」

「我知道了。當然沒關係的，香蓮小姐。」

果然沒有什麼霸氣的西山田，即使僵硬還是擠出笑容來這麼回答，香蓮聽見後就輕輕點頭。接著開口表示：

「今天是為了跟你好好聊聊才會來這裡。不過，一開始請讓我先把這句話說完。是當時我最後想說的一句話。」

「她……她……她說了什麼……」

美優把身體靠在椅背上。她看起來很不安。

「不會主動告白吧？」

艾莎把身體探向前方。她看起來很開心。

然後豪志的嘴巴動了起來。

「炎先生的伙伴，組成聯合部隊的各小隊成員們，真的打了一場很漂亮的戰爭。所以我想為自己失禮的會錯意道歉。」

「什麼？」

面對默默凝視著這邊的西山田，香蓮幾乎是單方面持續說著話。

「請幫我跟大家說聲真的很抱歉。從大會一開始就認為大家是『傭兵』，是只為了錢而行動……但那根本是天大的誤會。大家都是炎先生的部下、朋友以及伙伴……到了最後的最後，才知道他們沒有人是為了錢，全都是為了友情而戰鬥。能夠瞬間聚集這麼多這樣的人——讓我對自己感到很羞恥，同時也尊敬你的為人。」

「…………」

默默無言一陣子的西山田——

「知道了。我保證會告訴他們。我想大家應該會很開心才對。」

「還以為要說什麼呢……」

美優感到傻眼……

「很符合香蓮小妞的個性啊。」

艾莎則是嘻皮笑臉地——口罩底下一定是在笑不會錯的。

「謝謝。把心裡想說的話說出來，我覺得輕鬆多了。」

香蓮舉起杯子，靜靜地喝著花草茶。

該做的事已經完成。再來就——

看見椅子角度對著西山田的香蓮……

「糟糕小比完全進入『打算接受告白模式』了！那是在說ＹＥＳ的美女會露出的表情！」

美優的外表變成名畫《（孟克的）吶喊》正中央那個對吶喊塞住耳朵的男人。

「不愧是美優小妞。竟然看得出來。」

「姊姊。妳以為我有過多少次這種經驗了？只是沒想到小比竟然也……」

「香蓮小姐，我只有一個問題。」

豪志重複了西山田的話。

「好的。」

香蓮挺直背桿，等待西山田接下來要說的話。

決定不論是什麼內容都要老實地回答。

她的內心這麼想著。

然後西山田所說的是……

「現在的香蓮小姐……和ＧＧＯ內的蓮……哪一個才是真正的妳？」

令人有點意外的發言。

香蓮雖然感到出乎意料，但立刻就決定出答案。

那是她最真實的心情。也是唯一能想到的答案。這種事情，從剪短頭髮那天開始就決定了。不對，是贏過老大那天？嗯，其實都可以啦。

香蓮靜靜把手貼在自己胸口，然後如此回答西山田。

「兩個都是我。」

「那個……真的很抱歉……請聽我，不對，請聽在下說句話……」

面對講話突然變得很客氣的西山田……

「啥？」

香蓮張開嘴巴露出了愚蠢的表情。也就是整個人傻住了。

「那個……真的很抱歉……請聽我，不對，請聽在下說句話……」

面對講話突然變得很客氣的豪志……

「蝦咪？」

美優張開嘴巴露出了愚蠢的表情。總之就是整個人傻住了。

「沒有啦，嗯，怎麼說呢……其實真的很難以啟齒……」

「咦？好的……」

「今……今天我就先告辭了……」

「啥？」

西山田站了起來。即使站起來也跟坐著的香蓮高度差不多的臉上，此時布滿了斗大的汗珠。

「難道是身體不舒服——」

「抱歉！」

不理會香蓮擔心的聲音，西山田猛然行了一個禮後就離開了。雖然露出異常慌張的模樣，不過至少還為了付錢而把帳單拿走了。

西山田在櫃檯付完帳，然後再也沒有看向這邊就離開……

「什麼……？」

而香蓮到最後都只能目送他走出咖啡廳。

炎他發生什麼事了？

吃壞肚子了？是剛才喝的飲料不對勁嗎？

還是因為長時間玩不習慣的ＶＲ遊戲而身體不舒服？

香蓮在獨自被留下來的桌子前面思考著。

蓮過去也有玩太多ＶＲ遊戲而身體不舒服的經驗。

現在雖然可以一次玩四～五小時，但一開始時只要玩個兩小時，登出之後或者隔天都會產生頭痛或者輕微的暈眩。美優說「這是腦袋的肌肉痠痛」，不過不清楚真正的原因。

香蓮這麼想著。

前幾天的ＳＪ４裡，將近三個小時的漫長戰鬥，對ＶＲ遊戲初學者的西山田來說可能造成相當大的傷害了吧？

然後造成的後遺症有可能現在才產生影響。

如果西山田急忙想闖進醫護室的話，自己是不是應該跟他一起去呢？

事到如今香蓮才想到這一點，當她急忙站起身子時……

手提包裡的智慧型手機在震動了。

可能是來自西山田的聯絡，香蓮停止站起來改為看向畫面。

結果該處果然出現前幾天登錄的西山田姓名，不過並非通話而是訊息。

「炎傳來的嗎？寫了些什麼？」

聽見美優的聲音……

「等一下——我現在打開。」

「好喔。」

香蓮敲打畫面，叫出訊息的本文。在閱讀之前……

「唔？」

抬起臉之後……

「哦噗！」

發出有生以來最奇怪的聲音。

眼前站著三個奇怪的人。

然後只要仔細看就能知道三個人分別是誰。

這三個人一溜煙坐到空著的位子上。依然戴著口罩的艾莎面對帶領他們來到這裡的侍者……

「三杯同樣的。」

開口點了花草茶。由侍者默默遵從命令，帶著西山田留下的杯子離開的模樣來看，可以知道他也相當專業。

香蓮的嘴巴不停發抖。

「為！為為為為為為為為——」

美優朝香蓮的臉頰伸出雙手，然後從左右兩邊夾住。

「唔啾。」

「好了好了，不用驚訝了。來來來，快點看看訊息吧？」

美優放開手之後，香蓮就以爽朗的笑容說：

「美優，看我之後怎麼對付妳。」

「嗯，這些之後再說吧。不對，之後也不用說了。總之先看看訊息吧？說不定寫了什麼嚇死人的內容喲。」

「嚇死人的內容是？」

「這個嘛……『突然離開都是為了驚喜的禮物喲！我把花店的花全買下來送給妳當禮物了！』或者『一起到國外去旅行吧！當然是搭頭等艙！』之類的。」

「那是什麼啊。」

「嗯，也可能單純是『抱歉因為太緊張而肚子痛，真是太丟臉了。不過這是我因為太愛妳了——』之類的喲。」

「……等等，突然就說愛什麼的……」

「別管這麼多了，總之先看看內容吧。不看的話事情不會有任何進展。」

「唔……」

雖然不太願意按照美優所說的去做，但香蓮還是把視線移回智慧型手機的畫面。

然後開始閱讀該處以日文所寫的文章。

那個地方寫著——

「來自美優小姐的聯絡中斷了……」

咲以沉悶口氣這麼說道，她的房間裡面——

可以看到加奈、詩織、萌、莉莎、米蘭，也就是ＳＨＩＮＣ的眾成員，穿著附屬高中制服的六個人待在那裡。

由於房間不大，所以地板上的女高中生是圍成圓圈坐著。空間內的人口密度相當之高。

咲瞪著自己的智慧型手機畫面，其他五個人則是圍著她露出凝重的表情。

這三分鐘左右都沒有美優不斷傳來的香蓮約會報告訊息。

香蓮到底發生什麼事了？

不會是被西山田的花言巧語所騙，然後被帶到女高中生不能去的地方了吧。

甚至美優也被對方發現，結果兩個人一起被帶走了！帶到女高中生不能去的地方！也就是汽車旅館！

當咲的妄想開始失控時，手中的物體就輕輕震動了一下。

「來了！」

「說什麼！」

五個人的聲音完全同步。真不愧是新體操社。

「等等……諸位大小姐……我現在看……」

咲畏畏縮縮地看向畫面，然後把寫在那裡的日文唸出來。

「所有人到這裡來吧。」

「啥？」

五個人的聲音完全同步。真不愧是新體操社。

咲接著說：

「等等……好像貼了什麼網址。」

咲纖細的手指戰戰兢兢地靠近訊息下方的連結。

「不會是汽車旅館……」

觸碰之後所打開的畫面是……

「咦？」

從這裡搭地下鐵的話，距離三站的大車站裡某家KTV的官方網頁正在閃爍著。

＊　＊　＊

十五分鐘後。

咲等六個人在穿著制服的情況下，以移動所需的最短時間抵達了KTV。

在櫃檯告知已經有名為「篠原」的朋友在裡面後，就被帶到最高的樓層。

在來到此地的路上，咲等人一直在議論到底發生了什麼事，但是沒有人能夠得出服眾的答案。

「打擾了……」

畏畏縮縮打開門後，咲她們看到的是……

鏘嘎鏘嘎鏘嗯。

臉上戴著白色口罩，並且把大帽子整個拉下來，正詭異地彈著原聲吉他的嬌小女性以及……

「…………」

在她身邊挺直背桿坐著，同時默默敲著鈴鼓的西裝帥哥以及……

「呼……呼……」

一個人站著，單手拿著麥克風喘息的香蓮以及……

「嗨！大家都來了嗎！很快嘛！」

注意到我方後就笑著舉起手來的美優。

曲子正好要結束，最後的樂聲延續——彈著吉他的古怪女性彈著「鏘鏘鏘」的和弦。

接下來似乎沒有人點歌，ＫＴＶ的房間隨即籠罩在寂靜當中。

「那……那個……這到底是……」

面對沒有從打開的門入內的咲等人……

「啊啊，先別管那麼多，進來就對了。大家擠一下擠一下。」

美優把詭異吉他女以及帥哥拉到自己身邊，空出讓咲她們坐下的空間。雖然房間不算小，但是擠進十個人後還是有點擁擠。

「那麼就不客氣了……」

在咲的帶領下，穿著夏季制服的六名女高中生畏畏縮縮地入內並且坐到沙發上。

ＫＴＶ包廂裡的氣氛尷尬到了極點。

以口罩蓋住口鼻的詭異女性，帽子下方的眼角露出笑意來看著這邊，帥哥則是一直保持沉默，只是挺直了背桿坐在那裡。

不清楚兩個人究竟是誰，也不知道為什麼會在這裡，老實說有點恐怖。

「啊啊，是小咲妳們嗎……歡迎……」

香蓮的眼睛看起來像半死的魚一樣，而且還以疲憊的笑容打招呼也讓人感到很害怕。

在這樣的情況中……

「噢，咲妳們是喝果汁吧。因為是喝到飽，所以妳們點自己想喝的吧！完全不用客氣，今天大人們請客！」

由於只有美優以平常的態度來招呼她們，老實說真的太感謝她了。

「那就不客氣了……」

咲她們以點餐用機器點了六杯果汁後，或許是廚房離房間很近吧，果汁一下子就被送了上來。

沒有對詭異的幾名大人之間又加入許多女高中生的ＫＴＶ空間感到奇怪……

「請盡情歡唱！」

帶著親切笑容的店員離去之後……

「那個……香蓮小姐美優小姐……那個……到底發生了什麼事情呢……？」

咲以非常惶恐的口氣開口這麼說道。

保持沉默的帥哥和眼睛充滿笑意的口罩女雖然恐怖，但六個人都刻意不看向那邊。

「這個嘛……小比啊，可以借一下妳的手機嗎？給她們看比較快吧？」

美優戳了一下在旁邊啜著冰紅茶的香蓮……

「嗯……」

香蓮在含著吸管的情況下把手機遞過去。

美優拿著手機來到咲她們旁邊，準備把畫面給她們看時——

鏘鏘鏘鏘嗯！

「嗚咿！」

口罩女突然彈起了吉他，咲她們因此而嚇了一大跳。

「我說姊姊啊！不要調侃這些年輕的女孩！」

由於美優這麼斥責，咲她們就感到更奇怪了。

這個人是美優的姊姊嗎？不曾聽過有這個人就是了。難道是香蓮住在同一棟公寓裡頭的姊姊？然後那個帥哥是她老公？

雖然是充滿謎團的空間，但現在最重要的不是這兩個人的身分。

美優對咲她們說：

「這個呢，就是西山田炎剛才傳給香蓮的訊息……」

一群人把臉湊在一起觀看美優展示的畫面。

上面浮現這樣的日文。

「香蓮小姐跟蓮一樣的話，那就太恐怖了。

我沒辦法跟妳交往。

真的很抱歉。

請忘了我吧。

真的很對不起。」

「咦？」「哈嘿？」「蝦咪？」「啊嗚？」「啥？」「為什麼？」

咲、加奈、詩織、莉莎、米蘭、萌同時發出聲音。

雖然時機完全相同，但是內容卻完全不一樣。

「咦咦咦咦咦咦咦咦咦咦！這究竟是怎麼回事！」

爆發的咲，頭上的兩根辮子激烈晃動著。

「哎呀，總而言之就是呢。正如妳們知道的，為了履行約定而有所覺悟的小比前去約會，在說ＹＥＳ還是拒絕之前就單方面被對方給甩了。」

美優以直接又無情的發言來回答咲。

對於美優來說，甩人和被甩都跟呼吸一樣，所以這種說法根本算不了什麼。

「怎……怎麼這樣……」

咲看了錄影，所以知道自己在ＳＪ４裡跟蓮正面衝突輸掉並且死亡之後，蓮又做了些什麼事情。

雖然知道，但光是那樣竟然就拒絕跟她交往——

光是那樣……光是……啊，沒有啦，其實很恐怖。

咲沒有繼續開口說話。

不知道是不是察覺到她的少女心，美優開始改變現場的氣氛。

「哎呀，結束的事情就別再追究了。所以現在才像這樣舉行『強力安慰失戀女歌唱大會』。真的很不好意思，原本不知道緣由的妳們也來陪她一下吧！」

「如……如果是這樣的話，我們當然願意參加！香蓮小姐！加油！Fight！」

咲大叫著，社員們也依照座位順序接著大喊：

「我們陪妳！不用喪氣！」

「請讓我們一起唱歌吧！」

「我們會陪著妳！」

「請務必讓我們加入！」

「願盡微薄之力！」

接連受到女高中生們同情與安慰……

「啊哈哈……嗯……各位……謝謝妳們……」

眼睛完全像死魚的香蓮這麼回答。女高中生們送給她當禮物的項鍊在胸前輕輕搖晃。

「好了，既然這樣——」

鏘嘎鏘嘎鏘！

「就唱些熱血的歌吧！」

吉他女在口罩底下這麼大叫……

「那個……抱歉唐突地問一下……」

這時咲終於開口詢問從剛才就超級想問的事情。

「這邊的兩位是……？」

在新體操社社員們「問得好真不愧是社長！」般的視線注目之下，謎樣的口罩女開口回答：

「ＳＨＩＮＣ的各位！初次見面！我是在那個世界的名字叫Pitohui的女人！旁邊是Ｍ！以後請多多指教！」

「咦咦咦咦咦！——是……是真的嗎，美優小姐？」

咲以口氣表達驚訝，剩下來的五名成員則表現在臉上。她們都做出「不會吧！」的表情……

「嗯，正是如此。其實從很早之前就知道現實世界的身分～」

美優雖然隨口這麼說，但是不覺得她是在開玩笑。這個人用嚴肅認真的口氣說話的話，反而會讓人覺得是在開玩笑吧。

「我幫妳們介紹一下吧。這位是現實世界的Pito小姐，旁邊的型男則是現實世界的M先生。」

豪志迅速站起來……

「各位，初次見面。在各屆的ＳＪ裡受到大家許多照顧。能像這樣在現實世界見面，我覺得很高興。」

客氣地這麼說完後就低下頭來。咲她們也跟著點頭行禮後……

「竟然……真的嚇了一跳。你好……那個，我們是——」

「嘿！不用說我也知道！」

帶著古怪帽子的女人大聲這麼說，六個人便靜下來聽她要說些什麼。

「我看得出來！從談話當中知道妳們是ＳＨＩＮＣ的成員，重點是誰是遊戲裡的哪個人！從左邊開始是老大、蘇菲、羅莎、塔妮亞、冬馬以及安娜。」

「天啊！」

咲以下每個被猜對的團員都瞪大眼睛……

「為什麼會知道呢？」

美優詢問口罩女。

「氣氛啊。不論外表有多大的差異，角色表現出來的小動作以及姿勢還是跟本人相似。」

「不愧是Pito小姐，太厲害了。」

直率地表達佩服之意的美優……

「那麼從這邊開始是——」

依序把咲等人的名字說出來。

新體操社的眾人不愧是體育社團成員，每當被叫到名字時就迅速站起來低頭行禮。

然後當最後的萌坐下來後，她右邊的米蘭便開口詢問：

「姊姊的那把吉他是神崎艾莎型號吧！」

神崎艾莎愛用的原聲吉他，特徵是手指按壓的檔子部分貼有走路白貓以及其足跡的貼紙。

聽見米蘭的發言後，其他成員也露出「我們當然也發現了」的表情點了點頭。

「是啊！虧妳能發現耶！」

「嘿嘿！因為我們都超喜歡神崎艾莎啊！」

米蘭一挺起胸膛這麼說……

「哎呀真是開心！不過，或許從今天起就會討厭她喲？」

只把這句話當成開玩笑的米蘭露出了開懷的笑容。

「什麼？怎麼可能有這種事呢！」

接著咲就呼吸急促地表示：

「喜歡神崎艾莎的程度可不會輸給香蓮小姐她們喔，我們都是鐵粉！這是倒置法！哪天大家一起去參加神崎艾莎的演唱會是我們的夢想！」

「那真是太好了！」

鏘鏘鏘鏘。

口罩女撥弄著吉他。

在她後面啜完冰紅茶的香蓮，以KTV的機械輸入了歌曲的號碼。

由於沒有其他預約的歌曲，那首歌的曲名就大大地映照在畫面上。

香蓮點的歌曲是——神崎艾莎的《Independence》。

「喔喔！」

咲她們探出身子來並且握拳做出勝利姿勢。所有人都會唱這首歌。

「香蓮小姐！副歌前面我們來幫妳和音吧！」

鏘鏘鏘鏘。

「那我負責吉他！」

戴口罩的女人說完就迅速把口罩扯下來。

「咦？」

新體操社的六個人瞪大眼睛的瞬間。主歌前的旋律開始演奏，其主旋律跟副歌相同。

那配合著旋律撥弄吉他的模樣——絕對是神崎艾莎不會錯了。

先不管在旁邊拍打鈴鼓發出清脆聲響的男人……

「呀——！」

六個人發出幾乎要震破大門玻璃的歡呼聲。

得知Pitohui就是神崎艾莎這個驚愕且衝擊的事實，少女們的腦袋充斥著各種情緒，但音樂不理會這種情況持續演奏著。

在音響以及吉他演奏的開頭旋律逐漸變得高昂之中……

「失戀女！小比類卷香蓮！要開始唱了！」

拿著麥克風的一八三公分高個子迅速站了起來。

煩惱東煩惱西的結果……

只把自己當成悲劇的公主嗎？

嘿，妳不是這樣的人吧。

香蓮的聲音充滿活力。

這首歌在神崎艾莎的歌曲裡面算是相當有氣勢的搖滾旋律，但香蓮此時的氣勢完全不輸給艾莎。嘶吼的聲音讓人很想在歌詞的最後面加上兩個驚嘆號。此時的香蓮就是如此有魄力，就是如此咄咄逼人。

而且還很會唱歌。當然還是比不上艾莎，但是以普通人來說算是相當高明。首次聽見香蓮歌聲的咲她們，先是面面相覷，然後……

「咻～！」

舉起雙手來發出歡呼聲。

詩織和莉娜拿起沙槌，配合著豪志的鈴鼓打起節奏。

艾莎當然全力彈奏吉他，甚至比平常加入了更多的音符。

捉摸不定的Blind faith。

思想　主張　終究只是一時……

不過　Cogito ergo sum。

以超強魄力唱完A段，終於要開始副歌前包含和音的部分。

隨著演唱者本人的吉他——

咲她們同時揚聲唱著。

（面對幾百個選項。）

當六人的聲音漂亮地重疊在一起，就成為具有壓力的和音。

香蓮立刻以不輸給她們的歌聲繼續唱下去。

似乎快要看不見……

（唯一的決斷。）

命運的輪廓……

（將受到數千道壓抑。）

能確定的……

（唯一的一縷抵抗……）

只有這隻手指。

新體操社與香蓮團結一致的熱唱結束——

接著就是重點的副歌。

早就記住歌詞的香蓮根本不用看畫面。

閉起眼睛滲出些許淚水的香蓮握緊麥克風。

要上天堂啊。

美優在香蓮身後以單手祈禱好友結束的戀情能夠上天堂。

Don't discard **就算是惡魔，**

無論如何都不能出賣

手中的Independence。

Meant to be **呼吸　與心跳……**

只有永久停止時，

I will never let fate decide for me。

＊　＊　＊

唱完第二段，最後的旋律隨著音響與吉他一起結束——

結束歌唱的香蓮滿臉都是汗水，這時美優拍了一下她的背。

「很棒的歌！香蓮啊——沒有不會過去的黑夜喲。」

「嗚……」

香蓮似乎非常非常想說些什麼，但吞了一大口口水後就沒有開口了。

「別擔心啦香蓮小妞！沒有男人也能夠獲得幸福的！」

讓豪志拿著重要的吉他，比任何人都嬌小的身軀滑溜地靠到美優身邊後，艾莎又表示：

「不然我今天晚上陪妳一晚吧？」

說出聽起來可能會變成性騷擾，實際上也確實是性騷擾的發言後，香蓮就用一隻左手阻止了那個身軀。那是用手把臉擋掉的強硬阻止手段。

「唔啾。」

擋住嬌小身軀不停亂動的艾莎後，在對這種景象發楞的咲等人注視之下，香蓮開口大叫：

「我今後也要為ＧＧＯ而活！」

由於麥克風仍在她手邊，所以這句全力的喊叫就響徹整個房間。

（完）

後記Gun Gale日記　其之9

大家好，我是作者時雨沢惠一。

自從第八集發售，隔了四個月才又跟大家見面。各位讀者一切都還好嗎？

《Sword Art Online刀劍神域外傳 Gun Gale Online》（以下稱「本作」）也終於來到第九集了！真是開心。

然後這個作者能自由發揮的〈後記Gun Gale日記〉也來到了「其之9」。

一～八集的這個單元——

提到了背後癢時的舞步、作者喜歡的子彈、手的無名指比食指還要長、把海苔捲壽司炸成天婦羅的食譜、租車抵達月面的最簡單方法以及人生首次的中集，可以說談論了各式各樣的話題而且也大受好評，而這次的題目也就是「劇烈變動的二〇一八年」。

如果您是在本書的發售日買下本書的話，那麼現在是十二月初。

二〇一八年也逐漸結束了。時節已經是師走。和尚師父忙碌地奔走著呢。

寫這本書時是十月，所以只有到那個時候為止的紀錄與記憶——

但我還是要大大地寫下來。

「二〇一八這一年，對時雨沢惠一來說是劇烈變動的一年！」。

我從未經歷過如此忙碌的一年。記憶中從來沒有過。

今年是完成了大量工作的一年。

理由當然是上一集也寫過的GGO動畫化的工作。

配音與配入特效音時我拿到了全勤獎。全部都到現場了。

突然變成要寫腳本，結果成為腳本家出道作的第五、六集我也盡全力了！

還執筆了收錄在光碟第六集的特典小說！

當然從四月開始的播放以及七月開始的重播我也努力幫忙宣傳了。幸好先開設了推特的帳號。如果沒有的話，就只能在老家的車站前面拿著擴音器大叫了。差點就要變成可疑人士。

在這樣的情況中，有一件足以匹敵動畫播放的喜事。

就是代表日本的空氣槍製造商TOKYO MARUI所發售，加上粉紅塗裝後的官方商品——電動空氣鎗「P90 小蓮版本」！

想不到自己作品竟然能夠推出正式合作版本的空氣槍……

啊啊，喜歡空氣槍真是太好了，我打從心底感受著這種喜悅。雖然抱緊小P，但是它沒有對我說任何話。大概是因為我不是蓮的緣故吧。

這邊的商品我也創作了特典短篇，執筆時也同樣感到興奮不已！

然後然後，身為作家的我所努力的主要工作，就是各位目前拿在手上的GGO第九集的創作。

SJ4終於要結束了。究竟由是誰獲得優勝呢？

不過本書真的很厚呢。為了把主線全部描寫清楚，完成後就變成這麼厚了。GGO的第三集也同樣很厚，不過這次稍微更新紀錄了。

文章量太多，然後差點就要趕不上截稿日期——

在第七集「上」、第八集「中」之後險些就要變成第九集「下之上」然後第十集「下之下」了，不過最後還是硬撐著把它寫完。真的好險。

那麼，讓我來聊聊這次封面所畫的，蓮以雙手開火的手槍吧。（說個題外話，ＧＧＯ的封面，這次是首次出現蓮開槍的場景。）

在不劇透本文的情況下跟大家說明，這是將零件加在名為「Detonics」的真實存在槍械上改造而成。

原創設計是《奇諾ノ旅》裡，幫忙設計奇諾所使用的虛構分割式半自動步槍「長笛」，而且在ＧＧＯ第三集幫忙畫了卷末槍械講解插畫的「秋本こうじ」老師。

秋本先生在TOKYO MARUI從事現實不存在，也就是所謂「虛構槍械」的設計，所以給我看了在某活動發表的照片。

因為實在太帥氣而讓我血壓飆升，所以拜託他讓我在這次的作品中直接採用作為蓮的手槍，然後也取得了同意。

秋本老師、TOKYO MARUI公司，這次真的很謝謝你們！

因為是蓮要使用，所以我拜託秋本老師把它塗成粉紅色，而且我還厚著臉皮請他在零件中看起來像是耳朵的部分加上白色線條，也就是像蓮的帽子那樣的線條。

在創作ＳＪ４時，我一直在煩惱「究竟什麼樣的手槍才適合蓮？」，結果是讓作者大感滿足的一把（因為是雙手，所以是兩把？）槍械。

接下來要觀看本故事的各位，請期待它在作中的大活躍吧！

在怒濤般ＧＧＯ趕稿的忙碌日子當中——

時間稍微往回到七月初，我被邀請去參加「Anime Expo」這個全美最大的動畫展覽會。我真的去嘍，人生首次的洛杉磯！

去年因為動畫《奇諾ノ旅》的關係，去參加了在舊金山舉行的「Crunchyroll Expo」活動，所以是兩年連續的夏季國外出差。

然後舊金山呢，嗯……真的很熱……

原本就很炎熱的加州，那個時候又剛好遇見了創紀錄的熱浪來襲。連當地的人都熱到難以置信。

結果從手邊的溫度計測出「攝氏43℃」這種在日本無法體驗的炎熱。（嗯，在那之後日本也嘗到了顛覆紀錄的悶熱酷暑就是了……）

活動之後有一天的時間可以觀光，讓我體驗到久違的實彈射擊。有許多首次射擊的槍械，給了我很多的參考。

取材真的很重要呢。必須再到關島去一趟才行了。時雨沢這個人真的很熱衷於研究呢。

當射擊結束的同行工作人員在酷暑中等待時，還不斷追加子彈這件事千萬不能洩漏出去。

就這樣，我的二〇一八年就在充滿GGO的日子裡過去了。

同時在私生活方面也發生了許多辛苦的事情。

這些事情已經在推特提過了，所以也寫在這裡吧——

從二〇一七年尾就開始與病魔奮戰的母親，在昏睡的情況下住院兩個月然後過世了。

這是人生當中只能經歷一次的事情。

母親她一定會看我的書，只要有樣書我就會交給她，所以應該是世界上最快看我作品的讀者就這麼過世了。真的很寂寞。

我想有許多朋友應該也知道，收納骨灰的箱子有一陣子都還可以感受到些許溫度。

住院中無法言語的母親，其肌膚傳遞過來的溫度，過世之後的冰冷感以及抱緊後能感覺到溫暖的箱子。

我應該一輩子都忘不了二〇一八年吧。

至於我的母親嘛，現在大概轉生到異世界裡過著超級活躍的生活吧，有朋友聽到相關消息的話請悄悄告訴我。

雖然先寫了傷心的事情，不過私生活當中其實也有許多開心的事。

在忙於工作與看護當中，真的很感謝陪我一起吃飯跟旅行的伙伴們。

明年也想跟你們一起享受人生。

開始動畫相關的會議（也就是一七年一月）之後，因為工作出門的機會變多，外食頻率增加而運動又減少了，體重當然也跟著不斷地上升。現在已經是很不妙的狀態。

健檢之後，醫生對我說了「減重吧」，因此現在寫這篇後記時，我正在進行減重當中。

當本書出版時，究竟會有什麼成果呢？這是跟自己的比試。加油啊千萬不能輸。還有我陪在身邊啊。

那麼，談論二〇一八年的這個單元也差不多到了要結束的時間了。

下一集會是什麼內容我也還不知道——

其實我想過創作ＧＧＯ的短篇集。

像是把焦點放在配角上、追究剩餘的謎團、描寫ＳＪ１之前的蓮，或者回顧香蓮與美優在高中時的邂逅。

順利度過劇烈變動的二〇一八年後——平成結束開始下一個時代的二〇一九年也會像今年一樣努力。

這次就寫到這裡。讓我們在下一集的這個單元裡再見了！

順帶一提，下一集預定要熱烈地討論「把電腦螢幕當成砧板來用的話，就能一次看到手與做菜順序了，很方便不是嗎？」。敬請期待。

時雨沢惠一

插畫後記
不知道什麼時候
變成花朵圖案的
護膝與護肘。
小蓮在
GGO世界裡
也會持續追求
可愛度。
抱歉我是個很麻煩的
插畫家……

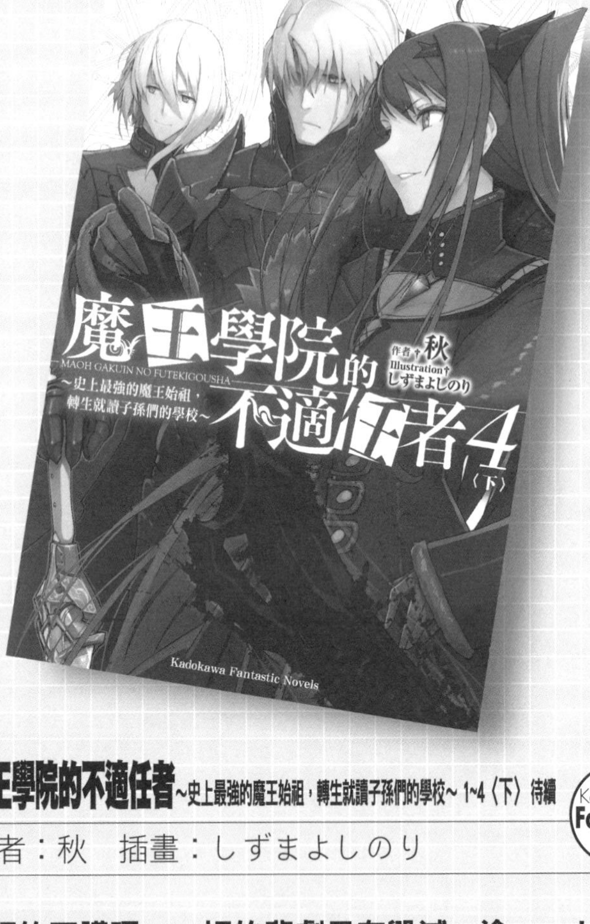

魔王學院的不適任者~史上最強的魔王始祖，轉生就讀子孫們的學校~ 1~4〈下〉待續

作者：秋　插畫：しずまよしのり

一切的不講理、一切的悲劇只有毀滅一途──！
系列最長篇故事，〈大精靈篇〉令人感動的高潮！

虛假的魔王阿伯斯·迪魯黑比亞的真面目乃是自傳承中誕生的大精靈，米莎的另一個面貌。阿諾斯為了知曉其誕生的祕密，施展「時間溯航」來到兩千年前的阿哈魯特海倫。他在那裡目擊到一個家庭的愛與牽絆，因天父神的卑劣計謀遭到無情撕裂的瞬間──

各 **NT$250~260/HK$83~87**

噬血狂襲 1~21 待續

作者：三雲岳斗　插畫：マニャ子

古城被強行將眷獸植入體內，變成了怪物。
雪菜等人只得找齊十二名「血之伴侶」——

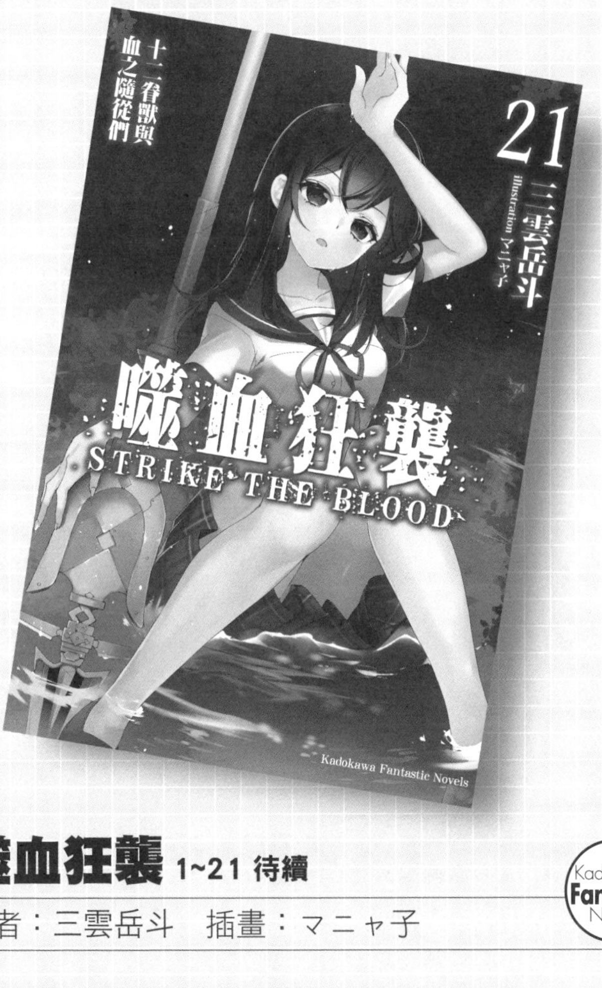

第一真祖齊伊出現在古城等人面前，提出意想不到的交易。齊伊交給古城的是一批新眷獸。古城受到強行植入體內的眷獸影響，理性盡失，進而變成怪物。為了讓古城駕馭住眷獸，雪菜等人只得到處奔波以找齊必要的十二名「血之伴侶」，豈料——

各 **NT$180~280/HK$50~87**

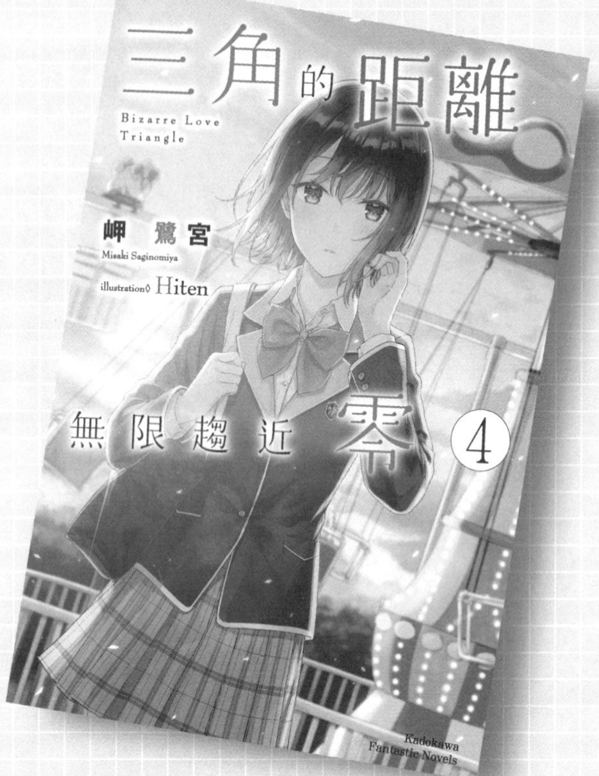

三角的距離無限趨近零 1~4 待續

作者：岬鷺宮　插畫：Hiten

我愛上的那個女孩體內住著兩個靈魂——
與雙重人格少女譜出的三角戀愛故事。

矢野在跟春珂與秋玻接觸的過程中，戀情也在心中萌芽——又在某一天突然宣告結束。然後他變了。所以，為了找回剛認識時的「他」，我——我們展開了行動。在沒有交集的教育旅行途中，我們努力追逐矢野同學，就算我們已經不是情侶——

各 **NT$200~220/HK$67~73**

打倒女神勇者的下流手段 1~6（完）

作者：笹木さくま　插畫：遠坂あさぎ

亞莉安、瑟雷絲和莉諾的攻勢愈來愈激烈……
真一選擇的答案究竟如何？

女神的威脅已去，和平造訪世界——事情並未如此，失去信仰對象的人類社會亂上加亂。沒有勇者使得魔物四處肆虐、國際情勢詭譎。白精靈們的相親問題、殘存女神教腐海化、莉諾沒有同世代朋友等，難題堆積如山……下流參謀的異世界攻略記最後一幕！

各 **NT$200~220/HK$67~75**

奇諾の旅 I~XXII 待續

作者：時雨沢恵一　插畫：黑星紅白

空無一人的國家卻有大批白骨在巨蛋裡!?
銷售高達820萬本的輕小說界不朽名作！

奇諾與漢密斯在沒有任何人的市區中行駛，接著他們在國家的南方發現了一座巨蛋。在昏暗的巨蛋中，有一片廣大且平坦的石地板，而在那地板上隨意散落的，則是各式各樣的白骨。陰暗中，骨頭簡直就像是散落且鑲嵌於四處的寶石一般發著光……

各 **NT$180~260/HK$50~78**

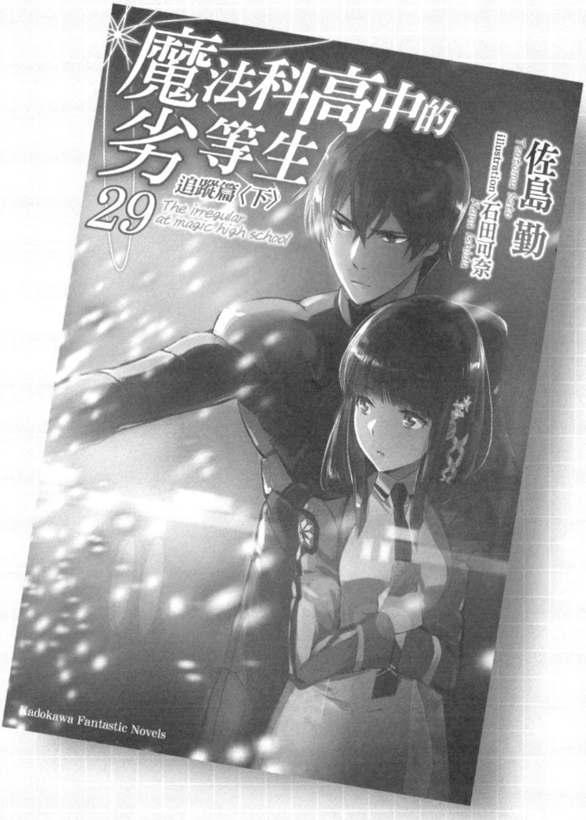

魔法科高中的劣等生 1~29 待續

Kadokawa Fantastic Novels

作者：佐島 勤　插畫：石田可奈

為了救出水波，達也勇往直前
卻有「最棘手的敵人」擋在他的面前！

USNA軍非法魔法師暗殺小隊「illegal MAP」出動暗殺達也，其魔掌也伸向達也的朋友們！不只如此，稀世忍術使藤林長正也以刺客身分擋住達也的去路，面對操縱亡靈的強敵，達也如何應對!?接下來是「那個男人」化為「最棘手的敵人」擋在他的面前——！

各 NT$180~280/HK$50~76

國家圖書館出版品預行編目資料

Sword Art Online刀劍神域外傳Gun Gale Online. 9, 4th特攻強襲. 下/時雨沢惠一作 ; 周庭旭譯. -- 初版. -- 臺北市 : 臺灣角川股份有限公司, 2021.02

面； 公分

譯自：ソードアート・オンライン オルタナティブ ガンゲイル・オンライン. IX, フォース・スクワッド・ジャム. 下

ISBN 978-986-524-228-2(平裝)

861.57 109020382

Kadokawa
Fantastic
Novels

Sword Art Online刀劍神域外傳 Gun Gale Online 9

— 4th特攻強襲（下）—

（原著名：ソードアート・オンライン　オルタナティブ　ガンゲイル・オンラインⅨ ーフォース・スクワッド・ジャム（下）ー）

2021年2月4日　初版第1刷發行

作者：時雨沢惠一
插畫：黑星紅白
原案・監修：川原 礫
日版設計：BEE-PEE
譯者：周庭旭

發行人：岩崎剛人
總編輯：蔡佩芬
主編：朱哲成
美術設計：宋芳茹
印務：李明修（主任）、張加恩（主任）、張凱棋

發行所：台灣角川股份有限公司
地址：105台北市光復北路11巷44號5樓
電話：（02）2747-2433
傳真：（02）2747-2558
網址：http://www.kadokawa.com.tw
劃撥帳戶：台灣角川股份有限公司
劃撥帳號：19487412
法律顧問：有澤法律事務所
製版：巨茂科技印刷有限公司
ISBN：978-986-524-228-2